冒険者ライセンスを剥奪されたおっさんだけど、
愛娘ができたので
のんびり人生を謳歌する
Enjoy new life
With my daughter

「うん……！」
ラビ
ダグラスに助けられた謎の少女。
人見知りが激しく、ダグラス以外に
懐かない。大人しく物静かな少女だが、
美味しいものは大好き。

ダグラス・フォード
冒険者ライセンスを剥奪された、
元最強クラスの強化魔術師。
ラビが安心して暮らせる場所をもとめ、
二人で放浪の旅を続ける。
「もっと豪快に蹴って大丈夫だぞ！」
一生懸命に細い足を動かして奮闘している。初めて声を出して笑ったりもしていたので、俺はそのまま好きにさせておいた。

「お父さん、がんばって……！」

《絶対零度の聖域を守りし女神、
我に凍てつく口づけを——氷魔法ヘル！》
『ギャオォオオッッ!!』
俺の手から
飛び出た氷の矢が、
魔黒竜の逆鱗を射抜く。

Contents

冒険者ライセンスを剥奪されたおっさんだけど、愛娘ができたのでのんびり人生を謳歌する

Enjoy new life
With my daughter

Ononata Manimani
斧名田マニマニ

illustration
藤ちょこ

一話　おっさん、冒険者ライセンスを剥奪される

「冒険者ライセンスが剥奪《はくだつ》されましたにゃ」

ギルドの簡易受付で、案内役のケット・シーが言い放つ。

いつものようにクエストを受けようとしていた俺は、あんぐりと口を開けてしまった。

「……なんだって？」

「このカードは無効ですにゃ。二十日《はつか》以内に総合受付で、返納《へんのう》手続きの説明を受けてほしいですにゃー」

「ライセンス剥奪って……」

みっともなく上擦《うわず》った声が自分の口から零《こぼ》れ落ちる。なにかの間違いだと信じたかった。

「ちょっと待ってくれ。ど、どういうことなんだ……」

カウンターに身を乗り出そうとしたら、腰《こし》がピキッと嫌な音を立てた。

「うぐっ」

二十年あまり鞭《むち》を打ってきた体は、あちこちボロボロだ。とくに腰と肩《かた》の痛みは悩ましい。

俺は情けない顔で腰をさすりながら、突き返されたライセンスカードを受け取った。それを着古したシャツの袖《そで》でごしごしと拭《ぬぐ》って、再びケット・シーに差し出す。

Enjoy new life with my daughter

「これでもう一度、確認してみてくれ」

ケット・シーは俺の望みをかなえてくれた。しかし戻ってきたのは悲しい返答だった。

「冒険者ライセンスが剝奪されましたにゃ。このカードは無効ですにゃ」

嫌な汗が背中を流れ落ちていく。

「そんな……」

ライセンスを剝奪されたら、クエストを一切受けられなくなるというのに。とんでもないことになってしまった。

たしかに最近の俺は危《あや》うい状況だった。クエストに出ても、なかなか結果を出せていない。それでもまだギリギリ挽回《ばんかい》できると思っていたが、見通しが甘すぎたということか。

がくりと肩を落として項垂《うなだ》れる。恐れていた最悪の事態が起こってしまったのだ。

頭を抱えてしゃがみ込みたくなった、その時――。

後ろを通り過ぎていったパーティーが「おい、あのおっさんライセンス剝奪だってよ」「ぷっ……かわいそ」などと笑い合っているのが聞こえてきた。

恥《は》ずかしさのあまり顔がカアッと熱くなる。

とにかく問い合わせを行わなければ。

俺はでかい体を縮こませて、職員が対応してくれる窓口のほうへ移動した。

一番端《はし》の空いているカウンターに立つが、なかなか気づいてもらえない。カウンターの向こうの職員たちは忙しそうに動き回っていた。

「コ、コホンッ」

ちょっと気が引けたものの、咳《せき》払いをして存在をアピールしてみる。

まだ気づかれない。まいった。

「ウッ、ウンッ……!!」

もう少しがんばってみたら、いかにもおっさんくさい咳払いになってしまった。

けれどようやく数人がこちらを見てくれた。顔見知りの若い男性職員が窓口へ近づいてくる。

「ダグラスさん。ハハ、どうもっす」

男性職員は俺の名を呼ぶと、気まずそうな愛想《あいそ》笑いを浮かべた。

それを見て悟《さと》る。俺がライセンスを剝奪されたことを、どうやらギルドの面々はすでに知っているらしい。それでも俺は無理やり笑い返して、平静を装った。

気を使われるほど惨《みじ》めな気持ちになるものだから、動じていないふりをしたかったのだ。

「忙しいところすまないな。実はその、ライセンスのことで少し話があってな……」

「ライセンスカードの返納《へんのう》手続きっすね。オッケーっす！」

「いや返納ではなく……。ライセンス剝奪を解除してもらいたいんだ」

「え。解除ですか?」

男性職員の眉根《まゆね》が寄り、面倒《めんどう》なことになったという顔をされた。

「手間をかけてすまないな」

謝《あやま》りながら、俺は自分をみっともなく感じていた。

それでもあっさり諦《あきら》めるわけにはいかなかった。

なにせ生活がかかっているのだ。見栄《みえ》を張っている場合ではない。

「とりあえず今日一日だけの仮解除でもいい。そうしたらすぐCランク任務を達成して、ギルドポイントを稼いでくるから。なんとか融通《ゆうずう》してもらえないだろうか？」

Cランクのクエストは、だいたいレベル30台半《なか》ばの冒険者に適した難易度だ。

この世界の冒険者の平均レベルが30ちょうどぐらいなので、普通より少し強ければ十分にこなせる。

ちなみに俺のレベルは68。レベルだけでいったら、Cランクのクエストで失敗するわけもない。

しかし俺は今年、三十七歳のおっさんだ。

若い頃の無理が祟《たた》ったのか、三十五歳を越えた頃からあちこちガタがきて、とにかく身体能力の衰《おとろ》えが著《いちじる》しい。眼精疲労《がんせいひろう》、片頭痛《へんずつう》、腰痛《ようつう》、肩こり。そして慢性的な倦怠感《けんたいかん》。

しかも一年前から奇怪な症状に悩まされていた。

気づいたらスキルを使うごとに、HPの最大値が減少していく体になっていたのだ。

一度減った最大HPは二度と復活しない。

症状を自覚して震え上がった俺のため、当時の仲間が慌《あわ》てて万能薬師《ばんのうくすし》を連れてきてくれた。

しかし下された診断は無慈悲なものだった。

『スキルの使用に体が耐えられなくなっているようだな。珍しい症状だが、これまでも何人か見てきた。残念ながら治った者はいない。スキルを使用し続けてHPがゼロになれば、命は潰《つい》えるだろう』

冒険者をやめるか、命を削りながらこの道で生きていくか。

絶望した俺はその晩、浴びるほどの酒を飲み、大いに酔っぱらって、最終的に吐きながら涙を流した。

翌朝、俺はすっきりした気持ちで、パーティーの仲間たちに告げた。

「HPがゼロになるまで冒険者を続けることにした。もうしばらくの間、仲間としてよろしく頼む」

俺にはこの生き方しかないから。今さらすべてを捨てることなどできなかった。

それから月日は流れ――。一年後の今、俺のHPはわずか2500。これはレベル一桁《ひとけた》台の駆け出し冒険者と変わらない。

本来、レベル68の冒険者のHPなら、50000はくだらないんだがな……。

「うーん、Cランクの任務ですか。ダグラスさん、たしか三回連続でクエスト失敗してますよね。なんでちょっとギルドでもCランクをこれ以上依頼するわけにはいかない状態でして」

「ああ、厳しいのはわかっている」

それぞれの冒険者ギルドには、総合ギルドポイントというものがある。そのギルドで請け負《うお》ったクエストを冒険者が達成すると、冒険者本人とそのギルドにギルドポイントが付与《ふよ》されるシステムだ。逆に失敗するとギルドポイントが減少する。

冒険者はギルドポイントによって、様々な恩恵《おんけい》を受けられる。なにより冒険者ライセンスはある程度のギルドポイントを保っていないと、所持し続けられない。

しかし何ポイント以上あればいいという明確な数字は公表されていない。持っている総合ポイントプラス、クエスト達成数、ギルド貢献度、本人のレベルなどから判断されるため、俺は今回ライセンスを剝奪されるまで、危機的状況に気づけなかったのだった。

ギルドポイントが高いほど恩恵を受けられるのは、ギルドも一緒だ。

総合ポイントが高ければ、ギルド本部からの支給金が増える。逆に所持ポイントがあまりに低いと、ギルドマスターが左遷《させん》されたり、最悪は取り壊しなんてこともありえる。

だから俺がクエストを失敗するほど、ギルドに迷惑がかかってしまうのだ。

それは本当に申し訳なく思っている。

俺もかつてはこのギルドいちのポイントランカーだったのだが、ここまで落ちぶれるとは。自分で自分が情けない。

しかし今回はいつもと違って、万全の態勢を整えてきたのだ。

「これを見てくれ」

俺は背負っていたリュックを男性職員に見せた。

パンパンに膨《ふく》れ上がったリュックの中には、奮発して買い込んだ回復薬がごっそり入っている。

瓶《びん》に入った液体の回復薬は、一本でも結構重い。

この重さはこり固まった肩にかなりくる。ここに持ってくるまでも重労働で、正直しんどかった。

「あー……。すごい量っすね……」

「だろう？　これさえあれば、きっと今回のクエストを乗り切れるはずだ！」

俺は拳を握って熱弁した。

さすがに俺だって三回連続クエストを失敗して、これではまずいと焦った。

ライセンス剝奪の問題もそうだし、なにより報酬がもらえなければ生活が苦しくなる。

俺の懐《ふところ》具合は、かなり厳しい状態が続いていた。

「たしかにアイテムの量からすごい気合いを感じますね。その量を背負って戦闘できるんかい！って感じっすけど。ますます攻撃を喰《く》らいやすくなるんじゃないですか？」

「ま、まあな。瞬発力はたしかに下がる。だが俺は強化魔術師だから。避けるというより魔法防御でしのぐ戦い方だ」

「けどダグラスさん、現状最大ＨＰもかなり低いですし、キツイっすよね。パーティーを組んでいて回復役がいるならまだしも、一ヶ月前からずっとソロですし。そんな状態でＣランクに挑むのは無茶だってわかってますよね？」

「い、いやでもな！　今回は気持ちが違うから。勝てる気がしているんだ」

「ハハ。まいったなほんと」

男性職員は露骨《ろこつ》なため息を吐いた。

彼は根気よく俺の話に付き合ってくれていたが、さすがにうんざりしてきたのだろう。

肩身が狭《せま》い。

「ダグラスさん、こんなこと言いたくないけど、今のあなたはうちのギルドのレベルに見合っていない。正直、ここ一年ぐらいずっとお荷物状態です」

「……」

レベルに見合っていないお荷物。

自分でもわかっているからこそ、彼の言葉がひどくこたえた。

「そもそもCランクのクエに拘《こだわ》ってますが、Dランクだってきついと思いますよ。いくらレベルが高くても、HP2500じゃワンパンで瀕死《ひんし》っすもんね。いっそ森で蜂蜜《はちみつ》採集でもしていたほうが――」

「その辺にしておきなさい」

奥から出てきた小柄《こがら》で品のいい男が、男性職員の肩を軽く叩く。男性職員はハッと息を呑んで口を噤《つぐ》んだ。

俺と同年代の小柄な男は、このギルドのギルドマスターだ。

ギルドマスターとは十年来の知り合いで、彼がまだ一般職員だった時から親しくしてきた。

俺はギルドマスターが出てきてくれたことにホッとした。

彼ならわかってくれるだろう。

「よかった、ギルドマスター。どうにかあと一回、俺にクエストを――……」

言葉が続かなかったのは、相手の渋《しぶ》い表情を見て気づいてしまったからだ。

彼は俺の味方をするため出てきたわけではない。さっきの若い男性職員に代わって、俺を説得するために腰を上げたのだ。

「ダグラス。あんたの気持ちはわかる。だがもうそのくらいにしておけ。あまり大事《おおごと》になるのはおまえも好まぬだろう」

そう言ってギルドマスターは周囲に視線を向けた。

「あ……」

指摘されてようやく冷静になる。促《うなが》され辺りを見回すと、案内所にいる他の冒険者たちは、俺たちのやり取りを面白そうに聞いていた。

「なになに？　あのおっさん、ゴネてるの？」

「Dランクでギリだって」

俺は完全に悪目立ちをしていた。

「す、すまん。取り乱したりしてみっともなかった」

カラカラになった喉《のど》から声を絞り出し謝罪する。

俺が謝ったところで気まずい空気は変わらない。

「ダグラスには私たちギルドも感謝している。若い頃の貢献を忘れたわけではない。だからこそあんたが無駄死にするところを見たくないいんだ。わかってくれ」

「……そうだな」

十五歳で故郷《こきょう》を離れてから、二十二年。冒険一筋でやってきた。

他には能がない。この道に人生を捧げた。

しかし俺がどれだけ執着したところで、この場所に留まっていることはもうできないのだ。

難関ダンジョンを有するため、数多《あまた》の冒険者で賑《にぎ》わうこの街バルザック。

そんな大都会のギルドで、一時はトップランカーだった。

当時の俺はそれなりに名の知れた強化魔術師で、実を言うと半年前までは勇者パーティーに所属していた。そのすべてが過去の栄光だ。

「……」

認めよう。ここが引《ひ》き際《ぎわ》なのだ。

「いろいろと迷惑をかけてすまなかった」

頭を下げて背を向けると——。

「待て、ダグラス」

ギルドマスターに名前を呼ばれた俺は、情けないことにまだ少し期待してしまった。

もしかして引き留めてくれるのではないかと。

だが伝えられたのは無情な言葉だった。

「悪いがライセンスを剝奪されたものは、レンタル武器を返す決まりだ」

「あ、ああ。そうだったな」

俺が使っているのは、ギルドから借りているレンタル武器だ。

昔はそれなりにいい武器を自前で持っていたのだが、生活が困窮《こんきゅう》し手放してしまった。

受付脇《わき》のレンタル武具店で返却の手続きを行う。

手元に残ったのは、安いナイフがひとつ。

いつもの手癖《てぐせ》で柄《つか》を握りたくなった手が空を切る。

どうしようもない寂《さび》しさを覚えて熱くなった目元を、俺は指先でグッと押さえた。


「はぁ……」

ギルドを出たところで、深いため息が零れ落ちた。

重たい足がここから離れたくないと主張している。

……いや、だめだ。いい加減、現実を見て頭を切り替えるんだ。

「まずはそうだな。部屋に戻って出ていく準備をするか」

わざと明るい声を出し、自分に喝《かつ》を入れる。

たいした荷物はないし、まだ午前中だ。急げば昼前には街を出ていけるだろう。こうなってしまった今、だらだらと留まっていても仕方がない。

俺が間借りをしているのは、ギルドが運営しているソロ冒険者用の宿舎だ。俺はあの部屋にいる資格を失った。どのみち、すぐ出ていかなくてはならなかった。

この街は大きな都市なので家賃や物価も高い。ライセンスを失った俺がここで生活していくのは困難だ。

宿舎へ戻ろう……。

肩にずっしりと圧《お》しかかるリュックを背負い直して歩き出した時――。

ダンジョンへ続く大通りのほうから、見慣れた一行が歩いてくるのに気づいた。

「あれは……」

俺が半年前、クビになった勇者パーティーだ。

しばらくダンジョンにこもってレベリングをすると言っていたが、アイテムの補給に戻ってきたのだろうか？

俺より二十歳近く若い彼らは成長も早い。

ともに旅をしていた頃、そのことによく驚かされたものだ。

不意に懐《なつ》かしさが込み上げてくる。俺が街を出ていったら二度と会うこともないだろう。

彼らと顔を合わせるのは多少気まずい。だがせっかくだしと、俺は片手を上げて合図を送った。

「やあ、久しぶりだな」

「ダグラスのおっさん……」

勇者アランが表情を強張《こわば》らせて俺の名前を呟《つぶや》いた。隣にいた賢者《けんじゃ》エドモンドとガーディアンのダリオが、気まずそうに顔を見合わせる。紅一点《こういってん》の魔法使いファニーだけが、俺に向かって微笑《ほほえ》みかけてくれた。

「お久しぶりです、ダグラスさん。街中でばったり会うなんて、奇遇《きぐう》ですね！」

返事をしようとしたところで、エドモンドがファニーを庇《かば》うように前へと出てきた。

「偶然ではなく、待ち伏せをしていたのでしょう」

「え？」

「ダグラスさん、何度頼まれても答えは同じですよ。あなたをパーティーに戻すことはできない。いい加減、諦めてくれませんか。付きまとわれるほうの身にもなってほしいものです」

「ああ、いや、違うんだ。そういうつもりじゃない」

誤解されてしまったことに気づき、慌てて首を振る。

しかし『付きまとう』か。たしかに首になった直後、菓子折りを持って「考え直してくれないか」と頼みに行ったことがあるが、その一回きりだ。

今またそんなふうに思われてしまったのは、当時の俺の態度がよっぽど未練がましかったのだろう。

やはり声をかけるべきではなかったのかもしれない。

そう考えながら、俺は努《つと》めて明るい笑顔を浮かべた。

「俺はこの街を出ていくことに決めた。そうしたらちょうどおまえたちの姿が見えたんでな。最後に挨拶をしておこうと思ったんだ」

「街を出ていく?」

エドモンドがチラッと俺の全身を眺《なが》めた。

その途端《とたん》、迷惑そうだった表情が和《やわ》らいだ。しかもうっすらと笑みまで浮かべている。

だがなぜか俺はさっきよりもっとエドモンドを遠く感じた。

彼の微笑みはどこか冷ややかだった。

「冒険者にとってこれほどいい街はなかなかないと思いますが。なにかよっぽどの事情があるんですか?」

「ま、まあな」

「そうですか。ところで武器はどうされたんです?」

「武器はそのー」

「ああ、これはすみません。なんだか答えづらい質問だったみたいですね」

口元に手を当てたエドモンドがクスクス笑う。

「プッ……ハハッ。わかってるくせに、ひっでーなエドモンドは。あんまおっさんを苛《いじ》めんなよ。なあおっさん、どうせライセンスを取り上げられたんだろ?」

ガーディアンのダリオがあっけらかんとした口調で問いかけてくる。エドモンドは堪《こら》えきれないというように腹を抱えて笑い出し、ファニーはオロオロとしている。アランは気まずそうに視線を背《そむ》けたままだ。

俺は苦笑いを返すことしかできなかった。

「そんで冒険者やめさせられて、今はなにやってんの?」

「あの大荷物を見てごらんなさい。ポーションの瓶がはみ出していますよ」

ダリオとエドモンドは、ふたりだけで会話を続けていく。若者の会話のペースは速い。

俺は下手《へた》くそな愛想笑いを張りつけたまま、彼らのやり取りを聞いているしかなかった。

パーティーにいる頃もだいたいこんな感じだった。それを今さら思い出した。

「うわっ、まじか。てことはまさかポーション商人になったの!? おっさん、とことん落ちぶれたな――！」

「あ、そうだ。おまえたちポーション使うか？　買いすぎたから、よければ譲るが」

ようやくなんとか言葉を返せた。

ところが俺が会話に参加した途端、ダリオとエドモンドは白《しら》けた顔でため息を吐いた。

「いやいや。俺たちのＨＰだとポーションじゃ追いつかないから」

「私たちにとってはゴミですよ」

「ああ、それもそうだな」

「ダグラスさんのＨＰはあれからまた減ったんですか？」

「ハハッ。あれ以上減ったら、おっさん死んじゃうって――」

「おい、もういいよ！」

突然、大きな声を上げたのはアランだ。

その場にいた全員が驚いて息を呑んだ。俺など肩がビクッと揺れてしまった。

アランは勇者という立場のわりに物静かで、感情をあまり表に出さないタイプの青年だ。

声を荒《あら》らげるなんてかなり珍しい。もしかして俺を庇ってくれたのだろうか。

冷え切っていた心にアランの気遣いがしみる。

「いつまでも馬鹿《ばか》話してんなって。ダグラスのおっさん。悪いけど俺たち急ぐから」

「あ、そうか、そうだな。立ち話に付き合わせて悪かった。旅先からおまえたちの活躍を祈っているよ」

アランは軽く手を上げて、俺の脇を通り過ぎていった。彼の仲間たちもそれに続く。

俺は遠ざかっていくアランたちの姿を見送った。

しかし彼らがこちらを振り返ることはなかった。

◇◇◇

――大都市バルザックを出てから半月。

俺は当てのない旅を続けている。

最初は故郷へ戻ろうかとも思った。だが、うちは母子家庭でそのおふくろも三年前に亡《な》くなっている。俺に訪ねる相手はいない。

まあ気の向くまま流れてみるのも悪くないだろう。自分をそう元気づけ、俺は流れ者となった。

訪れた先の町や村で、ライセンスがなくても受けられる日銭稼《ひぜにかせ》ぎの仕事をして、路銀《ろぎん》が貯まったら次の町へ移動する。それが今の俺のスタイルだ。

ただ時々もぐりの紹介屋に当たってしまい、報酬を騙《だま》し取られたりすることも少なくはなかった。

そういえばかつて勇者グループに属している時もよくみんなからからかわれたものだが、俺はいかにもカモにされやすいタイプらしかった。

すぐに人を信じたり、正直に心を開くのが浅はかすぎるのだと言われた。

なんともやるせない。

正直はいけないことなのだろうか。いや……。そんなことはないよな……。

馬鹿正直なのだけが取り柄《とりえ》だから、そう信じたかった。

日銭稼ぎの仕事は決まって、安く、汚く、きつく、危険だ。

ただそれでも文句は言っていられない。

大都市のギルドでは仕事も回してもらえなかった役立たずのおっさんでも、小さな町ではまだ需要があるらしく、本当にありがたい。

魔王が復活してから三年。

魔族や魔物たちは以前より力をつけ、人々を脅《おびや》かす存在になっている。

大陸全域で悪しき者たちの蛮行《ばんこう》が増えたため、魔物狩りに関する仕事を紹介されることが多かった。

しかしスキルは使えないと話すと、情報屋の態度は横柄《おうへい》になった。

『だったら魔物除けに使うトッテン草を集めてくるか、魔物の遺体処理ぐらいしか仕事を紹介できねえな』などと言われ、それを引き受ける。

乾燥《かんそう》させる前のトッテン草の匂《にお》いには幻覚を起こす効果があるため、フラフラになりながら必死に草を集めた。

しかもトッテン草の見せる幻覚は、人の心に巣食う恐れを具現化《ぐげんか》させる。

俺は幻で現れたかつての仲間たちにライセンスカードを取り上げられ、足手まといだと罵《ののし》られながら、草を抜くことが多かった。

それによって初めて自分が人の役に立てないことを、なによりも恐怖していたのだと気づかされたのだった。

魔物の遺体処理のほうも大変だ。

遺体を処理すると必ず全身が、ネバネバした粘液まみれになる。

しかも生臭《なまぐさ》い臭《にお》いは体を洗ってもなかなか落ちなかった。

そのせいで宿屋を追い出され、野宿することも日常茶飯事《にちじょうさはんじ》だ。

多分スキルを使えばもっと金になる仕事を受けられただろうが、俺の場合、スキルの使用は寿命を縮めることと同義だ。

かつては冒険者として戦って死ねるなら本望《ほんもう》だと強がり、HPが減り出してからもスキルを使い続けていた。

スキルを使わない冒険者なんて、都会では一瞬でお払い箱になってしまうのがわかっていたからだ。でも今、俺は明らかに死を恐れていた。

命をかけてでも貫きたいものを失ったくせに、それでも生にしがみついているのが今の俺だ。

毎晩、安宿で目を閉じるたびに思う。

俺は冒険者ライセンスとともに、矜持《きょうじ》まで失ったのだなと……。

夜は惨めで空《むな》しい気持ちを膨張させる。

堪えきれず口元に腕を押しつけて、声を殺し泣いた夜が何度となくあった。

十五の頃、引き留める母に後ろ髪を引かれつつも故郷を出たのは、人のために生きたかったからだ。とにかく正しい行いがしたかった。そのために冒険者になったのに。

今の俺は孤独で、心にはなにも残っていない。

俺の人生とはいったいなんだったのだろうか。

冒険者ライセンスを剥奪される前の生活が脳裏《のうり》を過《よぎ》る。

死んでもいいと思えるものがあったあの頃の俺は幸せだった。

たとえそれがくだらない意地だったとしても――……。

◇◇◇

国境に広がるその森に辿《たど》り着いたのは、流れ者になって三ヶ月が経とうという頃だ。

「すっかり遅くなってしまったな」

本来はもっと早い時間にここへ到着しているはずだったのだが、もう日暮れ真際。

今朝、偶然出会った婆《ばあ》さんの手伝いをしてきたため、泊まった村を出るのが予定より遅れてしまったのだ。

腰の曲がった婆さんが水の入った桶《おけ》を辛《つら》そうに運んでいたら、見て見ぬふりはできない。

この森を抜ければ国境検問所がある。なんとか検問所が閉まる前に到着したい。

一晩森で明かすのは、危険が伴うしかなり疲れる。

宿のベッドで寝ても体力が全回復しないおっさんとしては、できるだけ無駄な疲労をためたくない。

「よし。あと少しがんばろう」

独り言で自分を励まし、早足で森の中の道を進んでいく。

空気の中に異様な臭いが混ざったのは、森を中ほどまで進んだ時だった。

「これは……」

生臭い血と獣《けもの》の臭《にお》いだ。俺は森の中を覗《のぞ》き込んだ。

獣の姿は見えない。視線を行く先の道に戻す。

「無視できないな」

検問所のベッドで眠ることは諦め、俺は森の中へ踏み込んでいった。

枯れ木や土を踏みしめて歩く。

『クゥ……ン……。……クー……』

傍《そば》にいる。声はか細い。どうやらかなり弱っているみたいだ。

負傷しているのだろうか。

息を詰めて鬱蒼《うっそう》と生《お》い茂《しげ》る草むらをかき分けた瞬間――。

「……！」

草木に囲まれ、ぽっかりと空いた空間に、黄金色の毛を持つ巨大な獣が横たわっていた。

ハァハァと荒い呼吸を繰り返す口からは鋭い牙が覗いている。

狼《おおかみ》のような姿をしているが、体が桁違いに大きい。

なにより体から流れている紫色の血は魔物の証《あかし》。

「フェンリルか」

ごくりと唾《つば》を飲み込む。話には聞いたことがあるが、実物を見るのは初めてだ。

魔族の中でも希少種であるフェンリルは、めったに人間の領土にやってこないと聞いたことがある。いや、今はそれよりも――。

「これはいかん」

フェンリルはそこらじゅうに傷を負っている。金色の毛は紫色の血で染まっていた。

ハンターに射られたのか、尻《しり》にはまだ矢が刺さっている。じくじくした傷口が痛ましい。

丸くなって横たわっていたフェンリルは、荒い息を吐き出しながら顔を上げた。

『ウウ……』

威嚇《いかく》するように唸《うな》り声を上げると、口の両端から泡と血が溢《あふ》れた。

「ああ、わかっている。怖いよな。でも落ち着いてくれ。俺はなにもしない」

手のひらを見せて、腰を低く屈める。

「な？　ほら武器は持っていない」

こちらに敵意はないと伝えるためだ。フェンリルはまだ低く唸り続けている。

「とにかく出血を止めないと。矢が刺さったままだと治療もできないんだ」

一歩一歩ゆっくり踏み出す。唸り声が小さくなった。

大丈夫だと繰り返しながら、そっと矢に触れた。

「悪いが痛むぞ。少しの間、我慢してくれ」

そう伝えてから、両手に力を込めて矢を引っ張った。

『ギャウンギャンッ……!!』

フェンリルは泣き叫ぶように吠《ほ》えて、尻尾《しっぽ》を振り回した。矢の返しが肉を裂くのだろう。

「すまんな、痛いよな……っ」

踏ん張りながら励ますように声をかける。

「うぐッ……!」

尻尾が俺の腹に当たる。激痛が走る。ミシッと嫌な音もした。

あばらを一、二本やられたのかもしれない。痛みを堪えるように深呼吸をする。そのタイミングで手の皮が剝《む》けていることに気づいた。血も出ている。滑《すべ》ると思ったらこのせいか。

背負っていたリュックの中から短刀を取り出し、服の袖《そで》を切って手のひらに巻きつける。

これでよし。さあもう一度だ。

「ふ、ぐッッッ!!」

歯を食いしばり、息を止め、慎重に力を込めていった。

肉を抉《えぐ》るような手ごたえがある。それが辛い。

「あと少し。あと少しだ」

フェンリルに言い聞かせているのか、おのれに言い聞かせているのか。自分でも区別がつかなくなってきた。

額《ひたい》から汗がぽたぽたと落ちる。

ぬるつく感触とともに、ようやく抜き取ることができた。

矢の先端《せんたん》が見えた！

「はぁはぁ……。よし……よく耐えたな……」

息切れをしながらフェンリルに伝える。全力で踏ん張ったぐらいでこのありさまだ。

フェンリルは矢の抜けた傷口をぺろぺろと舐《な》めはじめた。

「ん？　なにか腹のところに大きな痣《あざ》が……」

フェンリルが体勢を変えたため、それに気づいた。目を細めて覗き込んだ俺は、ハッと息を呑んだ。違う。痣ではない。腹部を覆《おお》うように描かれている紺色《こんいろ》の呪文——。

あれは呪印《じゅいん》だ。

「いったいなんで呪詛《じゅそ》なんてかけられたんだ」

俺の呟きを聞いたフェンリルは、ピクッと耳を動かして顔を上げた。

まるで言葉がわかるみたいだ。

「少し見せてくれるか？」

肯定《こうてい》するようにフェンリルが目を伏せる。

呪詛とは相手を苦しめるために行われる禁術《きんじゅ》スキルのひとつだ。

呪印の種類によって発生する症状は様々だが、ひどい苦しみをもたらす点だけは一致《いっち》している。

そもそも呪詛とは、苦しみ抜いた果てに殺すことを目的として使用されるものなのだ。

対象が人間であれ動物であれ、呪詛をかけるなんてひどすぎる。

「かわいそうに……」

痛めたあばらを庇いつつ、獣の傍《かたわ》らに膝《ひざ》をつく。フェンリルは暴れずにじっとしている。

「すぐにすむからな」

俺はそう言い聞かせながら、血で固まった毛をそっと持ち上げた。腹部が露《あら》わになる。

「……！　そ、そんな。……なんてことだ」

動揺して声が震える。刻まれた呪印の意味を読み取った俺は愕然《がくぜん》とした。なぜなら――。

『変貌《へんぼう》の呪詛』。

フェンリルには、人間を動物に変える呪詛がかけられている。

つまり目の前にいるこのフェンリルは人間なのだ。

二話　おっさん、力を取り戻す

『変貌《へんぼう》の呪詛《じゅそ》』がかけられているということは――。

「……おまえ、人間なんだな」

『クゥン……』

フェンリルの口から哀《あわ》れな鳴き声が零《こぼ》れた。青々《あおあお》とした双眸《そうぼう》が悲しみで揺《ゆ》れている。

自分の意に反して獣《けもの》に変えられてしまった苦しみは想像を絶する。

俺はやるせない気持ちに襲われて、強く拳を握りしめた。

胸が抉《えぐ》られるように痛む。いったい誰がなんのためにしたことなのか。いや理由なんてどうでもいい。人を獣に変えるなど、なにがあっても許されない。呪いを解いてやらねば。

呪詛解除のスキルなら知っている。

ここまで悪質なものではないが、過去に数回、呪詛を解いた経験もある。

もっともそれは全盛期の話。今の俺の力は、あの時の一割以下だ。

くそ。弱気になっている場合か。

スキルを使用する技術に年齢は関係ない。スキルマスターである大賢者《だいけんじゃ》には、俺よりもっと年上のよぼよぼの爺《じい》さんだって大勢いる。

重要なのは技術と知識、そしてＭＰ。

ただ俺の場合はもうひとつ問題点があった。

『呪詛解除』は強力なスキルだ。俺の残りわずかなＨＰなど一瞬で消滅するだろう。

命がけの人助けか。悪くはない死に方じゃないか。

目的もなく空《むな》しく生きて、心を枯《か》れさせていく。それよりずっとまともな命の遣《つか》い方だと思った。

そうだ。誰かのために死ねるなら本望《ほんもう》だ。

「今からおまえにかけられた呪詛を解く。そのまま大人しくしていろ」

ギョッとしたようにフェンリルが顔を上げた。

呪いが解けるのかと尋ねたいのだろう。物言いたげにハクハクと口元を動かす。

「大丈夫だ。俺が必ず助けてやる」

独り言のように呟《つぶや》いて、両足を広げる。両手を突き出して、大きく深呼吸をした。

心は穏やかだ。これならいける。

《瞬《また》く希望の粒子《りゅうし》ここに集え、今我《われ》が命じる——呪詛解除！》

俺の両手から白い光が放たれる。詠唱《えいしょう》は成功した。

それと同時に体から力が抜けていくのを感じた。

ステータスを確認しなくてもわかる。自分のＨＰがどんどん減っていく感覚。

魂《たましい》がこの身を離れようとしているのだ。ああ……。死がやってくる。

地面に倒れ込みながら、放った光がフェンリルに届くのを見た。

これでもう大丈夫だ。ホッとして、体の力を抜く。

本当は傷もスキルで治してやりたかったが、もうＨＰはすっからかんだ。

冷たい土の感触を頬《ほお》に感じながら、目を閉じようとした。

ところが――。

「な⁉」

ズンと空気が振動して、スキルが弾かれる。目に見えないなにかにぶつかったのだ。

ガードされた？　――いや違う。

弾かれたスキルが転がっている俺の元へ跳《は》ね返ってくる。

その直後、さらに予想外の出来事が起きた。

「……っ⁉」

体が突然、軽くなるのを感じた。年中、苦しめられていた腰《こし》や肩《かた》の痛みが、一瞬で消え失せる。

まるで二十代の頃のように、内側からエネルギーが漲《みなぎ》ってきた。

なんなんだこれは。困惑しながら起き上がる。

死んで痛みから解放されたのか？　大真面目《おおまじめ》にそう思った。

だが幽体離脱《ゆうたいりだつ》しているわけでもないし、俺の体は俺の思いどおり動く。

自分の両手を見下ろして、グーパーと広げてみる。透けてもいない。

やっぱり生きてるよな？

「まったくわけがわからない」

独り言を呟いた俺を、フェンリルが心配そうに見上げてくる。

HPは尽きたはずなのに、どうなっているんだ。

混乱しながらステータスを確認した俺は、ギョッとして息を呑んだ。

名前：ダグラス・フォード
性別：男
種族：人間
職業：強化魔術師
レベル：68（NEXT1011）
HP：60900
MP：5432

「HP60900だって⁉」

俺の今のHPは2500のはずなのに。そのうえMPまで十倍近く増えている。

なにが起きてるんだ……。

深呼吸して、頭の中を整理してみる。

解除スキルは間違いなく放たれた。しかしフェンリルに当たった瞬間、それは弾かれ、俺の元へ舞い戻ってきた。そして解除スキルは俺にぶつかり、そのまま消えた。

結果、俺の体は軽くなり、これまで抱えていた身体の不調すら一切感じなくなった。まさか。

「俺も呪われていたのか？」

スキルを使うごとに減っていったＨＰ。まったく伸びなくなったＭＰ。

腰痛《ようつう》や肩こり。常に気だるく鉛《なまり》のように重い体。

老化が原因だと思っていたそれらの症状が、もし呪詛によるものだったとしたら。

跳ね返ってきた解除スキルを受けたことで、すべて消え失せたってことか。

一応の辻褄《つじつま》は合っている。というか他に説明のつけようがない。

しかもさっき確認したステータスは、俺の現在のレベル６８に見合った数値だ。

自分が呪われていることにも気づかないなんて。どれだけマヌケなのか。

しかし呪われていたのに状態異常がついていなかったのは不自然だ。

だいたい、いったい誰が俺に呪いなんてかけたのか。

いや、それはあとで考えればいい。今はそれよりフェンリルのことをなんとかしてやりたい。

ただ困ったことに、状況は俺が思っていたよりもずっと厄介《やっかい》だった。

呪詛解除のスキル詠唱は失敗しなかった。それでも弾かれてしまったということは。

「『禁忌《きんき》の呪詛』か」

呟いた声が自然と重くなった。

『禁忌の呪詛』は、最高位の呪詛だ。そしてそれは呪いをかけた術者本人にしか解除ができない。

つまり俺ではこのフェンリルを、獣から人間に戻してやれないということだ。

けれどどうしても諦《あきら》めきれなかった。助けると約束したんだ。なにか。なんでもいい。この者を救う方法はないのか。考えろ。考えろ。考えろ。

自分を駆り立て頭を動かす。これまでの経験、記憶、知識をフル動員して、必死に可能性を探した。

『禁忌の呪詛』をかけた術者を捜し出すのはどうだ？　いや、それは現実的ではないな。相手は呪《まじな》いをかけるような人間だ。頼んだところで術を解いてくれるとは思えない。

しかもその者を見つけ出すまで、獣の姿のままでいさせることになってしまう。

術者しか解除できない呪詛を、この場で俺が解く方法。それを見つけなければだめだ。

待てよ。術者しか解けない呪いを俺が解くのなら――。

「俺が術者になればいいんだ」

『ハフッ』

俺が突然声を上げたせいで、驚いたフェンリルが妙《みょう》な吠《ほ》え声を発した。

「突破口が見つかったかもしれないぞ」

耳をぺたんと伏せたフェンリルが、申し訳なさそうな鳴き声を零す。

そのいじらしい態度を見て胸が痛んだ。やはりなんとしてでも助けてやりたい。

……待てよ。不意にある案が浮かんできた。

俺は『トレーススキル』を持っている。『トレーススキル』とは、声と外見を知っている相手に変化できる変身スキルだ。

しかし俺は術者を知らない。そこで『情報共有スキル』が役に立つ。『情報共有スキル』を使って、その者を知っている人間の脳から情報を引き出すことで、どんな人物かを知り得るのだ。

『情報共有スキル』を発動したまま『トレーススキル』で術者に変身する。そして『トレーススキル』を発動したまま『呪詛解除』を行う。

これでフェンリルの呪いを解いてやれるはずだ。ただしそれはあくまで理論上の話である。

スキル発動中に別のスキルを使う『スキルの二重遣《づか》い』。

そんな離れ業《わざ》をやってのける人間は、俺の知っている限りひとりしかいない。

勇者アラン。彼はその特別な能力を買われて、国王から勇者の称号を授かったくらいだ。

『スキルの二重遣い』はそれほど特殊な能力なのである。

しかもアランでさえ、併用できるスキルは通常スキルに限られていた。

最悪なことに『情報共有スキル』と『トレーススキル』は、通常スキルよりランクが上の専門スキルにカテゴライズされる。

そのうえ『呪詛解除』は解除したい呪詛に合わせて難易度が変わる。

『禁忌の呪詛』を解除するには、『特殊呪詛解除』という最高位スキルが必要だった。

アランたちと俺の間に能力差が出はじめた頃。

俺はなんとかその差を埋めたくて、スキルにまつわる知識を必死で学んだ。

戦闘でついていけないのなら、知識で役立とうと思ったのだ。

それゆえ俺はすべての知識に精通していた。

発動方法と呪文も頭の中に叩き込まれている。だが知っているから使えるというわけではない。

さっきまでの俺は通常スキルをひとつ使うだけでもやっとだったしな。

そもそもＭＰだって全然足りていなかった。けれど今は違う。ＭＰ５６４３２。そしてこの軽い体。湧き上がってくるエネルギー。試してみる価値はある。

「通常の方法では呪いを解けなかった。だから今度は別の方法でやってみたい。ただそのためにおまえの頭の中を覗《のぞ》かせてもらうことになる。もう一度、俺にチャンスをくれるか？」

青い目がじっと俺を見つめてくる。フェンリルは頷《うなず》くように鼻を動かした。

出会ったばかりの俺のことを信頼してくれているのだ。

フェンリルの気持ちが伝わってきて胸が熱くなった。

なんとしてでも成し遂げたい。そう強く思いながら、俺はフェンリルに向かって右手を伸ばした。

「おまえに呪いをかけた者の姿をイメージしてくれ」

頭を覆《おお》うように手のひらを広げて、『情報共有スキル』の呪文を詠唱する。

《知の扉、心の扉、開かれ繋《つな》がり我とひとつに――情報共有！》

フェンリルの脳の中にある男の情報が雪崩《なだれ》のように押し寄せてくる。

しゃがれた声。落ちくぼんだ瞼《まぶた》。冷たい眼差《まなざ》し。薄く歪《ゆが》んだ唇《くちびる》。底の知れない濁《にご》った灰色の瞳《ひとみ》。

俺とそう年は変わらなそうな男だ。細身で背が高く酷薄《こくはく》な印象を受ける。黒いローブをかぶり杖を手にしていることから、呪術師なのだとわかった。

この男が呪詛をかけたのか……！

相手を知ったことで怒りが増す。吐き気がするほど嫌悪感《けんおかん》を覚えたが、目的を忘れてはいけない。詠唱をはじめよう。

《……形あるものの理《ことわり》、解き放たれよ》

大きく息を吸って、心を落ち着かせる。

《我、再構築を命じる——トレース！》

指先に電流のようなものが流れる。細胞が骨が肉が変形していき——。

『ウーッ……！　グルルルルッ……！』

フェンリルが唸り声を上げながら、怯《おび》えたように後退する。

上手《うま》くいったのか？　両手を広げて、自分の体を見下ろすと——。

ごつごつと骨ばった俺の手が、男のものとは思えない美しい手に変わっていた。身にまとっているのは黒いローブ。心拍数が早くなる。慌《あわ》ててペタペタと自分の顔を触《さわ》った。

「……！」

鼻の形が違う。唇も頬も肌の手触りも。

いいぞ。これは俺ではない。どうやら最初の難関は突破できたようだ。

しかも俺はちっともへばっていない。それどころか爆発するようにエネルギーが溢《あふ》れてくる。目眩《めまい》もしないし、むしろ漲る力を感じた。

いける！　そう直感した俺は『呪い解除スキル』の呪文を即座に詠唱した。

《瞬く希望の粒子ここに集え、今我が命じる——特殊呪詛解除!!》

その瞬間、フェンリルの体を眩《まばゆ》い光が包み込んだ。

「くっ……!」

眩しすぎて目を開けていられない。

頼む！　成功していてくれ！

縋《すが》るような気持ちで何度も目をこすった。

光は星屑《ほしくず》のようにキラキラと瞬き、少しずつ散っていく。

どうだ⁉　霧散《むさん》する光の中に、小さな影が見えた。俺は思わず息を呑む。

するとそこには——。

「あ……」

十に満たないぐらいの幼い少女が、地面に座り込んでいた。

少女は自分になにが起きたのかすぐには理解できなかったらしい。きょとんとして、不思議そうに首を傾《かし》げている。

その青い目の与える無垢《むく》な印象は、フェンリルの澄《す》んだ瞳からも感じられたものだ。

上手くいった！

ホッと肩を落とした直後、俺は慌てて立ち上がった。

急いでコートを脱ぎ、寒そうな肩にかけてやる。

少女は服を着ていない。そりゃあそうだ。さっきまでフェンリルだったのだから。

「着古したもので悪いな。ダボダボだろうが、とりあえずそれで我慢してくれ」

少女が真面目な顔で首を縦に振る。

次は回復だ。少女に向かって手を伸ばし、回復スキルの呪文を詠唱する。

《生命守りし優しき女神、癒《いや》しの光を——完全回復》

少女の体についていた傷はすべて消えてなくなった。

「痛いところはないか？」

またこくりと頷いた。

「声は？　話せるか？」

少女は喉《のど》に手を当てて、苦しそうに眉根《まゆね》を寄せた。

「あ……あー……う。……は、話せる……」

言葉の遣い方を思い出すように、何度か発声したあと、たどたどしい声でそう言った。

少女の声はとても小さく、かすかに震えていた。

それでも言葉を交わせるようになって、ホッとした。

自分のＨＰを改めて確認してみる。

『ＨＰ：６０９００』

やはり減っていない。あれだけのスキルを使ったというのに。今まででは考えられないことだ。

俺は困惑しながら『トレーススキル』を解いて、元の自分に戻った。その直後。

「ん？」

少女が俺のズボンを摑《つか》んで、こちらをじっと見上げてきた。

言いづらそうにもごもごと口を動かす。なにか言いたいことがあるらしい。

「どうした？」

「……」

今の聞き方はぶっきらぼうすぎたか？

子供と話すのに慣れていないせいで、勝手がわからない。とりあえず少女の前に屈《かが》んでみる。

急《せ》かさないほうがいいよな……。

「……」

「……」

お互いの間になんともいえない空気が流れる。

少女が自分のペースで話すのを待っていると——。

「……た、助けてくれて……ありがとう……」

「……！」

精一杯の勇気を振り絞って言葉にしてくれたのだろう。

少女の真《ま》っ赤《か》な顔を見ていたら、不覚にも泣きそうになった。

三話　おっさんと少女、ふたりの晩ごはん～豆と豚のスープと焼き林檎パン～

呪詛《じゅそ》解除を終えて一息ついた時、少女の足元に装飾具《そうしょくぐ》が落ちているのに気づいた。

拾ってみると禍々《まがまが》しいデザインの黒い首飾《かざ》りだった。

おそらく呪詛に用いられたものだろう。

呪《まじな》いや魔法関係のスキルは装飾具を利用すると効果が高まる。

「この首飾りに見覚えはあるか？」

少女が無言で頭を横に振る。

腰《こし》まである長い髪がその動きに合わせて重たく揺《ゆ》れた。

蜂蜜《はちみつ》色の髪は長い間洗っていなかったのか、埃《ほこり》や泥《どろ》でかなりくすんでいた。

「使いたいか？　呪詛はもう解いたから、持っていても別に問題はないぞ」

少女はさっきよりきっぱりとした動きで頭を横に振った。

自分にかけられていた呪詛にまつわる装飾具なんて、そりゃあ身につけたくないよな……。

「ならこれは街で金に換えてしまおう。それまで俺が預かっておくな」

「うん」

やっと小さな声が返ってきた。

もう傷は癒《い》えているはずなのに、フェンリルだった時と変わらないぐらいか細い声だ。まだどこか痛むところがあるのか。

心配になって確認したが大丈夫だという。もともと大人しい子なのかもしれない。

「さて、とりあえず暮らしていた街の名を教えてくれるか」

俺は少女を家まで送り届けてやるつもりでいた。

どうせ流れ者の身だ。目的地が決まっているわけではない。

ところが俯《うつむ》いている少女から戻ってきたのは予想外の返事だった。

「帰るところは……ないから……」

「え？　帰るところがないって、家族はいないのか？」

「家族も……ない」

ない？　天涯孤独《てんがいこどく》ということだろうか。

「だが呪いをかけられる前、生活していた場所はあるだろう？　そこへ送ってやろうか？」

「……！」

尋ねた途端《とたん》、少女が弾かれたように顔を上げた。

長い前髪の奥の青い眼《め》が見開かれている。

その瞳《ひとみ》に浮かんでいるのは恐怖だ。彼女は心底怯《おび》えきっていた。

年端《としは》もいかない少女がこんな顔をするなんて。いったいどんな目に遭《あ》ったのか。

少女が恐れているものはわからないが、俺はやるせない気持ちになった。

「だ、だめ……。あそこには戻りたくない……っ。……なんでもするから、だからあそこには戻さないで……」

真《ま》っ青《さお》な顔をして、縋《すが》るように俺のズボンを両手で摑《つか》んできた。

その指が小刻みに震えている。

「わかった。なにもしなくていい。おまえが嫌なら戻したりはしないから安心しろ」

「ほんとに……？」

「ああ、約束する」

俺は膝《ひざ》をつき目線を合わせてから、強く頷《うなず》いてみせた。

少女が前髪の隙間《すきま》から俺を見つめ返してくる。

彼女が強張《こわば》っていた肩《かた》から力を抜くのを見て、俺もホッとした。

だが問題は残っている。まだ子供だから近くの街に送り届けて終わりではまずいだろう。

そうはいっても俺が育てるなんて無理な話だしな。

なんせこの年まで独身の身だ。子育てなんてまったくイメージが湧かない。

ましてや相手は女の子。おっさんとのふたり旅なんて嫌に決まっている。

となると誰か信頼できる者に預けるべきだろうが。

俺の脳裏《のうり》にバルザックの街が浮かんできた。

ちょっと遠いが、あの街以外、知り合いはいないしな。

俺がバルザックに連れていって世話をしてくれる人間を探してやると伝えたら、少女はオロオロして申し訳なさそうに俯いた。遠慮《えんりょ》をする癖《くせ》がついているのだ。

この子がどんな環境で育ってきたのか、彼女の生い立ちが気になる。

けれどさっきの震えていた姿を思い出すと、安易に尋ねることなどできなかった。

その時、ぐうーっと音を立てて少女の腹が鳴った。

「あ……」

恥《は》ずかしそうに頬《ほお》を赤らめて、少女が自分の腹を押さえる。

張りつめていた空気が和《なご》むのを感じながら、俺は笑った。

「ははっ。夕飯にするか。実は俺もまだ食べていないんだ」

「ごはん……いいの……？」

「ああ。どうせ出発は朝になってからだ」

夜は魔物がうろついているし、俺だけならまだしも少女を連れての旅だ。

危険な行動は極力避けたい。

「野宿で悪いが、飯を食べてちゃんと休んでおこう。一番近い街でもこの森から半日はかかるからな」

というわけで夕飯の準備をはじめる。まずは手頃な枝を集めて、火おこしだ。

普段はマッチを使っているのだが、ふと閃《ひらめ》いた。

スキルを使って火をつけてみるか。

もし本当に力が戻っているのなら、二十代の頃のように力の加減をしなければならない。

俺は指先に神経を集中させ、慎重《しんちょう》に詠唱《えいしょう》をはじめた。

《火炎の聖霊《せいれい》、怒りの炎を我に貸し与えたまえ——火魔法サラマンダー》

ぶわっと手のひらが熱くなり——。

「なっ⁉」

とんでもない威力の業火《ごうか》が俺の手のひらから放たれた。

火をおこすどころではない。集めた枝だけでなく炎の飛んだ先の木々は、一瞬で塵《ちり》と化した。

かなり手加減をしたはずなのになんてことだ。

「おい、怪我《けが》をしなかったか⁉」

俺は慌《あわ》てて少女に駆け寄った。少女はあんぐりと口を開けたまま立ち尽くしている。

「すまない。怖かったよな」

「あ……。ち、違うの。わあって思って……。……私のこと治してくれたし、すごい魔法使いさんなの……？」

苦笑して首を横に振る。

「いいや。ただのおっさんだ」

それから俺は改めて枝を集め直した。

少女に離れているよう伝えて、もう一度、試してみる。

人差し指の先に弱々しく火が宿れば十分だ。イメージを固めてから、再度詠唱。

《火炎の聖霊、怒りの炎を我に貸し与えたまえ——火魔法サラマンダー》

ボオッと炎の現れる音がして、今度はちゃんと点火できた。

一応ステータスを確認してみる。やはりHPの減少は見られない。

俺は安堵《あんど》しながら背負っていた袋を下ろし、火の前にしゃがみ込んだ。

取り出したのは使い込んだ鍋《なべ》、ナイフ、それから布にくるんだパンと林檎《りんご》。

ズボンの裾《すそ》で手の汚れを拭《ぬぐ》ってから、作業に取りかかった。

最初にナイフでパンを切り分ける。パンはガチガチに硬くて、薄く切るのは至難の業《わざ》だ。

俺はこれでも我慢できる。しかし少女が一緒の間はもう少しまともなパンを買ったほうがいいだろう。

なんとか彼女の分が切れたので渡そうとした時、少女の手がかなり汚れているのに気づいた。

爪の中に入っている赤黒いものは血だろう。

今度も慎重に加減をして水魔法を出し、試しに自分の手をゆすいだ。

それから少女の手を洗い、風魔法で乾かす。

「これでいい」

パンを渡して、少し考える。

「ちょっと待っていろ。そのままだと味気《あじけ》ないからな」

鍋を火にかけて熱する。その間にナイフで林檎を薄切りにした。

鍋の上に手を翳《かざ》すと——。よし、温まっているな。

その上に切った林檎を一枚ずつ並べていく。

ふにゃふにゃと柔らかくなってきたら、頃合を見て裏返す。両面が焼けたら完成。

先ほど渡したパンを差し出させて、焼いた林檎をのせてやる。焼き林檎のせパンのできあがりだ。

「さあ、どうぞ」

少女はモゴモゴと感謝の祈りを捧げてから、小さな口を一生懸命開けて、はむっとパンに食らいついた。その途端、前髪の向こうの瞳がキラキラと輝いた。

「ふぁあ……！」

口の中がいっぱいだから、感嘆《かんたん》の声しか出ないのだろう。

でもその声からおいしいと思ってくれていることが伝わってきた。

リスのように頬を膨《ふく》らませて、うれしそうに咀嚼《そしゃく》している。気に入ってもらえてなによりだ。

俺も同じように林檎を並べたパンを頬張った。うむ、美味《うま》い。

焼いたことで甘酸っぱさが増した林檎は、乾いたパンとの相性抜群だ。

次は温まった鍋に水を張って、乾燥《かんそう》したイリコ豆《まめ》とトドロキ豚《ぶた》の干肉《ほしにく》を茹《ゆ》でる。

イリコ豆はそのままボリボリ食べることもできるし、茹でれば膨らみ嵩《かさ》増しになる。

おまけに安価で手に入るため、冒険者なら誰でも持ち歩いている食材だ。

トドロキ豚の干肉からは、コクのあるいいダシが取れる。

熱せられて柔らかくなった干肉をスプーンで混ぜていると、脂《あぶら》がゆっくりと浮かびはじめた。

ここに旨《うま》みが詰まっているのだ。

月明かりの下で黄金色のスープがキラキラと輝くのを見て、俺はごくりと唾《つば》を飲んだ。

少女もこのスープの味を気に入ってくれるといい。

クックツ鍋を煮ている間に、近くに生《は》えているハーブを取ってきた。

それも水魔法でよく洗ってから鍋に入れる。最後に塩をひと振りして味を調える。

鍋から上がる白いモヤが、食欲をそそるいい匂《にお》いへと変化した。

スープを飲むための容器は銀色のマグカップひとつしかないので、交互に使わなければならない。

まずは少女に。相変わらず遠慮するので、いいからと何度も言い聞かせた。

「火傷《やけど》しないように気をつけて飲めよ」

両手でマグカップを抱えた少女が、スープを見つめながら真剣な顔で頷いた。

それからフーフーと息を吹きかけはじめた。

息を吹くのが上手ではなくて、笑ってしまった。

「そろそろいいんじゃないか？」

俺が教えてやるとようやくマグカップを口元に近づけて一口。

「……！　おいしい……」

あんまり表情が動かない子だけれど、おいしいと感じたときには子供らしい顔を見せてくれる。

俺はその無垢《むく》な笑顔に心が癒《いや》されるのを感じながら、少女に向かって頷き返した。

四話　おっさん、哀しき獣の咆哮を聞く

すっかり空になった鍋《なべ》と膨《ふく》らんだ腹。俺はふうっと息を吐いて、隣の少女に視線を向けた。

「腹は満たされたか？」

「うん」

「そうかそうか」

「あ……あのね……」

「ん？　なんだ？」

俺が尋ねると黙ってしまう。なんだろう。なにか言いたいことがあるんだよな？

そう思って待っていると、少女はコートの裾《すそ》を両手でキュッと摑《つか》んだまま俯《うつむ》いてしまった。

「どうした？」

「……なんでもない」

俺は首を傾《かし》げながら少し困ってしまった。

どうやってこの子とコミュニケーション取ったらいいのか、まだいまいちわからない。

もしかして本当はまずかったのか⁉

「すまない。口に合わなかったか？　それとも嫌いなものでも入っていたか？」

Enjoy new life
with my daughter

「ち、違う……。ごめんなさい……。おいしかったって言いたかっただけ……。でも、なんて伝えたらいいかわからなくて……」

少女がたどたどしい口調でそう伝えてきた。

「そ、そうか」

おいしいと言ってもらえるのはうれしい。

一生懸命伝えられた言葉に励《はげ》まされ、次の食事も美味《うま》いものを用意してやりたいと思った。

この子が好きな食べ物はなんだろう。尋ねようとした俺はハッとした。

そういえば名前すら聞いていない。

「自己紹介がまだだったな。俺はダグラス。ダグラス・フォードだ。おまえの名を教えてくれるか?」

「……私はラビ」

「ラビか」

うさぎのラビットからとった名なのだろうか。

たしかに時折見える少女の瞳《ひとみ》はクリッとしていて、ウサギに似ている。

使った鍋や匙《さじ》を水魔法で洗いながらそんなことを考えていると――。

不意に闇の向こうから、地を這《は》うような唸《うな》り声が聞こえてきた。

獣《けもの》の鳴き声だ。ラビが不安がって、俺にしがみついてくる。

『グルルル……』

茂《しげ》みの中、光る無数の目が現れた。それに気づいた瞬間、俺は小柄《こがら》なラビを抱き上げた。

辺りを取り囲まれているようだ。数は十匹といったところか。気配からして強い敵意を感じる。

なによりもまずラビを守らねば。

それにしても獣除けのために火を焚《た》いているのに、なぜこのような事態になったのか。

何度も野宿をしてきたが、こんなことは初めてだ。

十匹の獣ぐらい、今の俺ならば難なく倒せるはずだ。とはいえむやみに生き物を傷つけたくはない。だとすれば、ここは引くべきところだろうが——だめだ。

夜の森の中、ラビを連れて逃げ回って怪我《けが》でもさせたらどうするんだ。

迷う俺に向かって、犬が飛びかかってきた。


「……！」

ラビを抱いたままサッと交わす。
間髪を入れずに二頭目、三頭目が続いた。避けていては埒《らち》が明かない。
動物相手に戦闘をするのは心が痛むが……。
《絶対零度の聖域を守りし女神、我《われ》に凍《い》てつく口づけを——氷魔法ヘル！》
氷の刃《やいば》が犬の腹を切りつける。
致命傷にはならない程度の傷を与えて、撤退させるつもりだった。
しかし犬たちは一瞬よろめいただけで、すぐにまた襲いかかってきた。
なにかがおかしい。

違和感を覚えたが、考えている暇《ひま》はない。俺は再び氷魔法を詠唱《えいしょう》し、犬の足を攻撃した。

これで動きを封じることができれば。ラビを抱え直しながらそう願ったけれど、一瞬ぐらついたぐらいで足止めにもならなかった。

しかも痛みを覚えている気配がなぜかない。やはり妙だ。

この状況で撤退をさせるのは不可能だ。戦闘を長引かせるとラビに危険が及《およ》んでしまう。

仕方がない。腹をくくった俺は犬たちを仕留《しと》めるため、心臓《しんぞう》を狙い撃った。

せめて一息で仕留めてやりたい。照準《しょうじゅん》はぶれず、氷の刃が突き刺さる。ところが——。

「な⁉」

真っ赤《まっか》な血をダラダラと垂れ流した犬が、血だまりの中、立ち上がる。

あれだけ血を流してまともに動けるわけがない。

まさか。嫌な予感を覚えながら、再度、氷魔法を放つ。

矢のような氷が心臓を再び貫いて、犬たちがその場に倒れ込む。

だが思ったとおり、数秒もしないですべての犬が体を起こした。

氷魔法の貫通した心臓には、ぽっかりと丸い穴が空いている。

口からは涎《よだれ》と一緒に、相当な量の血が溢《あふ》れていた。

こんな状態で生きていられるわけがない。やはりそうか。こいつらは……。

「アンデッドだ」

命を失ったあともひたすら獲物を求めてさまよう生ける屍《しかばね》。成仏《じょうぶつ》することもできず、永遠に飢え続ける哀しき存在。

アンデッドには恐怖心がない。だから火を焚いていても襲いかかってきたのだ。しかし、いったいなぜ大量の野犬がアンデッドになったのか。

アンデッドが生まれる過程にはいくつかの条件が必要とされる。

強制的に命を奪われ、鎮魂《ちんこん》の祈りさえ捧《ささ》げられず放置された亡骸《なきがら》。

そこに殺されたものが持っていた「生きたい」という強い意志が強烈な想いとなって絡《から》み合った時、アンデッドは誕生する。

つまり何者かがこの森で犬たちを殺しまくり、それは理不尽《りふじん》な死であった可能性が高いわけだ。

俺は思わず眉《まゆ》をひそめた。

心臓をくりぬかれてもなお、飢えて涎を垂らす犬たちの苦しみは、当然、俺にはわからない。

「……」

理由もわからないのに可哀想《かわいそう》だと感じることは俺のエゴだろう。

それでもなんとかしてやりたいと思ってしまった。

アンデッドを救う方法はただひとつ。脳《のう》を破壊して死を与え、無限の渇《かわ》きに終止符を打つしかない。俺はやるせない気持ちを抱えながら、ラビの顔を自分の肩《かた》に押しつけた。

「ラビ、少し目をつぶっていろ。俺がいいと言うまで開けるな」

声から俺の気持ちを察したのか。ラビは体を強張《こわば》らせて頷《うなず》いた。

「成仏してくれな」

俺は独り言のように呟《つぶや》き、犬たちの頭を目がけて氷魔法を放った。その直後。

『キャンッ……キャイインッッ……!!』

いくつもの氷の刃が一斉に飛び出し、アンデッドの頭部を切り落とした。

ボト、ボトと音を立て、首を失った獣の死骸《しがい》が地面に倒れていく。

突然、ぽっかりと訪れる静寂《せいじゃく》。ムアッとした濃《こ》い臭気《しゅうき》を嗅《か》ぎながら、俺は拳を握りしめたのだった。

◇◇◇

「……――この者たちに安らかな眠りを与えたまえ」

鎮魂の言葉を口の中で呟き目を閉じる。

隣にしゃがんだラビも俺に倣《なら》って、祈りのポーズを取った。これですべて終わったはずなのに。

ゆっくりと立ち上がった俺は、目の前に並んだいくつもの墓《はか》を眺《なが》めたまま、なかなか動けずにいた。

ラビが心配そうに見上げてくる。

「ああ、すまない。小さな子供の前で情けない顔を見せてしまったな」

頭を掻《か》きながら笑ってごまかそうとした。だが青い真っ直ぐな目は、じっと俺を見つめ続けている。適当に誤魔化《ごまか》そうとした自分が恥《は》ずかしい。

子供の純粋さの前では、大人の卑怯《ひきょう》な逃げなど通用しないのだ。

俺はその事実を思い知らされながら、ポツリポツリと胸の内を吐露《とろ》した。

「犬たちを救ってやりたいなんて思ったが、やはり俺の思い上がりだった気がしてな。命を奪ってほしいとあいつらが望んだわけじゃない。俺たちが逃げ出して、それで終わりにするべきだったのかもな」

ラビは困ったように唇《くちびる》を噛《か》んだ。当然だ。これは答えのない嘆きなのだから。

「いや、なんでもない。聞いてくれてありがとう」

感謝の気持ちを伝えて会話を終わらせようとしたら、突然、クンとズボンの裾を引っ張られた。

まだ唇を噛んだままだが、ラビがなにかを言いたがっているのはわかった。

「あ、あの……助けてあげられたと思う、私は……。だって……おなかが空《す》くのって、すごく苦しいから……」

つっかえつっかえ言葉を探して。消えそうな声でラビが言う。

俺を励《はげ》ましてくれているんだな。

なんともいえない気持ちが胸を覆《おお》って、心が温かくなる。

「ありがとうな、ラビ」

俺が微笑《ほほえ》みながらお礼を伝えると、ラビはまた唇をキュッと結んだまま頷き返してくれた。

まさかこんな小さな女の子に励まされるとは。

少し驚いたけれど、でもラビに打ち明ける前よりずっと俺の心は軽くなっていた。

五話

おっさんと少女、旅のはじまり

そのあとは獣《けもの》や魔物の襲来を受けることもなく朝を迎えられた。

木々の間から覗《のぞ》く太陽に向かい、両手を上げてグーッと体を伸ばす。

寝ずの番をしていたというのに、体の節々《ふしぶし》が痛むこともない。

昨日《きのう》までの俺とは全然違う。まるで生まれ変わったみたいだ。

目を覚ましたラビは小さな口を大きく開けて、くあっと欠伸《あくび》をしている。

「よく眠れたか？」

少し恥《は》ずかしそうにラビが頷《うなず》いた。

「うん。でも、あ、あの……ごめんなさい……」

「ん？　なにが？」

「見張りで眠れなかったのに……。わたしばっかり寝ちゃったから……」

「ははっ。なにを言ってるんだ。寝る子は育つものなんだぞ。だからそんなことは気にしなくていい」

俺だって安心して寝てもらえたほうが、見張っていた甲斐《かい》もあるというものだ。

「さてと」

Enjoy new life
With my daughter

旅立つ前にラビの靴《くつ》をなんとかしなければいけないな。

町に着いたら服と一緒に買ってやるとしても、半日歩くのに素足ではまずい。

かといって俺の馬鹿《ばか》でかいブーツじゃあ用を足さないだろう。

俺はごそごそとリュックの中を漁《あさ》って、小さめの麻袋《あさ》をふたつ取り出した。

中に入れていた乾燥《かんそう》豆などは別の袋に入れ替え、中身を空ける。

試しにラビにそれを履《は》かせて、口の部分を紐《ひも》で縛ってみた。

旅をしていると途中で靴が壊れてしまうことが時々あるので、こうやって即席の靴を作り急場をしのぐのだ。

ただ見た目が残念なのは否めない。貧乏臭《びんぼうくさ》すぎるかな。女の子だし嫌だよな。

自分の足元をじっと見つめていたラビは、遠慮《えんりょ》がちな仕草《しぐさ》で数回足踏みをした。

「わあ……。すごい……。靴になった……！」

声は小さいままだけれど、喜んでいるような気がする。

恐る恐るそーっと動くのがおかしい。

「普通に歩いても破けないぞ」

そう教えてやっても、雑には歩かない。麻袋で作った靴なのに大事にしてくれているようだ。口元に自然と微笑《ほほえ》みが浮かんだ。

とにかく靴の問題が解決してよかった。

そう思いながら俺が荷物をまとめていると、小首を傾《かし》げたラビが木の幹《みき》の傍《そば》へ歩み寄っていった。

どうしたんだ？　屈《かが》み込んでなにかを拾ったらしい。

「ラビ？」

「これ……。キラッて光ったから……」

差し出されたものを受け取る。

小さな指が俺のごつごつした手のひらにのせたのは、見覚えのある指輪だった。

ぎくりと心臓《しんぞう》の辺りが痛んだ。すうっと血の気が引いていく。

この指輪は――アランの？

俺が冒険者ライセンスを剝奪《はくだつ》されたあの日、街中で出会った勇者アランの顔が脳裏《のうり》を過《よぎ》った。

『おい、もういいよ！　いつまでも馬鹿話してんなって』

そう声を上げて俺を庇《かば》ってくれたアラン。

彼は数年間一緒にパーティーを組んでいた仲間だ。

もっとずっと若い頃は、俺が彼に戦い方を教えたこともあった。

親しくしていた時期があるからこそ気づいてしまったのだ。

勘《かん》違いではない。確信を持って言える。この指輪はやはりアランのものだ。

アランの両親は彼が子供の頃、魔物の襲来を受け、彼の目の前で惨殺《ざんさつ》された。

初めて両親のことを聞かせてくれた時、アランは親の形見である指輪を俺に見せて言った。

「絶対に両親の敵《かたき》を取ってみせる。母が残してくれたこの指輪にそう誓ったんだ」と。

震えていたアランの声。怒りでギラギラと光った瞳《ひとみ》。

その時にアランが見せてくれた指輪には、柘榴《ざくろ》色をした珍しい宝石『ドラゴンの紅玉《こうぎょく》』がはめられていた。

今でもあの時のやり取りを鮮明に思い出せる。だから確信を持てるのだ。

俺が手のひらにのせている指輪と、アランがはめていた指輪。それは間違いなく同じものである。

どうしてアランの指輪が今この場所に落ちていたのか。アランから指輪を預かった覚えはない。荷物に混ざっていたとも考えられない。俺が勇者パーティーを離れてから一年近くが経っているのだから。

「……」

いや、俺は理由をわかっている。ただそれを信じたくないだけだ。

偶然、呪詛《じゅそ》解除を食らったことで以前の強さを取り戻した体。ラビの足元に落ちていた装飾具。似たような状況で拾われたアランの指輪。

俺に呪《まじな》いをかけたのはアランだったんだな。

目の前が真っ暗になる。変な笑いが込み上げてきた。それほどショックだった。

俺は呪いによって力を奪われ、パーティーを追い出され、冒険者ライセンスを失い、死を待つばかりの存在となっていた。そうなるよう仕向けたのが、かつての仲間だったのだ。

俺はアランにそこまで嫌われていたのか。

憎いんじゃない。ただ心底、悲しい。

パーティーを離れたとはいえ、俺たちは親しかった時期だってあったのだ。

背中を預けて戦い合った日々や、熱い想いのたけを語った夜。そして誓いを明かしてくれたあの日。アランは気のいい青年だ。その彼が呪詛をかけるなんて……。

呪詛のために親の形見を使った事実は、軽い気持ちでかけた呪いではないことを物語っていた。

俺のなにかが彼をそこまで怒らせてしまったのだろう。しかし思い当たる節がまったくない。

それが問題だな。人に恨まれても気づけない無神経な男だったというわけだ。

「……どうしたの……？」

遠慮がちに問いかけられてハッとなる。顔を上げると、ラビが泣きそうな瞳で俺を見上げていた。

いけない。またラビに心配をかけてしまった。

「大丈夫だ。なんでもない」

ラビはゆるゆると首を横に振った。

「なんでもなく……ない。苦しい時の顔、してたもん……」

「……！」

俺は嘘《うそ》が下手《へた》くそすぎるし、ラビは鋭《するど》い子供だ。

「そうだな……」

かなり気まずい気持ちになりながら認める。ラビの言うとおりだ。なんでもなくはない。

俺は手のひらにのせた指輪へと視線を戻した。

うやむやに誤魔化さず、目の前の事態と向き合うために。

まだ感情の折り合いをどうつけたものかわからない。

それでもこの指輪をここで捨てていくという選択肢は、自分の中になかった。

呪詛の道具として彼が手放したとしても、親の形見の指輪なのだ。

これはアランに返す。そしてなぜ俺に呪いをかけたのか尋ねよう。

俺はグッと握った手のひらの中に指輪を閉じ込めると、改めて顔を上げた。

「俺の問題はとりあえず解決した。さあ出発しようか」

今度は嘘ではなく、本心からそう伝えられた。

◇◇◇

俺たちが今いるのはリース王国の北部。

大都市バルザックは国の南西部に位置しているので、南を目指す道行になる。

北部のこの近辺は未開の森や荒原《こうげん》ばかりで、交通網が発達していない。

点在する小さな村々は独立したコミュニティを築いており、都市部のように近隣の街と特産品のやり取りをすることがあまりないのだ。

行き来するのは日用品を運ぶ行商人ぐらい。街道を行く乗合馬車など皆無《かいむ》だった。

ほとんど歩きの旅となってしまうから、まめに休憩を取り少しでもラビの負担を軽くしてやるつもりだ。

森を抜け出すと視界が開けて、春の明るい日差しが降りそそいだ。

輝きに慣れていない目に眩《まぶ》しさがしみる。俺は腕を翳《かざ》して日差しを遮《さえぎ》りながら、空を見上げた。

ゆっくりと流れていくのは、しらす雲だ。遥か上空でトンビが浮遊している。

草木の香りを孕《はら》んだ風の流れは穏やかだし、古傷は痛まない。

「これなら今日一日、天候に恵まれそうだな」

「それも……魔法のスキルでわかったの……？」

思いもよらない質問を受け、目を丸くする。そうか、ラビには魔法のように見えたのか……。

この子は新鮮な驚きを俺に与えてくれる。俺は笑って否定した。

「今のは魔法じゃない。天気を読んだんだ」

「天気を読む……？　どうしてそんなことできるの……？」

不思議そうに問いかけてくる。

「うーん、そうだな。旅の経験で得た知識というところだな」

冒険者ライセンスを剝奪されて流れ者になってからだけでなく、若い頃も俺はよく旅をしたものだ。

起点としていたのはバルザックの街だったが、そこからいろいろな場所へ何度も旅に出た。

冒険者の生き方はざっくりと二種類に分けられる。

ひとつはダンジョンのある街に住みつき、クエストをこなしながらひたすらダンジョン攻略に勤《いそ》しむというもの。

もうひとつは各地を巡って、腕を磨いたりレアアイテムを求めたりする生き方だ。

もちろんレベリングをするには圧倒的に前者のほうが向いている。

けれど俺は冒険をしながら、のんびり旅をする生活が好きだった。

天気を読むための知識は旅をするうえでとても重要だ。

雲や鳥や風、自然界の変化を見て予測した天気はおおむねはずれない。

「雲を見てみろ。高い位置に薄く伸ばしたような雲が並んでいるだろう？　あれはしらす雲と呼ばれるものだ。しらす雲が出ている間は晴れてくれる」

「スキルを使ってないのに……天気がわかるなんてすごい……」

俺は照れながら頭を掻《か》いた。

「ただ、しらす雲は数日後、天気が崩れる知らせでもあるから気をつけねばいけない」

雲を指さしてラビに教えてやる。

ささやかな知識だけれど、いつかこの子の役に立つ時がくるかもしれない。

ラビは口を開けたまま空を見上げて、一生懸命言葉の意味を焼きつけているようだ。

俺はそんなラビを微笑《ほほえ》ましい気持ちで見守った。

まだ出会って間もないが、ひとりで目的もなく流れている時とはなにかが違う。

旅は道連れという言葉がふっと過った。連れがいるというのはいいものだ。

それからも俺とラビは、緑が揺れる草原に挟まれた街道を歩きながらポツポツと会話を交わした。

沈黙のままでは退屈かと思い、俺はいつも以上に饒舌《じょうぜつ》にしゃべった。

あまり語《う》りは上手《ま》くない。なにせ口下手《くちべた》だ。

それでもラビは真面目《まじめ》に聞いてくれた。

ラビはどうやら過去に旅で経験した思い出話と旅の豆知識が好きらしい。

勇者パーティーにいる時には、胡散《うさん》臭いと言われて相手にされていなかったのに。

喜んでもらえて正直うれしかった。


午前中の間、てくてくと歩き続けて腹が空《す》いてきた頃、俺たちは川辺に辿《たど》り着いた。

「ちょうどいい。ここで昼飯にしよう」

俺が提案するとうれしそうにラビが頷く。美味《うま》い魚料理を作ってラビに食べさせてやりたい。

俺はやる気を出して、両袖《そで》をまくり上げたのだった。

六話

おっさんと少女、ふたり料理～川原で魚の塩焼き～

川岸に近づき水の中を眺《なが》める。透きとおっていてきれいな水だ。

魚が泳ぐ姿も確認できた。結構大振りなのが何匹も泳いでいる。これなら食材には困らなそうだ。

川下のほうまで行ったあと、手をじゃぶじゃぶと洗って汚れを落とした。

水を掬《すく》い上げて、一口舐《な》めてみると――。うむ、問題ないな。ひんやりとしていて、とても美味《うま》い。

「ラビも飲め。歩きどおしで喉《のど》が渇《かわ》いているだろう」

「うん」

俺の横にちょこんとしゃがんだラビが、同じように手を洗って水を掬う。

こちらに倣《なら》って物を覚えていく姿を見ていると、子育てをしているような気がして胸の奥がくすぐったくなった。

もし俺に子供がいたらこんな感じだったのだろうか。

ラビはコクコクと喉を鳴らして水を飲んでから、口元を手の甲《こう》で拭《ぬぐ》った。

革袋水筒《かわぶくろすいとう》に入った水を分け合ってここまで来たが、二人分としては到底足りていなかった。

町に着いたらラビに用意するもののリストの中に水筒も入れる。

「ラビ、魚は食えるか？」

「お魚好き……」

「そうか、魚は好きか。じゃあさっそく昼飯を捕まえよう」

「どうやって捕まえるの……？」

「釣竿《つりざお》を作ってもいいが、今日は漁にしておくか」

魚が多く生息している小さな川だから、玉網《たまあみ》を利用するのがいいだろう。

「ちょっと待っていろ。枝を集めてくる」

「あ……」

「どうした？」

「ううん……。なんでもない……」

「そうか？　荷物を置いていくから一応見ておいてくれ」

「うん……」

俺は街道の反対側にある林の入口で、乾燥《かんそう》して丈夫そうな枝をいくつか集めた。

ちょうど近くの木にアケビの蔦《つる》が絡《から》みついていたので、ナイフでそれも切る。

よし。こんなところか。

材料を手に川へ戻る。

水辺で遊んでいるかと思ったのに、ラビは所在《しょざい》なさげに佇《たたず》んだまま、ものすごく心細そうな顔をしていた。

すぐすむ用事だから遊ばせておいてやるつもりだったんだがな。どうやら逆効果だったらしい。さっき呼び止めたのは一緒についてきたかったからだと今さら理解した。

もっと気を使ってやらなくてはだめだな。

反省をしながら、努めて明るい声でラビを呼び寄せる。

「これから網を作って魚を獲る。ラビも手伝ってくれるか？」

「……！　うん。お手伝いする……」

うれしそうに傍《そば》へ駆《か》け寄ってくる。

ふむ。俺が全部やってあげるより、一緒にするほうが喜ぶものなんだな。覚えておこう。

「それじゃあさっそく作りはじめるぞ。使うのは木の枝と、アケビの蔦、それからこれ」

ゴソゴソとリュックを漁って取り出したのは、目の粗《あら》い麻袋《あさぶくろ》だ。

この袋は立ち寄った村で採集依頼を請け負った時に、集めた品物を入れるために使っている。

畳んでしまっておいたそれを広げて地面に置く。麻袋を使うのは仕上げの段階。

最初に俺が手にしたのは枯れ枝だ。拾ってきた枯れ枝の中からまずは一本目を吟味《ぎんみ》する。

こいつは軸《じく》の部分なので、しっかりしているものを選ばなければいけない。

しなやかで太めの枝があった。これにしよう。次に同じような太さの枝を二本手に取る。

はじめに選んだ枝にその二本をくくりつけ、二股に開いた状態にしたい。

「ラビ、枝をこのまま持っていてくれ」

小さな手を一生懸命使って、ラビが枝を支えてくれる。

その間に俺はアケビの蔦を巻きつけ、枝同士を固定した。

「ありがとう。これでできたぞ。次は麻袋の番だ」

麻袋の上部に二箇所、ナイフで小さい穴を開ける。左の穴は二股に開いた枝の左側に、右の穴は右側に通して固定。麻袋で作った玉網の完成だ。

ラビは玉網をどうやって使うかわからないらしく、不思議そうに小首を傾《かし》げている。

「俺が川下《かわしも》で網を持っているから、ラビは川上《かわかみ》で魚を追い立ててくれ」

「やってみる……」

ちょっと不安そうだが、まあなんとかなるだろう。

靴《くつ》を脱ぎ捨て川の中に入る。

歩きどおしで熱くなっていた足が、ひんやりとした水に冷やされ心地《ここち》いい。

真ん中に行って玉網を仕掛けてみると、ちょうど川の幅と同じぐらいの大きさだ。

よし、いいぞ。これなら魚に逃げられづらい。

「ラビ、はじめてくれ。足で水を蹴《け》りながら、俺のほうへ少しずつ近づいてくる感じだ」

離れた場所にいるラビがコクコクと頷《うなず》く。

それから足を動かしはじめたものの、まだ全然動きが甘い。

「もっと豪快《ごうかい》に蹴って大丈夫だぞ！」

「わ、わかった……。がんばる……」

一生懸命に細い足を動かして奮闘している。

ぎこちない暴れ方がなんだかかわいくって笑ってしまった。

「よしよし、その調子だぞ」

「う、うん……！」

って、あ！　水をかぶってしまったな。それでもラビは楽しそうだ。

初めて声を出して笑ったりもしていたので、俺はそのまま好きにさせておいた。

濡れた服や髪はあとで風魔法を用いて乾かしてやればいい。

最初は魚が散り散りに逃げてしまい、なかなか網にかからなかった。

けれど何度か試しているうちに、ラビもコツを摑《つか》んできたようだ。

いいぞ、魚が集まってきた。

余計な声を上げて邪魔にならないよう心の中で褒《ほ》めていると……。

よし！　ラビに追い立てられた魚が玉網の中に逃げ込んできた。

腕にグッと力を込めて、すぐさま網を持ち上げる。

ザバァッと水音が上がり、たしかな重みが手ごたえとなった。

「ラビよくやったな」

「ちゃんとお手伝いできてた……？」

「ああ、もちろん」

ふたりで川から上がり、さっそく中身を確認する。

手ごろな岩を並べて囲いを作り、玉網の中身を流し込むと2匹の魚が出てきた。

岩の中でピチピチと跳《は》ねているのは、ふっくらとした銀桜《ぎんおう》マスだ。

「わあ……！　おっきいお魚……！」

「これは美味いぞ。春が旬《しゅん》の魚だからな」

大きさは十五センチほどか。食べごたえがありそうだ。

なんて思った途端《とたん》、激しく腹が減ってきた。

乾いた場所に火をおこして、急いで調理をはじめる。

最初は内臓の処理からだ。これを怠《おこた》ると生臭《なまぐさ》くなって、新鮮な魚の味を楽しめない。

平たくて大きい石を水ですすいで俎板《まないた》代わりにしたら、魚の腹にナイフを入れて内臓を取り出す。

きれいな水で腹の中を洗うことも忘れない。

おいしく食べられるよう風魔法を使って軽く乾かしたら、拾ってきた枝を利用し串打ちをする。

さて次は味つけだ。これはもういたってシンプルに。

持ち歩いている荷物の中から塩を取り出し、魚の表面に振りかけていく。

銀色に光る表面が塩で白くなるぐらい、しっかりかけることで焦げを防ぐことができる。

ここで火を確認する。火力は十分なようだ。

岩を使ってうまいこと串を固定したら、皮のほうを火に向けて焼きはじめる。

パチパチと火のはぜる音を聞きながら慎重に待つ。

皮がこんがりと焼き上がってきたら、今度は腹のほうを向ける。

白い煙がモクモクと上がり、風に運ばれて上空へと舞い上がっていく。

何度か串を回しているうちに、魚から水が落ちなくなってきた。

完全に水気がなくなれば出来上がり。両面こんがりと焼けて実に美味そうだ。

「さあ、ラビ。食べよう」

「うん……！」

「食べ方はこうだ」

俺はラビに魚を渡したあと、見本を見せるようにして焼き魚の背にかぶりついた。

串の端《はし》を両手で支えて豪快にむしゃむしゃと。

癖《くせ》のないまろやかな味が口内に広がっていく。

皮はパリパリ。身はふわふわと柔らかい。うむ。美味い。

ラビも俺の動きを真似《まね》して、カブッと魚に食いついた。

「はふっはふっ……おいしい……」

ふうふうと息を吐きつつ、ほっぺたを丸く膨《ふく》らませるラビ。

本当においしそうに食べてくれる子だ。


ラビの仕草《しぐさ》に和《なご》みながら焼き魚を食べ終わった時――。

不意に街道のほうから蹄《ひづめ》の音が聞こえてきた。

馬に乗ったならず者のような男がこちらに向かって駆けてくる。

傍《かたわ》らには二頭の猟犬を連れていた。

男は川の手前で馬を降りると、俺たちを睨《にら》みながら近づいてきた。ずいぶんな態度だ。

「やあ。お昼時かい？」

そんなふうに声をかけてくるが視線は不躾《ぶしつけ》なままだ。

俺は男を警戒したまま、静かに立ち上がった。さりげなく前に出てラビを隠す。

ずんぐりむっくりとした体型のガタイのいい男で、弓矢を背負っている。

男が履いているのは森歩きに適したブーツだ。この男、ハンターか。

「あんたにちょいと尋ねたいことがある。さっき森に入ったら、俺が狙っていた獲物が見当たらなくなっていた。昨日《きのう》の夕方、矢を射ておいたから、そう遠くへは逃げられないはずだってのに。犬たちは困ったようにクンクン鳴くばかりでな」

男から剝《む》き出しの敵意を感じた。

「おかしいと思ったら、獣の血が残っていた辺りに男物の靴跡が残っていたんだ。じめじめした森の中で助かったよ。おかげで誰かが俺の獲物を盗みやがったって気づけたんだからな」

こいつがラビを傷つけたハンターか！

理解した瞬間、血が煮《に》えたぎるような怒りが込み上げてきた。

しかし俺は今ラビを連れている。

怒りに任せて暴力を振るうようなところを子供には見せられない。

拳を強く握りしめ必死に堪《こら》えた。

「おい、犬ども。匂《にお》いを嗅《か》いでこい」

男が犬に呼びかけると、命じられた犬が俺の脱ぎ捨てていたブーツを嗅ぎ回りはじめた。

これだと訴えるように、すぐ吠えはじめる。

「やっぱりおまえか。町から離れたこんな場所でうろうろしている人間なんて他にはいねえしな。俺の獲物を返してもらおうか！」

「なにを言っているんだかさっぱりわからんな」

「てめえ、しらばっくれる気か！」

男がドンッと俺の肩《かた》を叩く。そのぐらいでは効かない。

それがわかると男は忌々《いまいま》しそうに舌打ちをして、勝手に俺たちの荷物を漁《あさ》りはじめた。

「さっさと殺して金になる部位だけ持ってきやがったのか。牙や爪は装飾品として高値がつくしな。どこだ。どこにしまってやがる！」

喚《わめ》き散らして俺のリュックをひっくり返す。

だがそこから出てきたのは鍋や保存食だけだ。

「あんたが探しているものなどここにはない。諦《あきら》めて去ってくれないか」

「うるせえ！」

怒鳴り返してきた男の目がハッと見開かれた。厚ぼったい唇《くちびる》にニヤリと笑みが浮かぶ。

「まだこっちにも袋があるじゃねえか」

そう言って拾い上げたのは俺がラビに作ってやった即席靴だ。

「あ……。だ、だめ……」

俺の陰に隠れて怯《おび》えていたラビが震えた声を上げる。

「おい、やめろ！　それにはなにも入っていない！」

俺が思わず叫ぶと、男の歪んだ笑みは色濃《こ》くなった。その直後。

ザクッ――。

無情な音とともに男はラビの靴をナイフで切り裂いた。

「あ……」

ラビの唇から傷ついた声が零《こぼ》れ落ちた瞬間――。

「あがッッ……!?」

俺は男の頬《ほお》に拳を叩き込んだ。魔法スキルなんていらない。こんな男、拳ひとつで十分だ。

鈍い音とともに手ごたえを感じた。俺のワンパンを食らって男が川の中へ吹っ飛ぶ。

バシャン！

激しく上がった水しぶき。

川辺へ近づいて見下ろすと、男は気絶したまま水中にぷかぷかと浮かんでいた。

このまま放っておけば死んでしまう。

気絶している男の体を川辺へ引っ張り上げ、彼が握っていた麻袋を奪い返した。

「これはこの子の靴だ」

俺は気絶している男に向けて静かに告げた。

七話

おっさん、希少アイテムを鑑定する

川を渡ってしばらく進むと街道の風景が変わった。

畑や農場が見えてきて、人の気配もしはじめた。

「もうすぐ村に着くぞ」

俺は背中におぶっているラビに声をかけた。壊されてしまった靴《くつ》は修繕《しゅうぜん》不可能な状態だったし、さすがにもう空にできる麻袋《あさ》は持っていなかった。

ハンターを起こして馬を借りるという手段も考えてみたが、ラビはすぐにその場を離れたがった。

相手はラビがフェンリルだった頃、彼女を傷つけた者だ。怯《おび》えるのも当然の話だろう。

かといって失神している男から靴を拝借《はいしゃく》していくのは、泥棒《どろぼう》と変わらんしな。

そんなこんなで俺はラビを背負って、移動することになったわけだ。

俺の肩《かた》に添えられたラビの力は遠慮《えんりょ》がちで、たびたびしっかり摑《つか》むよう諭《さと》さなければならなかった。

ラビは不安になるほど軽い。

下手《へた》したら手に持っているリュックより軽く感じるぐらいだ。

子供の重さってこんなものなのか。

Enjoy new life with my daughter

脆《もろ》く弱い生き物に思えて、しっかり守ってやらなければという気持ちが膨《ふく》らんだ。

それから一刻ほど歩いて辿《たど》り着いた村の名はマクファーデン。

一昨日《おととい》、俺が一泊した小さな村だ。飲み屋兼宿屋が一軒と雑貨屋が一軒。村の北側に古い教会が立っている。あとはすべて民家だ。

住人たちは農業と狩りで生計を立てており、家々の壁には農具や狩猟の道具が立てかけてあった。忙《せわ》しない都市とは違い、長閑《のどか》な雰囲気に包まれた田舎《いなか》の村である。

この村で入り用のものをすべて集めるのは難しいな。

ここからさらに数日かけて南下すると、アディントンという名のそこそこ大きな町がある。

旅の道具を買い足すのはそちらに移動してからでも問題ない。

この村ではとにかくラビの服をそろえてやればいい。

俺はラビを背負ったまま雑貨屋へと向かった。

ちょうど行商人が商いに来ていたところらしく、店の中には店主の他に大荷物を背負った男がいた。

「いらっしゃいませ」

太った赤ら顔の店主が愛想《あいそ》よく言う。

行商人の男も荷物を下ろしてから、こちらを振り返った。

顔を見て驚く。俺よりずっと年配の老人だったのだ。背丈は子供ぐらいしかない。

あの大荷物を背負って町と村を行き来しているなんて立派な人だ。

目が合うとニコニコと笑いかけられた。

店主も行商人も商売をしているだけあって人当たりがいい。

「なにかお探しですか？」

「ああ。この子に服と靴、それから下着を二枚ずつもらいたいんだが」

「はいはい、お子さんの服ですね」

お子さん。どうやら店主は俺とラビを親子だと勘違《かん》いしているらしい。

親子ではないんだがな……。

だからといって否定したところで、どういう関係か説明ができない。

下手したら人さらいだと勘違いされそうなので、俺は曖昧《あいまい》に笑い返した。

これから先だってこういう話題が出る可能性は十分ある。

あとでラビと話を合わせておいたほうがいいだろう。

「下着はこれとこれだね。子供は成長が早いし、少しだけ大きめのものにしておいたほうがいいから。次は服か。サイズからしてこの辺りかな」

店主が持ってきた古着は、麻《あさ》でできた簡素な無地のワンピースだった。

ラビを下ろしてワンピースを肩に当ててみると、丈《たけ》は問題なかった。

目立ったほつれもないので、これをもらっていくことにした。

「靴は今ちょうど木製と革製《かわ》があるがどっちがいいかな。革靴のほうが見栄えはいいね。木靴なら安全性に優れている」

「木靴は長時間履《は》いていても痛くならないのか？」

「もちろんさ。見た目で受ける印象よりずっと快適だよ。足を湿気から守ってくれるし、革靴に比べて水や冷えにも強い。職人なんかは好んで木靴を履くね」

「なるほど」

たしかに店主の言うとおり、革靴のほうがおしゃれに見える。

自分の服を選ぶ時、見た目など一切気にしない俺なのに今回は迷った。

おしゃれなほうが喜ぶよな。だが……。

長い旅になることはわかっている。やはりここはどうしても、安全性を取りたい。

「ラビ、悪いが木靴にしてもいいか？」

こくこくと頷《うなず》き返してくる。

前髪のせいでラビの表情が見られず、どう思っているのかわからなかった。

木靴を履くには靴下も必要だと言われたので、それも二足もらう。

あとは麻袋を三枚ほど補充。石鹸《せっけん》と手ぬぐいも買った。

革袋水筒は在庫が切れているというので、残念ながら諦《あきら》めた。

「それじゃあ水筒はアディントンの町で探してみるよ」

「ん？　旅の人。次はアディントンに行くのかね？」

それまで隣でやり取りを見守っていた行商人の爺《じい》さんが話しかけてきた。

「アディントンの雑貨屋はワシの店じゃから、向こうでもまた会うかもしれんな」

「え？　ワシの店？」

聞けばこの爺さん、行商をしているのは趣味《しゅみ》のようなもので、アディントンで店を営《いとな》む商人だという。

「普段は持ち込まれる商品をスキルで鑑定しているんじゃが、店にこもっているだけでは足腰《あしこし》が弱るのでな。売り子は息子に任せて、月に数回、行商をしているのじゃよ。息子はワシをさっさと隠居《いんきょ》させて、店の実権を握りたいみたいじゃがな。そう簡単にくたばる爺《じい》ではないのだ。ふぉっふぉっふぉっ」

両目を垂《た》らしてニコニコと笑っているわりに、後半の発言が黒い。

案外、やり手の爺さんなのかもしれない。鑑定スキルを持っているぐらいだしな。

交易《こうえき》関係のスキルであっても、すべての商人が習得しているわけではない。

スキル保持者の商人は、商人ギルドに所属している大商人がほとんどだ。

そうだ、あのネックレス。

ラビに呪詛《じゅそ》をかけた呪術師が用いたネックレスのことを思い出す。

もともとは大きい街で売るつもりだったため、まだ自分でも鑑定していないが、ちょっと相場を聞いてみよう。

俺は持ち主であるラビに確認してから、爺さんにネックレスを見せた。

何人かに鑑定してもらい相場を理解したうえで、ラビが損をしないよう売ってやりたかったのだ。

「このネックレスなんだが、だいたいいくらぐらいの値がつく?」

「どれちょっと拝見」

皺《しわ》だらけの手がズイッと差し出される。俺はその手に黒いネックレスを渡した。

しゃがれた声が、鑑定スキルの呪文を詠唱《えいしょう》する。

「ふむふむ、なるほど」

爺さんが鑑定結果を説明するより先に店主が話に入ってきた。

「そりゃあ黒真珠《しんじゅ》だな。だいたい銀貨二十枚ぐらいが相場じゃないかね。うちで買い取ってもいいよ。こんな田舎の村でもたまに貴金属を扱《あつか》ったりするんだ。誕生日なんかの日に若い夫婦が贈り合ったりするからな」

銀貨二十枚か。悪くはない値だ。それだけあれば一ヶ月は食える。

黒真珠ならそのぐらいの価値が妥当だろう。

ただしこれは『禁忌《きんき》の呪詛』に使われていた装飾具《そうしょくぐ》なのだ。

ありふれた宝石よりも特別な逸品《いっぴん》のほうが、呪詛の効果を高める。

そんなことは呪術使いであれば誰だって知っている。

つまりこの宝石の価値はもっと高いはずだ。

呪術に使われる装飾具は、希少な石が選ばれるのだから。

「不快《ふかい》な思いをさせたら申し訳ない」

俺は店主に断りを入れたあと、自分で鑑定スキルを発動してみた。

《全知全能の神、知識の本のページをめくり我に英知を与えたまえ――ジャッジ》

『アイテム名：黒曜《こくよう》真珠』


ああ。やはりな。黒真珠は貝の中から取れる宝石だ。それに対して黒曜真珠は、珍獣《ちんじゅう》ブラックタイガーの目玉から取れる希少アイテムだ。名前や形は似ていても価値は別格。

「これは黒真珠ではなく黒曜真珠だ」

「な、なんだって⁉　黒曜真珠ってあの希少な⁉」

店主が目を真ん丸くして声を上げる。

「おぬし、単なる旅人かと思いきや鑑定スキルが使えるのか。商人じゃったのかね？」

鑑定した爺さんは黒曜真珠の価値をしっかり見抜いていたのだろう。

店主とは違い、俺の鑑定スキルに食いついてきた。

「いや。たんなる流れ者だ」

「スキルがあったって希少アイテムを鑑定するには相当なレベルが必要なんだろ⁉　爺さんどうなんだ⁉」

「そうじゃな。よっぽどレベルの高いスキル使いということになる」

ごくりと唾《つば》を呑んだ店主が、爺さんと俺を交互に見やる。

「だいたい商人じゃないのに鑑定スキルを持っているなんて。セオ爺さん、そんなことってあるのか？」

セオ爺さんと呼ばれた行商人は、うーむと低く唸《うな》った。

「まあいなくはないが、高レベルの冒険者がいくつかのスキルを習得していて、そのうちのひとつというパターンがほとんどじゃな」

「たしかにガタイはいいが。あんた、そんなすごい冒険者だったのかい？　腰が低いからまったく気づかなかったな」

俺は苦笑を返した。

まあ「大きいだけで強そうに見えない」「表情に威厳《いげん》がない」というのはこれまでもよく言われてきた。

「ほっほっほっ。その身なりにすっかり騙《だま》されたわい。鑑定スキル持ちとはな。商人でなくてもお仲間のようなもんじゃ。ほっほっほっ」

セオ爺さんは俺を認めてくれたようで、今は持ち合わせがないが、アディントンの町にある彼の店にネックレスを持ち込めば、相場以上の値で買い取ると約束してくれたのだった。

八話 おっさんと少女、入浴と前髪

「あら、ダグラスさん？　あなた旅の途中だったんじゃ……」

買い出しを終え、雑貨店を出たところで声をかけられる。

振り返ると白髪《しらが》頭をスカーフに包んだ婆《ばあ》さんの姿があった。

曲がった腰《こし》を杖で支えながら、こちらに向かって手を振っている。

「あの婆さんは……」

昨日《きのう》の朝この村を出発する時に、俺が水の入った桶《おけ》を運んでやった婆さんだ。

「やあ」

俺はラビを連れて傍《そば》へ寄っていった。

ラビは人見知りをするらしく、恥《は》ずかしがって俺の後ろに隠れてしまったが。

「この村に戻ってきていたのねえ」

「そうなんだ。わけがあって引き返すことにしたんで、もう一晩お世話になるよ」

「まああ、それはよかったわぁ。あの時のお礼をちゃんとしていなかったでしょう？　是非《ぜひ》、今晩の夕食はうちへ食べに来てちょうだいな。もちろんそちらのおチビちゃんも一緒に」

「いや、しかし……」

「ごちそうでもない田舎《いなか》料理だから、どうか遠慮《えんりょ》はしないで」

お礼をしてほしくて手を貸したわけではない。だが無碍《むげ》に断るのもな。

婆さんが是非にと繰り返すので、結局俺はラビを連れて夕方伺《うかが》うことにした。

でもまずは宿の確保だ。

『農夫と鹿亭《しかてい》』という名の酒場宿は、通りを挟《はさ》んで雑貨店の向かいにある。婆さんとは一旦別れて、宿屋へと向かった。

扉を開くと上についているベルがカランコロンと音を立てた。

食堂の掃除をしていた宿の女将《おかみ》が顔を上げる。

明るいオレンジ色の髪を高い位置でくくった女将は、背が高く、がっしりした体型の女性だ。

早口でまくし立てるように喋《しゃべ》る、かなりせっかちな人である。

俺を見ると、きつめの顔におやっという表情を浮かべた。

「いらっしゃい。もう一泊していくのかい？　ん？　なんだい、その子は？　アンタ子連れじゃなかったろ」

「ああ、ちょっと事情があってな」

俺がモゴモゴと伝えると、女将は片眉《かたまゆ》を上げた。俺の後ろに隠れているラビに視線が向かう。

ラビが俺のズボンにギュッとしがみついてきた。

「ふん。人さらいってわけではなさそうだから、理由は突っ込んで聞かないけど。子供でもベッドを使うなら料金は大人分いただくよ」

「わかった。それはもちろん払――」

言葉の途中でまたすぐ女将が話しはじめる。

「にしてもずいぶん汚れた子だね。そのままじゃ寝かせられないよ。タライを裏庭に出してやるから、宿に入る前にちゃんと洗っとくれ」

女将の言葉にラビがビクッと肩《かた》を揺《ゆ》らす。

ただ俺が口を挟むより先に、女将は腰に手を当てて諭《さと》すように言った。

「別に意地悪で言ってるわけじゃないんだから、ビクつくことはないよ。洗えば綺麗《きれい》になるんだ。わかったね？　わかったら返事をおし」

「う、うん……」

「声の小さい子だね。まあいい。言っとくが湯なんて用意できないからね。水は共同井戸から自分たちで運んでくるんだよ。わかったらさっさと動きな！」

嵐のように女将にまくし立てられ、言葉を挟み込む余地などまったくなかった。


共同井戸は村の真ん中にある。

そこからバケツに一杯水を汲《く》んでくると、女将はすでにタライを用意してくれてあった。

ザバーッと水を流し込んでタライを満たしたあとは、この水を湯に変える必要がある。

いくら春の午後とはいえ、冷水で体を洗わせたくはない。

《火炎の聖霊、怒りの炎を我に貸し与えたまえ——火魔法サラマンダー》

俺は火魔法スキルを使って火の玉を作ると、それを水の中に沈めていった。

焼き石で湯を沸かす方法と同じだ。

三つ目の火の玉を落とした辺りで湯気が上がりはじめた。

手を入れて確認する。ちょうどいい温かさだ。

「アンタ、ちょっと！　すごいじゃないの!!　ボーッとした顔してるのに!!」

女将が俺を褒《ほ》める。

俺は苦笑いを返した。

「よし、ラビ。まず髪から洗うか」

「……!?」

ラビがびっくりした顔で俺を見返してくる。

「え？」

なにに驚いているのかわからず首を傾《かし》げると——。

「こら!!　女の子なんだから!!　気を使ってやるんだよ！」

女将に怒られギョッとする。

女の子だという認識はあったものの、いかんせんまだ子供だ。……いやでもまあ、そうだな。

「それじゃあラビ、この石鹸《せっけん》を使って体も髪も洗うんだ。手ぬぐいは濡れないよう庭の木にかけておくから、湯を出たら使え。着替えも同じ場所に置いておくな」

ラビの汚れ具合から考えると、タライの水はすぐに濁《にご》ってしまいそうだ。

それも逐一《ちくいち》、替えてやるつもりでいたのだが、この場を離れたら難しい。

「悪いが女将、湯をかけるのだけ面倒《めんどう》をみてやってくれないだろうか?」

「まったく仕方ないね。一回流す程度じゃ汚れを落としきれないだろ。どんどん湯を用意しとくれ」

「ああ、わかった」

確《たし》かに湯は足りなさそうだ。しかしそうなると井戸と庭を往復しているほどの時間はない。

むっ。そういえば今の俺は二種類のスキルでも併用できるのだったな。

だったらなにも水を汲みに行くことはなかった。

《火炎の聖霊、怒りの炎を我に貸し与えたまえ——火魔法サラマンダー》

《空白の魂《たましい》に愛求める水の聖霊よ、恵みの水を授けたまえ——水魔法ウンディーネ》

火魔法と水魔法のスキルを同時に発動する。

左手から溢《あふ》れ出した水に向かい、右手から湧き上がった炎がクルクルと渦《うず》を巻いてまとわりついていく。

じゃれ合うようにして水と火がひとつになると、熱気を感じさせるお湯へと変化した。

よし、これをバケツに次々注いで——。

「な、なんだいそれは⁉　いったいどうなってるのさ⁉」

女将は信じられないというように目を見開いている。

「ああ、これはスキルの二重遣《づか》いだ」

「スキルの二重遣い⁉　そ、そんな信じられない。二重にスキルを使えるなんて勇者様ぐらいじゃないのかい？　ハッ！　アンタまさか勇者様⁉　のわりに年を食ってるけど」

国王が認めた勇者アランの二重スキル、か。

どんな田舎に行っても老若男女《ろうにゃくなんにょ》、知らぬ者はいない。

俺はアランと呪いのことを思い出し複雑な気持ちになったが、無理やり笑って平静を装《よそお》った。

「はは。俺は勇者ではない」

「じゃあいったいどうしてそんな離れ業《わざ》を？」

「二重スキルは努力次第《しだい》で習得できるようだな」

「努力って、そんな馬鹿《ばか》な話あるもんか！　アンタ、実はとんでもない冒険者だったんじゃ」

女将に詰め寄られた俺は、困りながら頭を掻《か》いた。

「いや、俺は冒険者じゃない。たんなる流れ者さ」

◇◇◇

お湯をどんどんバケツに入れて、女将がそれでじゃばじゃばとラビを洗う。

もうお湯は足りると言われてからは、女将に任せて、食堂内で待たせてもらった。

それからしばらく。得意げな顔の女将に連れてこられたラビを見て、俺は息を呑んだ。

「どうだい？　だいぶましになっただろう」

埃《ほこり》や汚れでくすんでいた蜂蜜《はちみつ》色の髪が、輝きを取り戻している。

汚れを落とした肌は、透きとおるように白くなった。

雑貨屋で買ったワンピースがよく似合う。男用のダボダボなコートを着ている時よりもずっと見栄えがいい。

なによりも眉毛《まゆげ》の辺りで切りそろえられた前髪。

短くなった分、大きな瞳《ひとみ》がしっかり見えるようになって印象がだいぶ変わった。

前髪だけでこんなに違うものなんだな。仕草《しぐさ》は同じでも、だいぶ明るく見える。

前髪の隙間《すきま》からものを覗《のぞ》き見ていた時とは、ラビの心持ちも変わるはずだ。

視野が広がると気分がいいもんな。

「前髪が長すぎてどうしようもなかったからね、切ってやったのさ。もちろんこの子にも許可を取ったよ。ね、アンタも気に入っただろう」

「うん……」

ラビは恥ずかしそうに短くなった前髪を押さえているものの、女将の言うとおり嫌がっている感じはしない。

「子供らしくてかわいいいんじゃないか」

ラビの頬《ほお》が赤く染まる。

褒められて照れくさいのだろう。

これならラビの感情がわかりやすいな。

俺が女将にお礼を伝えると、ラビも同じようにお辞儀《じぎ》をした。


ラビが体を洗い終えたあとは、俺の番だ。

タライを借りて、せっせと汗や汚れを落としていく。

昨日《きのう》の下着やら靴下《くつした》などもその時まとめて洗った。

本来は自然乾燥《かんそう》が一番だが、午後のこの時間に干しても間に合わない。

着替えを終えたあとで風魔法を使い、サッと乾かしてしまった。

もろもろ済ませて一息ついた頃、赤い夕陽が村を包み込みはじめた。

ちょうどいい時間だ。俺はラビを連れて宿屋を出た。

婆さんは俺たちを野菜たっぷりのスープと鹿肉で作ったベーコン、柔らかいパンにワインでもてなしてくれた。ラビにはワインの代わりに牛《うし》のミルクを。

家の裏手で飼っている牛から搾《しぼ》ってきたばかりだという。

ラビは口の周りを白くしながら、おいしいそうにゴクゴク飲んでいる。

「娘さんを迎えに行く旅だったのねえ」

スープのお代わりを差し出しながら、婆さんが優しく微笑《ほほえ》む。

宿屋の部屋でしばらく親子のフリをしようとラビに伝えておいたので、俺は頷《うなず》き返した。

嘘《うそ》をついている後ろめたさで、視線がどうしても泳いでしまう。

「お父さんとふたりで旅をするのは楽しいでしょう?」

婆さんはラビにもそう声をかけた。

「お父さん……」

そう呟《つぶや》いたきりラビが黙り込んでしまう。

俯《うつむ》いているけれど前髪が短くなったから表情は見える。

見えるが、しかし今ラビはいったいなにを思っているのだろうか。

目を伏せて、心なし口元を綻《ほころ》ばせて。

まるでスープの温かさが体にしみ込んでいくのを噛《か》みしめるかのような、そんな顔つきだ。

父親のことを懐《なつ》かしんでいるのか? 『家族はない』と言っていたが。もう亡《な》くなっているのだろうか。

なんとなく触れられたくないだろうと思い、踏み込んで尋ねることはいまだにしていない。

どのぐらいの距離感でラビと向き合っていくべきか。

バルザックの街で別れるとしても、しばらくは一緒に旅をするのだから、まるっきり他人の距離というのも寂《さび》しい話だ。

少しずつ歩み寄っていければいいんだがな。

俺は心の中でそんなふうに願ったのだった。

九話 おっさんと少女、慈善の街アディントンへ

マクファーデン村を出て数日。

農村に泊まりながら南下を続けた俺とラビは、その日の昼過ぎにアディントンへ辿《たど》り着いた。

アディントンはなだらかな丘陵《きゅうりょう》地帯に作られた街で、北側の高台に古びてはいるがとても立派な建物を有している。

街の目印でもあるその建物は『マットロック孤児院《こじいん》』だ。

行きの道でこの街を通った時、孤児院の立派な建物を見てかなり驚いた。

それなりの規模の街にはおおかた孤児院がある。

だが、だいたいどこも金に困っていて、でかいだけのおんぼろ屋敷を利用していることがほとんどなのだ。

じゃあなぜマットロック孤児院はまともな建物を維持していられるのか。

前回、酒場でチラッと聞いた話をぼんやり思い出す。

たしか交易《こうえき》で財をなした男が院長となり、私財を注いで子供たちを育てていると言ってたな。

世の中には随分立派な人がいたものだ。

そんな人だから人望も厚《あつ》く、街の人々にかなり好かれているらしかった。

酔っ払いばかりの酒場ですら、院長の悪口がまったく出なかったのはすごい。

さて、まずは――。俺はどこの街に行っても最初に宿の確保をする。

アディントンでもそれはもちろん変わらない。

泊まるのは前回と同じ宿でいいだろう。飯が美味《うま》かったからきっとラビが喜ぶはずだ。

宿の場所は記憶に残っているので、ラビを引き連れ街の中心部へ向かう。

人や馬が往来《おうらい》する通りは活気に満ちていた。

「わあ……」

ラビは小さな口を開けて、辺りをきょろきょろ見回した。

賑《にぎ》やかな街の雰囲気に圧倒されたらしい。

今まで立ち寄ったのは小さな農村ばかりだったからな。

とくに馬車に興味があるようで食い入るように眺《なが》めている。

「ラビ、馬車に乗ったことはあるか?」

「ううん……」

「もう少し南へ行けば乗合馬車も増える。そのうち乗せてやれるぞ」

「……!」

勢いよく俺を見上げて、パアッと顔を輝かせる。

言葉がなくてもラビの喜びがはっきり伝わってきた。これも短い前髪のおかげだな。

そんなことを思いながらラビに微笑《ほほえ》みを返そうとした時。

向かいの店から人がドバッと出てきて、辺りが一際《ひときわ》騒がしくなった。

「おいしそうなお菓子いっぱい買ってもらえたね！」

「院長先生ありがとう！」

「見て！　私が買ってもらったジンジャークッキーすっごくかわいいでしょ！」

「それなら僕のキャンディだって負けてないよ」

「ははは、みんなそんなにはしゃいでは危ないよ」

洋菓子店から出てきたのは、子供たちを十人近く連れた真っ白な髪をした男性だ。

ふくよかな体軀《たいく》はぬいぐるみのクマのようで愛嬌《あいきょう》がある。

なにより優しい笑い方に人の良さが滲《にじ》み出ていた。

子供たちは院長先生と呼んでいた。もしやあの人が孤児院の院長だろうか。

それにしては連れている子供たちの身なりが随分といい。

仕立ての良さそうなシャツを着た男の子。ドレスのように華《はな》やかなワンピース姿の女の子。

まるで貴族の子供たちのようだ。なんてことを思ってハッとした。

あの子たちに比べて俺がラビに与えた服や靴《くつ》はどうだ。

「……」

選択肢がなかったとはいえ無地の地味なワンピースと木靴。

チラッとラビを見た直後、さらに打ちのめされた。

ラビが子供たちに向かい憧《あこが》れを抱くような眼差《まなざ》しを向けていたのだ。

馬車を熱心に観察していた時とはまた違う。

喉《のど》から手が出るほど欲しいもの。それを前にした時のような表情である。

……うらやましいんだろうな。

俺と目が合うと、ラビは恥《は》ずかしそうに顔を俯《うつむ》かせた。

俺がかける言葉を見つけられずにいるなか、子供たちがじゃれ合いながら駆け出してきた。

そのうちのひとりが夢中になっていたせいで、ドンッとラビにぶつかった。

「あ！　ラビ！」

よろめいたラビをとっさに助けようとした。けれど近くにいた白髪《しらが》の男のほうが先だった。

「すまないね。大丈夫だったかな？」

ラビがこくりと頷《うなず》く。

「それはよかった。お詫《わ》びにこれをお食べ」

差し出されたのは色とりどりのキャンディだ。人見知りのラビが一瞬で瞳《ひとみ》を輝かせた。

もらっていいのかというように俺を見上げてきたので頷き返してやった。

ラビはキャンディを一粒受け取ろうとしたが、男はニコニコと笑って手にしていたすべてをラビに握らせた。

大盤振《おおばんぶ》る舞《ま》いに驚いたらしく、ラビはモゴモゴとお礼を告げてから俺の後ろに隠れてしまった。

「すみません。高価な菓子をいただいてしまって」

「いいえ、こちらこそ失礼いたしました、お父様。ほらおまえたち。ちゃんとこの子に謝《あやま》りなさい」

「はーい。ごめんなさい」

穏やかに諭《さと》され、子供たちが少し照れながら謝ってくる。

そのやり取りだけで彼らの関係性の良さを感じた。

「うちの子供たちは元気すぎて、このとおり手を焼いていますよ」

優しく笑って俺とラビを見比べる。ただその直後、丸々とした顔におやという表情が浮かんだ。

「これは申し訳ありません。親子だと思ったのは私の早とちりだったようですね」

あっさり見破られどきりとした。たしかに髪の色は異なるし、顔も似ているわけじゃない。

でもそういう親子だっていなくはないだろう。

今後のためになぜ親子ではないとわかったのか尋ねると、男は朗《ほが》らかに笑いながら答えた。

「距離感ですよ。あなたの後ろに隠れても、触れるのは躊躇《ためら》っている。親子ではありえないでしょう」

「なるほど……」

「それでおふたりはどういう関係なのですか?」

ちょっと心配そうに尋ねられ、今度はぎくりとなった。

もしや人さらいだと疑われてるのだろうか。

「ぎ、義理の親子です。まだなったばかりなのだが」

できるだけ心の動揺を隠してそう伝える。

「そうでしたか。ではは生活も一変したでしょう。その年のお子さんがいきなり自分の人生に入ってきては戸惑《とまど》うことも多いはずです」

「はあ、まあ」

なんと答えるのが新米の父として正解なのかまったくわからない。

俺は額《ひたい》に汗を浮かべながら、目を泳がせた。

「ははは。まだ自分の育児に対して不安が多いのですね。そんなに青ざめなくても大丈夫ですよ」

「あ、いや……」

「奥様が支えてくれるでしょう」

「その、つ、妻《つま》はいないので」

「え？　それではあなたお一人で血の繋《つな》がらぬ少女の面倒《めんどう》を見てらっしゃるのですか？」

しまった。余計なことを言ったようだ。そう気づいた時にはもう遅かった。

俺が慌《あわ》てはじめたのを見て、男は同情の色を濃《こ》くした。

「差し出がましいとは思いますが、なにやら事情がおありのようですね。私はこの街で孤児院を経営しているマットロックと申します。もしよろしければご相談に乗りますよ」

「いや、そんな……」

「幼い子の面倒をみるのは大変でしょう。子供連れの旅は移動距離も制約されますし。子供を放って眠るわけにもいかず、ひとりで寝ずの番をすることもあったのでは？　なによりひとりでいた時よりお金もかかるはずです」

まるで聖職者のような優しい笑みを浮かべて、男が言う。

この人なら頼りたい、そう思わせる微笑みだ。

「相談って」

「うちには事情があって預けられた子も大勢いますので」

「……！」

どうやら彼はラビを孤児院に預けないかと提案しているようだ。いやいやいや、なんでそんな話になっているんだ。

マットロック氏の後ろで興味深げにやり取りを聞いていた子供たちが「この子もうちの子になるのかな？」と囁《ささや》き合っている。はしゃぐ子供たちの表情を見て危機感を覚えた。このままとんとん拍子《ひょうし》で話が進んでしまう気がしたのだ。

「お気遣《づか》いはありがたいが問題はないので。で、では。ラビ、行こう」

俺は挨拶《あいさつ》もそこそこに、ラビを連れて逃げるように立ち去ったのだった。

◇◇◇

宿屋に到着してからラビの様子が変だ。

口数が少ない。食もあまり進まないようだ。

具合が悪いのかと聞くと首を振る。たしかに顔色はそんなに悪くないな。

どうしたものかと思いながら様子を窺《うかが》っていて気づいた。

たびたびワンピースの裾《すそ》を摑《つか》んで伸ばしたり、俯いて眺めたりしている。

味気《あじけ》ない古着のワンピース。

「これ……」

「ん？」

「高い……？」

消え入りそうな声でラビが尋ねてくる。

俺は口を開けたまま固まり、すぐには言葉が出てこなかった。

「……い、いや。安い。すまないな」

絞り出したような声で謝ると、ラビが不思議なことを言った。

「よかった……」

よかった？

なぜ安いことがよかったのか。混乱したまま首を傾《かし》げる。

ただ俺の頭の中にはさっきからずっと、今日見た子供たちの華やかな姿がちらついていた。

ラビが落ち込んでいたのもきっと服のせいだよな。胸の奥がちくりと痛む。

ラビだってうらやましそうに見惚《みと》れていたじゃないか。

院長の申し出を勝手に断ってしまったが、ラビは引き取られることを望んでいたのでは。

同じ年頃の子たちもたくさんいるし、なに不自由なく暮らせるようだった。

もともと俺だって知り合いに預ける気でいたんだ。

そっちでの生活が孤児院より勝るかどうかなんてわからない。

「ラビのことは院長に頼んだほうがよかっただろうか？」

ラビ自身の意思が知りたくて尋ねたら、彼女はビクッと肩《かた》を揺らして俯いてしまった。

「勝手に断ったりして悪かった」

無言のまま首を力なく横に振るラビ。

「なんなら明日、俺が頼みに行ってくるが」

ラビは床を見つめて固まったまま、なにも反応を示さない。

どうしていいのかわからずに、俺は重いため息をついた。

「孤児院に頼まなくていいのか？」

本当に微《かす》かに頷いた。

そうか。ならばせめて孤児院の子たちのように、子供らしいおしゃれをさせてやりたいな。

このままじゃ行く先々で、惨《みじ》めな想いをさせてしまう。

そうだ。ラビが喜びそうなものを見繕《みつくろ》ってこよう。

それでこの気まずい雰囲気も打開できるかもしれない。

「ラビ、ちょっと出かけてくる。ラビは宿屋で待っていてくれ」

「あ……」

物言いたげにラビが俺を見上げてくる。

一緒に連れて行ったら必ず遠慮《えんりょ》するだろうから、ここはどうしてもひとりで行きたい。

俺は不安そうなラビに頷き返して、「行ってくる」と伝えたのだった。

◇◇◇

宿屋を出た俺はひとりきり、商業区へとやってきた。

いつも行くような雑貨屋ではだめだな。

大通りに面した商店をひとつひとつ眺めていく。

街のもっとも賑やかな辺りに近づいた頃、ようやく目当ての店を見つけた。

ショウーウインドウにレースのドレスを飾ったその店の名は、『婦人服・仕立て屋オールマンの店』。

勇気がいったが意を決して近づいていく。

窓越しに中を窺うと先客が数名。若い女性客が多いようだ。

かなり繁盛《はんじょう》しているらしい。ドキドキしながら扉を潜《くぐ》る。

当然、こんな小綺麗《こぎれい》で洒落《しゃれ》た店とは無縁の人生である。

もうすでに嫌な汗をかいていたが、ラビのためを思えば逃げ出さずにすんだ。

店内には様々な色の華やかなドレスが陳列されている。

こりゃあすごいな。細かい刺繍《ししゅう》、キラキラと光るビーズ、いったいいくらするのか。

店内にいた先客たちはそんな衣服を平然と着こなしているのだから驚かされる。

普段俺が出入りしてるような雑貨屋とは、雰囲気も客層もまったく異なる。

俺だけが激しく浮いていた。

だいたい服屋なのにいい匂《にお》いがするのはなぜなんだ。

戸惑いつつドレスにつけられた値札を確認した。

「……！」

銀貨十枚。

今の所持金はすべて合わせてもその半分以下。とてもじゃないが俺では買えない。

服は仕事をして金を貯めるまでの間、待ってくれるよう頼もう。

それ以外でもう少し手ごろな値段の商品はないものか。

肩身の狭《せま》い思いをしながら店内を回ると、右手の脇《わき》に帽子《ぼうし》やリボンを並べたコーナーがあるのに気づいた。

今日見た少女たちもこのようなリボンを髪に飾っていたな。

ラビにもきっと似合うだろう。いや、絶対に似合う。

値段は……銅貨三十枚か。安くはない。でもこれならなんとか買える範囲だ。

そろそろなにか日雇《ひやと》いの仕事をしようとは思っていたから、手痛い出費とはならない。

手に取ってみたいが、こんなおっさんのごっつい指で触れていいものか。

繊細《せんさい》で愛らしいリボンを見ていると気が引けてくる。

汚れだけはちゃんと落としてきて正解だった。

そう思いながらも躊躇《ためら》っていると――。

「ねえ、なにあの人」

「リボンを見つめたまま思いつめた顔をしてるわよ」

「女性へのプレゼントを選んでるんじゃない?」

「あら、あんな朴念仁《ぼくねんじん》みたいな人が?」

女性たちの集団がくすくすと笑い声を立てる。

あまりの恥ずかしさに思わず店の奥の暗がりへと逃げ込んでしまった。

なにをやっているんだ俺は。逃げてどうする。自分を叱《しか》りながらも動けない。

結局、女性たちが店を出ていくまで俺はその場に立ち尽くしていた。

さて……。やっとのことでまたリボンのコーナーへ戻ってこられたが、今度はどれを選んでいいのかわからず困った。

しばらくすると女性店員が見かねたように声をかけてきた。

ソワソワしたが、ここは彼女の手を借りることにする。

十歳ぐらいの大人しい少女に似合うものはどれかと尋ねたら、夏の花のような黄色いリボンと、爽《さわ》やかな水色のリボンを勧められた。ラビに似合うのは……。俺は水色のリボンをもらっていくと店員に伝えた。

「お包みいたしますか?」

払いを終えたあと店員に尋ねられ、またここでも迷った。

リボンひとつを仰々《ぎょうぎょう》しく贈るのはどうなんだ？　やりすぎだろうか。

こんなふうに物を人に贈った経験などほとんどないため困惑する。

きれいに包まれたリボンをラビに渡す自分を想像してみる。

いかん。まったくイメージできない。さりげなく渡すほうが気楽だな。

支払いをすませた俺はそのままリボンを受け取った。

手汗で汚したくはないから、ロングコートのポケットの中に丁寧《ていねい》にしまう。

宿までの道は、行きよりも心なしか足取りが軽くなった。これでラビが喜んでくれるといいが。

ラビの遠慮がちな照れ笑いを思い浮かべながら帰路を急ぐ。

なんと言って渡そうか？　偶然見かけたとか？　いやそれは白々《しらじら》しいな。

なら「ラビへの贈り物だ」はどうだ。ううむ。贈り物というほど高価な品ではないしな。

やっぱり「よければ使ってくれ」あたりか？

うむ。パッとしないところが俺らしいじゃないか。それでいこう。

宿屋が見えると、今度は少々緊張してきた。いらないと思われたら落ち込むな。

悪い想像のせいで足が止まりかける。

買った時はとても愛らしく思えたリボンなのに、いまいちな気さえしてきた。

「はぁ」

まったく情けない。道行く人々が不審げに俺を振り返っていく。立ち止まっているわけにもいかないので、なんとか自分を奮い立たせて宿の扉を開けた。

一階の食堂は早めの夕食をとる客で賑わいはじめている。

ざわめきの合間をすり抜け、左手奥の階段を上っていく。

がんばれ俺。なんとか気まずい状態を打破するんだ。

それにラビは優しい子だ。真心を込めて謝れば、きっと元通りになれる。

そう信じてポケットの中からリボンを取り出す。

よし。すうっと息を吸って、部屋の扉を開ける。ところが……。

「ラビ？」

室内はがらんとしていて、ラビの姿はなかった。トイレに行ってるのか？

首を傾げつつ部屋の中へ入っていく。手持ち無沙汰《ぶさた》を感じながら室内を見回していると……。

ん？　書き物机の上に紙が一枚置いてある。出て行く前はこんなものなかった。その紙を取り上げた俺は、書かれている言葉を見て目を見開いた。

『いろいろありがとうございました
いっしょにいられて　とってもたのしかったです
わたしは　こじいんの　こどもになります
ラビ』

手紙には小さくて丸い筆跡でそう書かれていた。

「……」


よく見ればこれはオーダーをメモした紙の裏側だ。下の食堂で一枚分けてもらってきたのだろう。

そんなどうでもいいことを考えながら、ベッドの縁《ふち》に座り込む。

渡す相手のいなくなってしまったリボンが俺の手からすり抜けて、床の上へひらりと落ちた。

そうか。孤児院に……。

たしかに今日見た子供たちはとても幸せそうだった。

今の俺では買ってやれないような服を着せてもらっていた。

ラビが不自由なく暮らせるならいいじゃないか。

その場所が俺の知り合いの元であろうと、孤児院だろうと関係はない。

頭ではわかっているのに。やるせない気持ちが募《つの》っていくのが不思議だ。

寂しくなるのは、こんなにすぐ唐突《とうとつ》な別れが訪れるとは思っていなかったからだ。

そんなふうに自分に言い聞かせてもみる。

だがこのまま別れてしまって本当にいいのだろうか。

広い世界だ。一度、道が分かれたら二度と会わないことのほうがずっと多い。

別れの言葉ぐらい面と向かって言うべきじゃないか?

そんなふうに思って、立ち上がりかけたが……。

やめておこう。わざわざ手紙を置いて、出ていったのだ。

顔を合わせたくなかったことぐらい、いくら鈍い俺でも気づいた。

シンと静まり返った室内に、俺の深いため息が響く。

口数が多い子ではなかったから、一緒にいても沈黙なんてしょっちゅうだった。

しかしひとりきりの静けさとは違う。この静寂《せいじゃく》の中に優しい気配は一切ない。

たった数日、ともに過ごしただけの少女。それでも彼女の存在が俺の孤独を癒《いや》してくれていたのだ。いなくなって初めて、その事実に気づかされた。

◇◇◇

翌朝。目を覚ました俺はモソモソと支度《したく》をしながら、ラビにネックレスを返していないことに気づいた。しまった。俺がこれを持っているわけにはいかんな。

避けられたような別れだったとしても、ちゃんと届けに行かなくては。

今日は朝一でセオ爺《じい》さんの店を尋ねると約束してあった。

先にそちらに顔を出し、ネックレスが売れなくなったと伝えてから孤児院へ向かおう。

心にぽっかり穴が空いた状態なのは変わらない。

それでももう一度ラビに会えると思うと、多少は気が晴れた。

教えられていたとおり商業地区の西側へ向かうと『セオの雑貨店』の看板はすぐに見つかった。

雑貨屋のわりには店構えはかなり大きい。やはりあの爺《じい》さん、かなりやり手のようだ。

「どうも」

挨拶をして店内へ入っていくと、店の奥でセオ爺さんと、彼にそっくりな小柄《こがら》な男性がワーワーと言い争っていた。

「だから父さん、棚卸《たなおろし》なんてのは僕に任せてくださいよ。もういい年なんですから、腰《こし》を痛めたらどうするんです」

「はんっ。おまえのようなヒョロヒョロよりワシのほうがずっと丈夫じゃよ!」

どうやら親子喧嘩《げんか》のまっただ中なようだ。

俺が棒立ちになって困り果てていると、言いたい放題やり合っている親子がそろってこちらに視線を向けた。

「「いらっしゃい」」

喧嘩をしていても挨拶はしっかりハモっている。

仲がいいんだか、悪いんだかわからんな。俺は苦笑しながら軽く会釈《えしゃく》した。

「ん?　おまえさん、今日はあの子を連れておらんのか」

俺が肩を落として事情を説明すると、親子の反応は真《ま》っ二《ぷた》つに分かれた。

「そりゃあその子、運がよかったですね。きっと幸せになれますよ!」

「ワシはどうもあの男は好かんがのう。稼いだ金に執着しない商売人など聞いたことがない」

「まったく父さんはまたそんなことを言って。院長はもう商売から足を洗ったんですから。どうか気にしないでください。院長の悪口を言うのなんて、この街でうちの父ぐらいですよ」

息子が俺に向かって苦笑する。

「マットロック院長に預けたなら一切間違いがありませんから。養い親を探すにしても貴族以外は断ってるらしいですし。孤児院で成長した子たちは大きな街で独り立ちできるよう、取り計らってもらえるんです。もう何人も院長の元を巣立っていきましたよ」

ここも大きくて住み心地《ここち》の良さそうな街なのに、わざわざ外へ出ていくのか？

北部の人間はあまり故郷を離れたがらない。それはこの辺りの交通網があまり発達していないからなのだが……。不思議に思いながら疑問を口にすると、息子のほうが返答をくれた。

「ここから南東に行くと海に出るのはご存じですか？」

「港町シップトンか。ん？　だがシップトンを利用できるのは近距離用の小さな漁船と商船だけだろう。ギルドと揉《も》めているとかで、もう何年も旅客船が泊まらないんだよな？」

そのせいで海を横切ることを諦《あきら》めたからよく覚えている。

数年前の話だ。まだ俺が勇者パーティーにいる頃――。

東側の大陸は十年前から魔王による侵略が激しく、魔族による残虐《ざんぎゃく》行為が繰り返されていた。

そいつを退治するためシップトンから東へ渡ろうとしたのだ。まあ、今はその結末について思い出している時ではない。

「シップトンは旅客船を受け入れるようになったのか？」

「いいえ。でも院長は商船に乗っていた頃の知り合いに顔が利きますから。いつでも船を出してもらえるんですよ。ここもまあそれなりに大きな街ですが、海を渡った大陸の東側は規模が違うと言うじゃないですか。私だって憧れる気持ちはありますよ。きっと院長もそういう街のほうが幸せになれると思っているのでしょう」

「……⁉」

目を見開き息を呑む。

ありえない。たしかに勇者アランによって東の大陸の安全は一度取り戻された。

しかし、今また東側の大陸は、魔王軍の四天王によって苦しめられている。

そんなところで幸せになれるわけがない。

院長はなにも知らずに子供たちを送り出しているのか⁉

目の前にいるこの商人は魔王の侵略のことなどまったく知らない様子だ。

北の街は人の出入りが極端《きょくたん》に少ないせいで、情報が止まったままなことが多い。

それにしてもやはりおかしい。

子供たちを送っていった者は、東の港に入るのだ。情報は絶対に入ってくる。院長が知らないとしたら、その者が隠しているからということになる。

だがいったいなんのために？　なにか言いようのない不安を感じる。

どちらにしろラビをそんなところに預けてはおけない！

迎えに行くことがラビの迷惑になっても、たとえ嫌われようとも、安全な場所以外は認められない。突然、ガッと顔を上げた俺を見て、親子が驚いたように目を見開く。

「すまんが失礼する！」

「え⁉　急にどうしたんです？」

「ラビを取り戻しに行ってくる」

俺がそう告げるとセオ爺さんのほうはニヤリと笑った。

「うむ。行ってこい」

「また改めて顔を出させてもらう！」

そう告げて店を飛び出した。

「おい、若いの！　急ぐなら馬を使え！」

セオ爺さんが俺の背中に向かって叫ぶ。……若いのって。たしかに爺さんよりは若いが。

「大丈夫だ！　馬より俺のほうが早い‼」

俺は振り返らずに叫び返した。

《漲《みなぎ》る力湧き上がれ――加速アクセラレーション‼》

走りながら詠唱《えいしょう》し、素早さのバフを自分にかける。

まだだ！　もっと早く！　加速！　加速‼　加速ッッッ‼

何重にもバフをかけた体で風のように駆け抜けていく。

一刻も早く。ラビの元へ――……！

十話 おっさんと少女、仲直りする

マットロック孤児院《こじいん》の扉に駆け寄った俺は、ライオンのドアノッカーを三度叩いた。

――ドンッ、ドンッ、ドンッ。

感情が乱れているせいで、巨人の足踏みのような音を響かせてしまった。

「はぁはぁ……」

ごくりと息を呑み、カラカラになった喉《のど》を潤《うるお》す。

輪っかを咥《くわ》えるライオンを見つめながら待っていると、少しして扉が内側から開かれた。

出てきたのは下働きらしき男だ。

「はい、なにかご用でしょうか？」

俺を見てニコリと微笑《ほほえ》む。笑い方の癖《くせ》が院長とよく似ている。

まるでモノマネをしているんじゃないかと思ったくらいだ。

目尻《めじり》を垂《た》れさせて、口角《こうかく》をつり上げた笑い方。

ちょっと滑稽《こっけい》で、だからこそ親しみやすく感じさせる。

俺はラビを迎えに来た、やはり孤児院に預けることは取りやめたいと伝えた。

「はぁ、そうですか。ちょっと院長に確認してくるので、少しお待ちください」

そう言って男が扉の向こうに消えた。

待たされている時間は異様に長く感じる。ソワソワと扉の前を歩き回り、飽きるほどため息をついた頃、男が戻ってきて中へと入れてくれた。

「やあ。おはようございます」

階段ホールの上から声をかけられ顔を上げると、ニコニコと笑うマットロック院長が影を背負って立っていた。

「心配になって様子を見にいらっしゃったのですね？」

マットロック院長は笑顔を張りつけたまま俺の元まで降りてくると、気さくな仕草《しぐさ》で握手を求めてきた。

「ただどうでしょう。あの子のためにもお会いにならないほうがいいですよ。身寄りのない子ならまだしも、わけあって預けられた子というのは、最初は必ずホームシックになります。あなたと会わせてしまうのはあの子の寂《さび》しさを煽《あお》るだけです」

「いや、そうではない。俺はラビを迎えに来たんだ」

「おや。迎えに、ですか。でもあの子のほうからここに来ることを望んだのでしょう？　昨日《きのう》本人がそう言っていましたよ」

「ああ。わかっている。だがそれは行き違いからなんだ。ラビはこのまま連れて帰る。あの子に会わせてくれ」

「……」

マットロック院長が目を細めたまま、じっと俺を見つめてくる。

それから彼は、殊更《ことさら》優しい雰囲気を出してうんうんと首を縦に振った。

「わかりました。この時間なら他の子たちと庭で遊んでいるでしょう。お連れしますよ」

◇◇◇

院長に案内され庭へ向かう。ラビは他の子たちと馴染《なじ》めず、庭の隅《すみ》でポツンと土いじりをしていた。

「ラビ!!」

名前を呼びながら駆け寄る。俺の姿を見た瞬間、ラビの瞳《ひとみ》が大きく見開かれた。

「あ……。……ど、どうして？」

「迎えに来たんだ。俺と一緒に帰ろう」

「……！」

ラビに向かって手を差し出す。ラビは反射的にその手を取ろうとしたあと、なぜか力なく腕を下ろした。

「ラビ？」

「……」

俯《うつむ》いて黙り込んでしまう。パサリとサイドの髪がラビの頬《ほお》に落ちる。

やっぱり俺と行くのは嫌なのか。

伸ばした手は行き場を失ってしまった。胸の奥が針で刺されたように痛む。

「……い、一緒にいたら迷惑に……なるから……」

え？　その言葉に驚いてラビを見下ろす。ラビはギュッと唇《くちびる》を噛《か》みしめて、肩《かた》を震わせていた。

大きな瞳からは今にも涙が零《こぼ》れ落ちそうだ。なぜ迷惑なんて……。そう考えてハッとなった。

脳裏《のうり》を過《よぎ》ったのは、洋菓子店の前でマッドロック院長が言っていた言葉だ。

『幼い子の面倒《めんどう》をみるのは大変でしょう。子供連れの旅は移動距離も制約されますし。子供を放って眠るわけにもいかず、ひとりで寝ずの番をすることもあったのでは？　なによりひとりでいた時よりお金もかかるはずです』

俺は自分のことでいっぱいで、後ろで聞いているラビがなにを感じるかまで、頭が回っていなかった。この子の控えめで大人しく遠慮《えんりょ》がちな性分《しょうぶん》を思えば、どんな気持ちになるのかわかりそうなものなのに。

自分の存在が俺に迷惑をかけてると思い込んでしまったんだな。だから宿に着いてからも元気がなかったんだ。そんな事実に今頃気づくなんて。俺は馬鹿《ばか》だ。馬鹿すぎる。

ラビならどんなふうに受け取るか。しっかりとラビの気持ちに寄り添えばわかったはずなのに。

……待てよ。それならあの時も。

俺の買ったワンピースが高かったか聞いてきたラビ。

俺は安物だということでがっかりさせたと考えたが、そうじゃないんだ。

ラビは安かったと伝えたら「よかった」と言った。その意味がようやくわかる。

自分の服を俺に買わせてしまったことを申し訳なく感じていたんだな。

だから心配して値段を聞いてきたんだ。安かったならまだよかったと思ったのだろう。

そんなふうに引け目を感じているラビをひとり残して、買い物に向かうなんて。

自分のマヌケさ加減に呆《あき》れ果てた。

「ラビ、すまなかった！」

ガバッと頭を下げて謝罪する。

「おまえの気持ちをちゃんと考えてやれなくて。その揚句《あげく》、思い込みで突っ走ってしまった。このとおりだ。許してくれ」

「……!?　あ、謝《あやま》らないで……」

小さな手が俺の腕に触れてきた。

謝罪の言葉を伝えてから恐る恐る顔を上げると、潤《うる》んだラビの瞳と目が合った。

「おまえのことを迷惑だなんて思ったことは一度もない。むしろ一緒に旅ができてよかったと思っている」

「……ほ、ほんとに……？　わたし……迷惑じゃないの……？」

「ああ、本当だ。だから俺のところへ戻ってきてくれるか？」

「……っ」

さっきからラビの瞳を濡らしていた涙がブワッと溢《あふ》れ出す。

ラビは衝動にかられたように俺の腕の中へ飛び込んできた。

細い腕を必死に伸ばして、俺の背中にギュッとしがみついてくる。

「ほんとは……出ていきたくなかった……っ」

「ラビ……」

胸がいっぱいになって、俺まで泣きそうだ。

言葉だけでは伝えきれない想いを込めて、俺もラビを抱きしめ返す。

「いいか、ラビ。俺は信頼できる相手でなければ、おまえを渡さない。おまえの安全と幸福が保証されている。そう確信が持てなければ、こうやって取り戻しに来るからな。それを覚えておいてくれ」

「うんっ……」

もうこんな涙は流させたくない。二度と、絶対にだ。

「ハハハ。素晴らしい。感動してもらい泣きしそうですよ」

俺はラビを片手で抱き上げてから、マットロック院長のほうを振り返った。

かなり失礼なことを言っていたのに、院長は笑顔を浮かべたままだ。

初対面の時にはあの笑顔を見て、いい人そうだと感じたのにな。

今は顔に張りついた不気味な仮面のようにすら思える。

「いろいろと大変でしょうから手助けをしたかったのですが。あなたがご自身で面倒をみるというのなら、引き留められませんね。さあ外までお送りしましょう」

「その前に聞きたいことがあるんだ、マットロック院長」

「聞きたいことですか？　なんでしょう？」

俺は庭で遊ぶ子供たちを見回してから言葉を続けた。

「マットロック孤児院の子供たちは皆いずれ、東の大陸へ向かうのだと聞いたが本当か？」

「ええ。そうです。産業都市ブルボンか港湾都市バスティードのどちらかで暮らしていますよ」

「だが海の向こうの大陸へ子供たちを送るなんて、不安ではないのか？」

「それはもちろん。だから私も時折、巣立つ子供たちを見送りがてら、東の大陸を見に行くんです。頻繁《ひんぱん》に訪れるのは難しいですが。最後に訪問したのは一年前です」

「やはりいいところだったか？」

「もちろんですよ。人も多く賑わっていて、毎日がお祭りのような騒ぎでしたよ。向こうに越した子たちもそれはそれは幸せそうでした」

「そうか」

残念ながら最悪の結果となってしまった。

マットロック院長も被害者であったのなら、まだマシだと思っていたのだが。

「ということはあんたが騙されてたわけではないんだな」

「え？　なんです？」

「東の大陸は三年前から魔王の四天王によって苦しめられている。とくに産業都市ブルボンは事実上支配されているような状態だ。そんな街に住んでいて『幸せそうだった』？　だいたい観光客が訪問できるわけがない。万が一、街の中へ入れたとしても、外になど出してもらえぬはずだ」

「ははは。恐ろしいことを言って脅《おど》かすのはやめてください。誰から聞いたのかわかりませんが、そんなことありえませんよ。私はこの目で見てきたのですから」

「おかしいな。俺もこの目で見てきたんだ」

「……」

マットロック院長は微笑みを浮かべたまま、俺は愛想《あいそ》の欠片《かけら》もない仏頂面《ぶっちょうづら》で睨《にら》み合った。

先に動いたのはマットロック院長だ。

「子供たち、すまないが少し屋敷の中に入っていてくれるかな」

子供たちは不思議そうに顔を見合わせながらも、院長の指示に従い庭から出ていった。

「なにか起きた時のために避難させるぐらいの心はあるんだな」

ついそんな言葉を口にすると、院長がおかしそうに高笑いをした。

口元が歪《ゆが》んで、笑いの質が変わる。

「避難？　なにを言ってるんだ。私は明日からもここで院長を続けていくのだよ。アンタを殺すところなんて見られるわけにはいかないだろう。――まあ子供が巻き添えになってひとり死ねば、商品がひとつ減るということだ。それは極力避けたいがね」

この男！

俺は怒りで肩をわななかせながら視線をサッと動かした。

中庭に下男たちが集まってきている。ラビを抱いた俺を取り囲むようにして、八人。

「殺せ」

院長が指示した途端《とたん》、やつらが一斉に襲いかかってきた。俺は即座に氷魔法を詠唱《えいしょう》した。

《絶対零度の聖域を守りし女神、我に凍《い》てつく口づけを――氷魔法ヘル！》

「うわあぁッッ⁉　なんだこれはッッッ⁉」

俺が放った氷魔法は一瞬で下男や院長の脚を凍らせて動けなくした。

「んな⁉　おまえ、攻撃スキル使いか‼」

さすがに動揺したのか、初めて院長の顔から笑みが消える。

「ラビ、ここで待っていろ」

抱いていたラビを下ろして、離れる理由もちゃんと説明する。

「他の子供たちのためにも、あいつの悪事を完全に暴《あば》かなければいけない。もっと近くに行ってしっかり話す必要があるんだ」

ラビは小さな両手を握りしめて、コクコクと頷《うなず》いた。

心配そうではあるけれど、俺のことを信じてくれているのだと伝わってきた。

「院長、凍え死ぬのは嫌だろう？」

一歩ずつゆっくりと院長の元へ向かう。俺が近づくほど、院長の顔から余裕が消えていった。

「お、おい。な、なにをするつもりだ」

「ここを出ていった子供たちはどこでどうなった？」

「し、知らん！」

「全身凍らせて凍死させることもできるんだぞ」

「は、はったりだ！　おまえは人を殺せる顔をしてないからな！」

人を殺せる顔をしていない、か。

俺はたしかに極力、殺しは避ける。今はラビを連れていることもあるし、そうではない時もできる限り生け捕《ど》りにしてきた。

優しさだけが理由ではない。殺してしまっては情報を得られないし、その者が犯した悪事の償《つぐな》いをその者ひとりの命だけで賄《まかな》えるとは思えないのだ。

とはいえ今は人殺しをしなさそうだというイメージが足を引っ張っている。

こういう時のために怖く見える表情の練習でもしておくべきだったか。悪人に見える顔。ハッ、そうだ。

俺はがんばってヘラヘラと笑い、目の前にいる院長のモノマネをしてみた。目を下げて、口角をぐっと上げて……。よし、こんなところだな。そのまま視線を上げたら——。

「ヒッ!!　気味の悪い顔をしやがって!!」

おい。これはおまえの真似《まね》だと言ってやりたい。

でもとりあえず怯《おび》えさせられたのでよしとしよう。

「俺もあんたと同じ、いい人のフリが得意なんだ。この本性を見ればわかるだろう？　白状しないのなら別に殺したって構わない。なんせわけを知っていそうなやつは他にもいるんだ」

院長から顔を逸《そ》らして、下男たちを見やる。

「あんたを殺してからあいつらを問い詰めれば、白状してくれそうだ」

「ま、待て！　こ、子供は変態貴族や娼館《しょうかん》に売ったんだ!!」

「どこの娼館だ？」

院長が街の名をいくつも挙げた。貴族の名前ももちろんすべて白状させた。

「……」

胃の内側が燃えるように熱い。怒りをなんとか嚙《か》み殺そうと地面を見つめながら深く息を吐き出す。その時、院長の嘲《あざけ》るような声が聞こえてきた。

「クハハッ、油断したな！　私だって火魔法ぐらいなら使えるのだ！　火炎の聖霊、怒りの炎を我《われ》に貸し与えたまえ――火魔法サラマンダー!!」

放たれたのは小さな火炎だ。それをサッとかわして、院長の傍《かたわ》らに踏み込む。

「あっ!?　フゴボッ!!」

吐き気を覚えるその顔に拳を叩きつける。

氷で固めた足ごと吹っ飛ばされた院長は、庭の木に激突して失神した。

◇◇◇

数時間後。俺の通報によって、マッドロックとその手下たちは街の牢獄《ろうごく》に幽閉《ゆうへい》されることになった。周囲には騒ぎを聞きつけて集まってきたのか、人だかりができている。

どの顔にも驚愕《きょうがく》の色が宿っている。それはそうだ。今、憲兵隊《けんぺいたい》によって連行されていくこの男は、さっきまでこの街の住人達に好かれる院長先生だったのだから。

「や、やめろ！　わかった！　わかったから！　違うんだ、私は実行犯じゃないッッ！　実際に手を下したのはあいつらなんだよ！　おい、離せこら！　汚い手で私に触《さわ》るな、くそが‼」

必死に暴れて仲間たちに罪を擦《なす》りつけようとするマットロック。

奴の手下も同じように大声でマットロックのしてきた悪事を喚《わめ》いている。

街の人たちが浮かべていた驚きの表情に、だんだんと疑念《ぎねん》の色が宿っていく。

「まるで別人みたいだわ」

「あんな汚い言葉遣いを」

「いやしかし、まだ信じられん……。街中で騙《だま》されていたなんて」

そんな声を聞きながら、俺は憲兵隊とともに街の監獄へ向かった。


その後に聞いた話によると、院長の書斎から見つかった取引先の名簿により、子供たちの売られた先はすぐ見つけられそうだという。

子供たちは必ず見つけ出し、本人の意向を確認したうえで連れ戻すと、憲兵隊長が俺に約束してくれた。

今後の孤児院の経営に関しては、できるだけ早いうちに街の人々が話し合いを行うと聞いた。

取り潰《つぶ》すという手段は考えていないと言っていたのでホッとした。

今日から数日間は有志の者が子供たちの世話をしてくれるらしい。

無関心な人々の住む街でなかったことが唯一の救いだ。

こんな事件、二度と起きてほしくないな……。本当だったらすべての子供を救いたかった。

でもそれは傲慢《ごうまん》な考えだ。時は戻せない。

俺は月の出た夜空を見上げて深いため息をついたのだった。

◇◇◇

その夜。宿屋に戻ってから、俺はひどい勘違《かんちが》いで購入してきたリボンをラビに差し出した。

ラビはリボンを手のひらに載せたまま、不思議そうに首を傾《かし》げている。

「それはラビへの贈り物だ」

「え……！」

大きな瞳が零れそうなほど見開かれる目。

少しでも喜んでくれるといいが。不安に思いながらラビの反応を窺《うかが》っていると……。

「……！」

ふわっと柔らかく表情を崩して、ラビが満面の笑みを浮かべた。

本当にうれしそうに笑ってくれたのだ。

「ありがとう……」

「ああ」

ポカポカと心が温かくなる。

あの時、店で感じた恥ずかしさも情けなさも全部が報《むく》われた気がして。

「ラビを置いて部屋を出たあと、これを買ってきたんだ。貧しい服を着せた負い目があってつい妙な態度を取ってしまった。すまなかった」

「私もごめんなさい……。勝手に……いなくなったりして……」

「いや、いいんだ」

お互いにぎこちなく笑った。謝り合うのは照れくさいものだ。

「リボン、つけてもいい……?」

「もちろんだ」

「えっと……」

自分で髪に結《ゆ》わえようとしているが上手《うま》くいかないようだ。

「貸してみろ」

俺もそんなに器用なほうではないが、ラビからリボンを受け取りがんばってみる。

ひとふさ摘《つま》んだ髪《かみ》をリボンで掬《すく》って、なんとか飾りつけることができた。

「よし、できたぞ」

やっぱり水色のリボンで正解だった。

「うん、とても似合ってる」

はにかんだラビが首をすくめる。

「……でも、どうして……リボンくれるの……？」

「菓子店で他の子たちのかわいいドレスをうらやましそうに眺《なが》めていただろう？　ドレスはまだちょっと買ってやれそうにないから、とりあえずそのリボンで勘弁《かんべん》してくれ」

簡素なワンピースを恥ずかしく思っていたわけではなくても、ラビが他の子の服装に憧《あこが》れを抱いていたことはわかっている。と思っていたのだが……。

なぜか俺の話を聞いた瞬間、ラビの顔が真《ま》っ赤《か》になった。

「……ち、違うの……。ドレスじゃなくて……お菓子……なんだろうなあって気になったの……」

「え⁉　そっちだったのか⁉」

どうやら俺が思っていた以上にラビは食いしん坊らしい。

「ぷっ。ははは。そうかそうか。お菓子だったのか」

俺が堪《こら》えきれず笑うと、ラビも恥ずかしそうに笑い出す。

怒りや絶望、悲しみを覚える出来事を、こうやって笑い合うことで人は乗り越えていく。

そんなふうに思える夜だった。

十一話

おっさんと少女、「うちの子」と「お父さん」

翌日。ざわざわとした宿屋の食堂で、俺とラビは窓際の席に着いた。

窓から差し込んだ朝日が暖かい。

「おはようございます。今日の朝の卵はどうします？」

宿の女将《おかみ》がエプロンで手を拭《ぬぐ》いながら、卵の焼き方を聞きにやってくる。

ふたりして目玉焼きを注文してから、これから数日間の過ごし方についてラビに説明した。

「おそらくあと四、五日はアディントンに滞在することになる。その間に大きな町でしか手に入らない品を買ったり、日雇いの仕事をして路銀《ろぎん》を稼《かせ》ぐつもりだ」

滞在が長引いたのは、マットロックの事件に関して呼び出される可能性があるからだ。

憲兵隊《けんぺいたい》からは数日間、この街に留まるよう指示されている。急ぐ旅ではなくてよかった。

そんなことを考えていると、ふわっといい匂《にお》いが漂《ただよ》って朝食のプレートが運ばれてきた。

「さあ食べよう」

「うん……！」

手を合わせて祈りの言葉を小声で唱《とな》えて食事をはじめる。

「それからセオ爺《じい》の元へも行かなくては。ラビのネックレスの件もあるしな」

ラビはフォークを握ったまま、俺の説明を真剣な顔で聞いている。

「飯を食べながらでいいぞ。冷めてしまうからな」

「わ、わかった……」

今朝の朝食は目玉焼きとベーコン、マッシュルームのソテーだ。

半分に割ったパンの上にそれらを挟《はさ》み込んで、サンドイッチのようにして食べる。

俺の豪快《ごうかい》な食べ方を見て、「わあ」と呟《つぶや》いたラビがせっせと真似《まね》しはじめる。

「半熟の卵が横から溢《あふ》れるから気をつけろ」

「はーい」

うれしそうにかぶりつくラビ。

「あっ……！」

さっそく卵が零《こぼ》れてラビの手にポタポタと垂《た》れた。

「ははは。まあ小さい口で食べるとなかなか上手《うま》くいかんだろう」

「ご、ごめんなさい……」

「いいんだ。気にするな」

青ざめた顔で謝《あやま》ってくるラビの頭を軽く撫《な》でてから、腰《こし》に提《さ》げていた手ぬぐいで拭ってやる。

マクファーデンで一枚買い足したが、まだ心もとないな。

子供がいると日用品の出番が多くなることを、俺は初めて学んだ。

子供といえば。

「ラビ、ひとつ提案があるのだが――」

今後も旅をしている間は『親子』という関係を貫いたほうがいいと俺は思っている。

ただ俺たちはその芝居《しばい》が全然できていない。

まだ出会って数日だからと自分に言い訳をしてきたが、今回のような事件に巻き込まれることを避けるためにも、できるだけ自然な親子に見えるよう努力はしたい。

昨晩、眠る前にそんなことを思った俺が考えついたのは呼び方を変える案だ。

「俺はこれから人前ではできるだけラビのことを『うちの子』と呼ぶようにする。『うちの子がお世話になりました』どうだろう。お父さんっぽい感じは出てるか?」

「う、うん……。出てる気がする……」

「そうか。よかった。それじゃあラビは俺を『お父さん』と呼んでくれ」

「……!」

息を吞んだままラビが固まってしまった。あれ。

「すまない。嫌だったか?」

「い、嫌じゃない……。……呼んでいいの……?」

「もちろんだ」

よかった。遠慮《えんりょ》だったのか。俺はホッと胸を撫で下ろした。

「それじゃあちょっと試してみるか。さあ、ラビ言ってみてくれ」

「い、今……?」

「ああ」

ラビの眉《まゆ》が下がり、オロオロと視線が泳ぐ。

頬《ほお》がピンク色に染まってすごく照れくさそうにしている。

「うぁ……。……は、恥《は》ずかしくて……」

「大丈夫だ。こういうのは一回目をクリアすれば意外と気が楽になるものだ。さあ、がんばれ」

「う、うん……。……お…………………………お父さん……？」

「……！」

食堂の喧騒《けんそう》にかき消されそうなほど小さい声で呼ばれた『お父さん』。

だが俺の心に強烈ななにかを突き刺してきた。

こ、これは……照れる……！

顔がカアッと熱くなっていくのを感じた俺は、慌《あわ》てて口元を手で覆《おお》った。

全世界のお父さんは娘に呼びかけられる時、いつもこんな想いをしてるのか⁉

ラビには『一回目をクリアすれば意外と気が楽になるものだ』などと言ってしまったが、全然慣れることなどできなそうだ。

◇◇◇

朝食を食べ終えたあと。

商業地区の店が開く時間になったので、俺はラビを連れて『セオの雑貨店』を再び訪れた。

昨日《きのう》は挨拶《あいさつ》もろくにせず飛び出してしまったからな。非礼の詫《わ》びがしたい。

それからなによりラビを取り戻したことをセオ爺さんに伝えたかった。

商業地区は今日もまた様々な人で賑《にぎ》わっている。

ラビは人の流れを縫って歩くのが上手くない。

「迷子にならないよう手を繋《つな》いでおくか」

「う、うんっ……」

差し出した手をラビがキュッと握ってくる。

子供の手の温かさに驚かされた。

それに俺のごつい手と違って、ラビの小さな手はふわふわのパンのように柔らかい。

力の加減をして、できるだけそっと握り返した。


『セオの雑貨店』。

頭上に掲げられた木の看板を見てから扉を開ける。店内に入った途端《とたん》、興奮した調子の話し声が聞こえてきた。

この店はいつも騒がしいな。苦笑しながら中へ入っていく。

またセオ爺たちが親子喧嘩《げんか》をしているのかと思いきや。

先客がいたのか。店内奥、レジカウンター付近には五、六人の男たちでごった返していた。その真ん中にはセオ爺さんと息子の姿がある。

買い物客というより砕けた感じの雰囲気で、あーでもないこーでもないと盛り上がっている。どうやら顔見知りが集まって雑談をしているようだ。

なにをそんな熱心に話しているんだろうな。

苦笑しながら挨拶をしようとした時、セオ爺さんが声を上げた。

「あ！　ほれ皆の衆！　こやつが例の旅人じゃ！」

「おおおおお!!　あんたがあのッ!?」

セオ爺さんが俺を指さした途端、男たちの視線が俺にそそがれた。

「あんた、よく見抜けたな！」

「あの院長が人売りだったなんて、俺たちいまだに信じられねえよ！」

「街中あんたの噂《うわさ》でもちきりなんだぜ!!」

「俺、他の連中にも知らせてくる！」

口々にそう叫んで俺を取り囲む。最後のやつは謎の言葉を残し、表へと飛び出して行った。

それ以外の男たちはすげえすげえと繰り返しながら、ペタペタと腕や肩《かた》に触れてきた。

な、なんだいったい？

俺はわけがわからずに慌ててラビを後ろに隠した。

悪意は感じないものの、皆やたらと興奮している。

「待ってくれ。いったいどうなってるんだ？　『あんたがあの』って？」

人の垣根の向こうで背の高い椅子《いす》に座っているセオ爺さんを見やる。

セオ爺さんはにやりと笑った。

「昨日の逮捕劇が噂になってるんじゃよ」

「噂って」

「あんたがマットロックの罪を暴いてくれてよかった。街中で十何年もの間、あの大悪党に騙《だま》されていたとは……。しかもワシなんぞあやつが最初から好かんかったのに、見て見ぬふりをしておったからなおさら悪い。そのせいで多くの子供たちが犠牲《ぎせい》になったと思うと情けなくてしょうがないわい」

セオ爺さんが呟くと、興奮していた男たちも悔《くや》しそうに俯《うつむ》いた。

「俺なんてあの野郎のことを神様ぐらいの気持ちで崇《あが》めちまってたしな」

「それはみんな同じだよ。俺たちは本当に馬鹿《ばか》だった」

「だからあんたに心底感謝しているんだ。あんたがアディントンを訪れてくれなければ、もっと多くの犠牲者が出ていただろう」

「本当に、本当にありがとう！」

「あんたはアディントンの英雄だよ！」

「な……」

予想外の言葉に絶句する。俺が英雄⁉

年嵩《としかさ》の男が「ありがとう」と言って俺の手を握ってきた。

強い力を込めた握手から彼の感情が流れ込んでくるようだった。

他の者たちも次々感謝の言葉を伝えてくる。かぶっていた帽子《ぼうし》を慌てて脱いだ者もいる。

「俺は自分にできることをしただけだ。そんなに気にしないでくれ」

頭を掻《か》きながらそう伝えると、「謙虚《けんきょ》なところも素晴らしい！」などと言われてしまった。

まいったな。もう自分の能力に自惚《うぬぼ》れて奢《おご》っているような年でもない。

それに孤児院の問題だって、まだすべて解決したわけではないんだしな。と、その時――。

「おい！　この店に英雄さんが来てるってのは本当かい!?」

突然、店の扉が勢いよく開かれ、人々がわらわらと押し寄せてきた。

「あああ！　とんでもない数の人が！　棚卸《たなおろし》中の商品がめちゃくちゃになっちゃいますよ、お父さん！」

「なんじゃ情けない。満員御礼《おんれい》を喜ばんか」

「お父さん!!」

セオ爺と息子がいつもの調子でワーワーと揉《も》めはじめる。

その間にも詰めかける人の数は増すばかりだ。

うわ、こ、これは。

「ラビ！　俺の後ろにちゃんと隠れてるんだぞ」

「う、うん……！」

ラビをもみくちゃにされるわけにはいかない。

どうにかして店から逃げ出すか。俺が考えを巡らせていると——。

「おい、あんた！　大勢に囲まれてちやほやされるのは苦手なんだな？」

「ああ」

さっき手を握ってきた男の言葉に、頬を引きつらせて頷き返す。

「よし、おまえら。この英雄さんを俺らで守るぞ！」

「おう！　任せとけ！」

「英雄と話したのは俺たちだけだってあとで自慢もできるしな！」

「みんな！　ほら帰った帰った！　街を救ってくれた英雄様への恩を仇《あだ》で返すつもりじゃねえだろ？　ほらほら撤収！」

さっきの男たちが声を上げて、大挙した街の人を店の外へと追い出していく。

ぶーぶーと文句を言う街の人たち。おまえらだけずるいぞとか、サインが欲しいとか、あら色男ねなんて声まで聞こえてきて固まった。

まさかこんな事態になるなんて。

俺は店の外に追い出されていく人々を見つめたまま、ごくりと息を呑んだのだった。

十二話　おっさんと少女、バイトでドラゴン退治～タマゴサンドと肉団子のスープ～

本日は曇天《どんてん》。山の気温は低く寒い。

鬱蒼《うっそう》と生《お》い茂《しげ》る木々のおかげで風を感じないのが救いだ。

俺は自分のコートを着せているラビに視線を向けた。

自然と初めて会った時のことを思い出す。

ワンピースだけでは防寒にならないからやむをえないが、相変わらずダボダボで、コートに着られているような状態だ。雨風をしのげる防寒着も一着必要だな。

購入するもののリストがだんだん増えてきた。忘れないよう気をつけなければ。

今日の成果次第《しだい》ではそれなりにいいコートを買ってやれるだろう。

そう俺は今、路銀稼《ろぎんかせ》ぎの仕事中なのだ。

冒険者ギルドを通さず、できるだけ金になる仕事を探しているとセオ爺《じい》に相談したら「あんたはわけありかね」と呟《つぶや》いたあと、街の依頼をこなしている自衛団を紹介してくれた。

基本的にギルドが紹介しているクエストというのは、個人の依頼主から請け負った案件になる。

国や街からの依頼はギルドを通さず、立て看板の募集を見て集まった者の中から選び抜かれることが多かった。

しかし公共の依頼は難易度もかなり高い。

ちなみに今回の仕事は、ギルドクエストの難易度でいうとBランクぐらい。

依頼内容は、赤眼《せきがん》ドラゴンを討伐《とうばつ》するというものだった。

赤眼ドラゴンは非常に獰猛《どうもう》で攻撃的な魔獣だ。

だがそれより問題なのは彼らの嗜好《しこう》である。

春になり冬眠から目覚めると、人里近くの山で巣作りをはじめる。

おぞましいことに赤眼ドラゴンの大好物は人間だった。

いつでも食料を調達できるようにと思うのだろう。

やつらは昼夜を問わず人里に舞い降り、その鋭い足で人間を鷲摑《わしづか》んで攫《さら》っていく。

しかも巣作りを放っておくと毎年、同じ場所に姿を現すので、なんとしてでも討伐しなければならない。

一回巣作りをされてしまった山は、翌年になるとまた別の赤眼ドラゴンが舞い降りる確率が高くなるため厄介《やっかい》だ。

この街も、数年来、赤眼ドラゴンの駆除《くじょ》を行い続けているらしかった。

「おい！　ここらで昼休憩にするぞ！」

大剣《たいけん》を背負ったリーダー格の男が俺たちを振り返って叫ぶ。

黒々とした髭《ひげ》を顎《あご》に生《は》やした逞《たくま》しい男だ。年の頃は俺より少し下ぐらいか。

眼光が鋭く威厳《いげん》があり、俺とは真逆のタイプだ。

彼はあまり俺にいい印象を持っていないようだ。

実は今日、集合場所で会った瞬間「子連れで参加するなんて舐《な》めてるのか。ハイキング気取りなら帰れ」と睨《にら》まれたのだ。

たしかに子連れのクエスト参加者なんて聞いたことないもんな。

マットロック孤児院《こじいん》の一件で考えを改めた俺は、ラビがついてきたいと言うのでそれを了承した。

ラビがどうしたいのか、本人の意思を尊重する。

安全の度合いで考えれば、宿に置いていくほうが正しく思える。

以前の俺なら確実にそっちを選んでいた。

でもラビは俺と一緒にいることを望んだ。

だったら俺の傍《そば》が一番安全だと断言できるよう、完璧に守ってみせたい。

他の参加者たちには一応「迷惑は一切かけない」と伝えたが、鼻で笑われてしまった。

俺たちは俺たち。他は他だ。協力はするが過剰に気にするのはやめよう。

俺が不安になればラビにもそれが伝染する。

――というわけで、周りは気にせず昼飯の準備をはじめる。

他の男たちは木陰に円を描いて座っている。総勢五人。

毎年、ドラゴン狩りは彼らが駆《か》り出されるらしく冗談を言い合ったりと親しげな様子だ。

ただ髭の男はリーダーだから、みんなの接し方に遠慮《えんりょ》が見られた。

俺とラビは少し離れた場所に腰《こし》を下ろした。

尻《しり》が土で湿《しめ》ってしまわないように、リュックから取り出した麻袋《あさ》を敷いた。

さっそく今日の昼飯を取り出していく。

宿の女将《おかみ》に頼んでキッチンを借りた俺が、朝からせっせと作ったタマゴサンド。

それから水筒《すいとう》に入れてきた肉団子のスープ。

これは火にかけた鍋《なべ》で温め直すつもりで持ってきた。

思っていた以上に寒かったからスープものがあってよかったな。

「ラビ、温まるまでに時間がかかるから、先にサンドイッチを食べていよう」

「うん」

いつもどおり祈りの言葉を口にして、サンドイッチを頬張《ほおば》る。

「わ……！　タマゴふわふわ……！　おいしい……！」

「そうか、よかった」

サンドイッチはオムレツタイプのもので、牛《うし》の乳《ちち》を入れて伸ばしてある。

そうすると咀嚼《そしゃく》した時、ふわっとした柔らかさが口中いっぱいに広がるのだ。

味つけは砂糖《さとう》を多めに入れて甘くした。隠し味にひとつまみの塩をパラリと混ぜる。

これが意外と大事でぼやけた味にならずにすむ。

うむ。我ながら上手《うま》くできてるな。ラビとふたりでパクパク食べてしまった。

少しおなかが満たされた頃、鍋のほうも煮えてきた。

クツクツ揺《ゆ》れる鍋から、いい匂《にお》いが漂う。

女将が昨夜の余りだと言って譲ってくれたロウロウ牛《ぎゅう》のスネ肉。

それで出汁《だし》を取ったスープは実に美味《うま》い。口にする瞬間が楽しみだ。

そんなことを考えながら、鍋をスプーンで混ぜていると――。

「おい、あんた。それはなんだい？　やけにいい匂いがするぞ」

今にも涎《よだれ》を垂《た》らしそうな形相《ぎょうそう》で自衛団の男たちがこちらを覗《のぞ》いている。

髭のリーダーは背を向けているが、他のメンバーは俺たちの鍋に興味津々《きょうみしんしん》らしい。

「肉団子のスープだよ」

「肉団子！　この美味そうな匂いはそれか！」

「スープかぁ……。冷えた体にしみるだろうな」

ゴクリと男たちが喉《のど》を鳴らす。

ひとつひとつは大きくない。しかし幸い肉団子は七つある。ちょうどここにいる人数分だ。

ラビのほうをチラッと見ると、うんうんと頷《うなず》き返してきた。分けてやってほしいという意味だろう。そうだな。寒いのはあの男たちも同じだろうし。

「あんたたちもよかったらどうだ？　そんなに量はないし回し飲みになるが、温かいものを飲めば体も温まるだろう」

「いいのか⁉　俺たち相当態度悪かったのに」

「いや、まあ、それは気にしないでくれ。顔見知りでもない人間と行動をともにするんだ。警戒もするだろう」

「あんた、いいやつだな！」

普通のことを言ったつもりなのにそんなふうに褒《ほ》められてしまった。首の後ろ辺りがムズムズする。

「それじゃあまずは、う、うちの子に食べさせるぞ」

不自然な言い方にならなかっただろうか？

窺《うかが》うように男たちを見るが、みんな気にした様子もない。

「ああ、もちろん。娘さんにあげてやってくれ！」

そう言われたのでホッとした。

さてと。いつものマグカップにスープをよそってラビに。それから順に男たちにも渡していった。みんな「美味い」「温まる」「最高だ」などと呟いている。

「なあ、あんたもどうだ？」

相変わらず背中を向けている髭の男にも声をかける。

髭の男はチラッとこちらに視線を向けて、不機嫌《ふきげん》そうに顔をしかめた。

「チッ。食いもんなんかで釣られやがって」

吐き捨てるように言われた言葉を聞いて、他の男たちがギクッと体を揺《ゆ》らした。

直前までワイワイと騒がしかった空気が一瞬にして凍りつく。

「いつまでもダラダラしてたら明日になっちまう。さっさと出発するぞ」

俺たちは慌《あわ》てて荷物をまとめなければいけなくなった。

◇◇◇

昼食のあとはまた列をなして山を登っていった。午前中より急勾配《きゅうこうばい》が増えて足場も悪い。

ラビには何度かおんぶをするかと尋ねたが、がんばって自分の足で歩いている。

俺はラビを見守りながら、その後ろを歩いた。

進むほどに山は険しくなる。先頭のリーダーが何度も鉈《なた》で草木を刈って、強引に行く手を切り開かなければいけない状態だ。

「この山は街の人々に恐れられていて、赤眼ドラゴンの討伐以外では人が寄りつかないんだ」

息を切らしながら前の男が教えてくれる。

人が行き来しない場所に道はできない。ところがさらに三十分ほど進んだ時――。

「おい、見てくれ！　獣道《けものみち》があるぞ！」

真ん中を歩いていたのっぽの男が声を上げる。

彼が指示した場所を見ると、なるほどたしかに山へ上がっていく獣道が確認できた。

「今年は運がよかったな！」

「ああ、本当に！　――こうやって獣道を発見できるとだいぶ楽になるんだ」

みんなが獣道のほうへ進んでいく。俺もラビを連れてついていったが……。

「これは」

ごく薄くだが道に残った足跡を見つけて眉《まゆ》を顰《ひそ》める。しゃがみ込んでよく目を凝《こ》らした俺は確信を抱いた。

やはりそうだ。パッと見は鹿《しか》の足跡によく似ている。だがこれは一角獣《いっかくじゅう》の足跡だ。人の踏み込まない未開の山を好んで生息する一角獣は、利口なことでよく知られている。

「待ってくれ。この道はやめておいたほうがいい」

俺が呼びかけると先を行く面々が不思議そうな顔で振り返った。

「余計な口出しをするとぶっ飛ばすぞ」

髭の男が忌々《いまいま》しそうに唾《つば》を吐いた。それでも怯《ひる》むわけにはいかない。

「この足跡をよく見てくれ」

「鹿の足跡だろ?」

のっぽの男が、だからどうしたという顔で問いかけてくる。

「いいや。鹿のものなら副蹄《ふくてい》の跡は一切つかないはずだろう。だがこれはわずかに跡が残っている」

「副蹄の跡がついてるならイノシシじゃねえか?」

「イノシシならもっとしっかりつく。それから前の部分、主蹄《しゅてい》の形がかなり丸みを帯びている。この特徴を持つ生物は一角獣だけだ」

「てことはこの近くに幻獣様がいるってことか!」

「いいね! あれにお目にかかれたら運が回ってくるって言うじゃねえか。是非《ぜひ》とも会ってみたいものだぜ」

みんながワッと盛り上がる。でも今はそれに便乗しているわけにはいかない。

「一角獣は神経質で警戒心の強い生き物だ。普段は足跡をもみ消すようにして歩む」

だからその特徴的な足跡は、なかなか見つけることができない。

そんな動物が足跡を消しそこなうのはある状況下でだけ。

「幻獣をも食らう大型モンスターに追われて逃げている最中以外、一角獣が足跡を消し忘れることはない」

「な……」

俺の説明を聞いて一同が絶句する。髭の男だけは変わらずにイライラとした調子で、俺を睨み続けている。

「そんな話、俺は聞いたことねえぞ⁉」

「おまえは無知だからだろ！」

「だったらおまえは知ってたのかよ⁉」

「い、いや。俺も知らなかった」

山に住んでいる動物に詳しいハンターでさえ、幻獣の知識まで持っている者はなかなかいない。

俺は落ちこぼれ時代、冒険に役立ちそうなことをがむしゃらに調べていたから、たまたま知っていただけだ。

「悪いがあんたのその話をどこまで信じていいのか、俺らにはわかんねえよ」

四人が顔を見合わせる。

当然そうなるな。

「ああ。だから信じてくれなくていい。ただし今日のところは引き返してほしい。未知の大型モンスター相手では分が悪すぎる。俺はあんたたちに死んでほしくないんだ。ドラゴンは巣が完成するまでは餌《えさ》を探さない。それまでまだ十分時間はあるはずだろう?」

「そうだな」

「だいたい俺たちを引き留めたところで、あんたにはなんの得もないもんな」

「さっきくれたスープは美味かったし」

「おまえそれは今関係ねえだろ」

「あんな美味いスープを俺らに分けてくれたんだぞ。悪い人間のはずがねえよ」

「まあ、そりゃあそうだ」

「ごちゃごちゃとうるせえな！　いい加減にしやがれ！」

「ヒッ……‼」

髭の男に恫喝《どうかつ》され四人が息を呑む。

「おまえら馬鹿か⁉　そんな余所者《よそもの》の口車にほいほい騙されやがって！　そいつはここにきてびびりやがったんだよ！　どうせてめえだけで逃げるのがみっともねえから、俺らを巻き込もうって魂胆《こんたん》だ。相手にしてられるか！」

「お、おい、待ってくれ！」

俺は必死に髭の男を引き留めようとしたが、彼は聞く耳を持ってくれなかった。

ずんずんと獣道を進み出した髭の男の背中を見て、みんなが深いため息をつく。

「あんたの忠告を無視するわけじゃねえが、あの人には恩があるんだ。ひとりで置いてくわけにはいかねえよ」

「ああやって口は悪いし怒りっぽいが、責任感の強いいい人なんだ」

「俺ら、何度も命を救われてるしな」

「あんたら親子だけでもここで引き返せよ」

俺はラビを見た。ラビは俺の手をキュッと握ってから、こくりと頷いた。

これは俺を信じてくれている時のラビの眼差《まなざ》しだ。

「いや。それなら俺たちもこのままついていこう」

まさか見捨てられるわけはない。

俺はさっき以上に注意を払って彼らのしんがりを守った。

◇◇◇

「これはいったい……どういうことだ……」

髭の男が呆然《ぼうぜん》と呟く。俺はとっさにラビを抱き上げて彼女の視界を遮《さえぎ》った。

獣道を通って辿《たど》り着いた先。

半分ほどの状態まで作り上げられた巨大な巣穴の中はもぬけの空だった。

巣作りのための木々を集めに行っているわけではないだろう。

巣穴には赤黒い水たまりができている。

その周りに肉の断片のようなものも飛び散っている。

「うっ……オエッ……」

のっぽの男が口を手で覆いながらえづいた。それも当然の反応だ。

胃にくる強烈な血の臭《にお》いが辺りに立ち込めているのだ。

「赤眼ドラゴンはいないのに、この血の量って……。食われちまったってことか?」

真《ま》っ青《さお》な顔をしてのっぽが呟いたその時。

バサッと上空で羽音がして、突然辺りが真っ暗になった。急いで顔を上げる。

上空を浮遊しているのは――、魔黒竜《まこくりゅう》。

黒々と光る巨大な羽、鱗《うろこ》に覆われた肉体、青く光る獰猛《どうもう》な瞳《ひとみ》。ドラゴンたちの王者。

村にこいつが現れたら、わずか一時間で壊滅させられてしまうという。

それが魔黒竜だ。

「か、勝てるわけねえ……。ドラゴンの十倍はあるじゃねえか」

「あ、あああ……。うわああああッッ!!」

真っ青な顔をしてのっぽの男が踵《きびす》を返す。

「いかん! 逃げるな!」

魔黒竜は逃げる者から襲うという習性を持っている。

必死に止めたが聞こえていない。

天を浮遊していた魔黒竜が羽を動かし、いっきに急降下してくる。

「伏せろ‼」

俺が叫ぶのと同時に、髭の男がのっぽを庇《かば》いながら地面に倒れ込んだ。

だがすぐ二度目の攻撃が来る。

「俺が囮《おとり》になる！　その間に逃げろ‼」

グッと体を起こして立ち上がった髭の男が怒鳴る。

止める間もなく髭の男が真逆の方向へ走り出した。

「リーダー‼」

すぐに魔黒竜が羽を翻《ひるがえ》し、その姿を追いはじめる。

「だめだ！　無茶だ‼」

そうだ。人間の足で竜から逃げ切れるわけがない。

グングンと距離が近づいていく。

「くそ‼　リーダーの作ってくれた隙《すき》をついて逃げるしか方法はないのか⁉」

涙でぐちゃぐちゃになった顔でのっぽの男が叫ぶ。

――いや。殺させるものか‼

タンッと地面を蹴って飛び上がり、詠唱《えいしょう》。

《漲《みなぎ》る力湧き上がれ――飛翔ライジング‼》

自分の足にバフをかけ、ラビを抱いたまま上空へ飛ぶ。
髭の男が魔黒竜を引きつけてくれたおかげで後ろが取れた。
だがすぐにでも鋭利《えいり》な爪《つめ》が髭の男を貫こうとしている。
《火炎の聖霊、怒りの炎を我《われ》に貸し与えたまえ――火魔法サラマンダー‼》
激しく渦巻く炎が魔黒竜の背中に降りそそぐ。
地上に落下するまでにもっとダメージを与えたい。
背中の鱗の下には痛覚がある。
とにかくそこへ辿り着くほどの傷を！
しかしレベルマックスの火魔法ですら、魔黒竜の鱗には傷を与えられない。
もちろんそれも想定済みだ。欲しいのはたった一瞬。奴の隙を待っている。
それにはもっと火力がいる！
俺は火魔法を放ったまま、二重スキルで風魔法を重ねた。
風に煽《あお》られ炎の威力が何十倍にも増す。
まるで怒りを具現化した化け物のようにメラメラと炎が魔黒竜の背を焼く。
いいぞ。肉の燃える嫌な臭いがしはじめる。
手ごたえが出てきた。その時――。
『グギャアアアアッッッ‼！』
雄叫《おたけ》びを上げて魔黒竜がこちらを振り返った。

大地に震動が起こるほどの轟《とどろ》き。

痛覚に届いた！

魔黒竜が首を揺らしながら、痛みのあまり天を仰いだ。

その喉元にきらりと光るダイヤ型の逆鱗《げきりん》――竜の急所。

ごくりと息を呑んだその時――。

「お父さん、がんばって……！」

「……!!」

ラビの小さな応援の声が俺の心を燃え上がらせる。

まかせとけ!!

《絶対零度の聖域を守りし女神、我に凍《い》てつく口づけを――氷魔法ヘル！》

俺の手から飛び出た氷の矢が、魔黒竜の逆鱗を射抜く。

『ギャオオオオッッ!!』

魔黒竜が断末魔の叫びを上げて転倒する。激しく痙攣《けいれん》したのち、魔黒竜は完全に動かなくなった。

それと同時に俺もストンと大地に着地した。

みんなを見回すと呆然としたまま魔黒竜の死骸《しがい》を見つめている。

地面の上に転がって腰を抜かしている者がほとんどだ。

抱いていたラビを下ろしてから近くにいた男に声をかける。

「大丈夫か？」

「ああ……。す、すまない」

ひとりひとりに声をかけながら、手を貸して起こしていく。最後に残ったのは髭の男だ。

彼は一人で立ち上がろうとしていたが、魔黒竜から逃げる際、足を痛めたらしくて苦労していた。

俺が手を貸すのは嫌がるかな。それでも一応、手を差し出すと……。

「すまなかった……！」

突然、男が額《ひたい》を地面に擦《こす》りつけて謝罪してきた。

「あんたの言うことをあの時俺が信じていれば、みんなを危険に巻き込むこともなかった。謝《あやま》ってすむことではないが申し訳なく思っている……」

「い、いや、あんた、ほら！　顔を上げてくれ。足だって怪我《けが》してるのに」

「本当にすまなかった……」

「わかったから、もう頭を上げてくれ」

「……」

結局、髭の男は山を下る最中《さいちゅう》、何度となく謝罪の言葉を口にし続けた。

俺と同様、仲間たちもオロオロとして、気にしなくていいなどと繰り返しているが本人はそうもいかないらしい。

自分のせいで仲間の命が危険に晒《さら》されるのは、たしかにこたえるよな。

この一件は今後の彼の人生や考え方に、大きな影響を及ぼすかもしれない。

それがいい方向への変化であることを、俺はただ祈るのみだ。

十三話　おっさん、アディントンのギルドマスターに詰め寄られる

魔黒竜《まこくりゅう》を討伐《とうばつ》した翌日。

俺は報酬を受け取るため、ラビを連れて役場を訪れた。

「右手奥の広間でお待ちください。すぐに担当官がやって参りますので」

眼鏡《めがね》をかけた受付係の女性に案内され、言われた場所へ向かう。

重厚な扉を開けると中にはすでに他のクエスト参加者たちの姿があった。

「よお、昨日《きのう》ぶりだな」

「ああ、おはよう」

「おはようございます……」

俺と一緒にラビも挨拶《あいさつ》をする。

人見知りなのは相変わらずで、それだけ告げるとすぐに俺の後ろに隠れてしまった。

髭《ひげ》のリーダーとも目が合う。

少し離れた場所にいた彼は厳しい顔をしたまま無言で丁寧《ていねい》に頭を下げてきた。

俺も同じようにする。

ラビは俺と髭のリーダーを見比べてオロオロしたあと、脚に隠れたまま手を振った。

髭のリーダーはハッと目を見開き、それから困り顔で髭を撫《な》でた。

あの人も俺と同じ独《ひと》り身男だな。自分と似たものを感じて苦笑する。

ちょうどその時、部屋の扉が開いて担当官らしき男が二名、室内へと入ってきた。

やたら立派な鷲鼻《わしばな》をした男が前に進み出る。五十代後半くらいだろうか。

少し神経質そうな顔をしている。

「今回の討伐ご苦労だった。まさか魔黒竜が現れるとは……。君たちが仕留《しと》めてくれなかったら街ごと消されていたかもしれない。礼を言う。――では報酬を渡そう。自衛団長」

呼ばれた髭のリーダーが前に出ていく。

渡されたのはズッシリとして重そうな袋だ。

促《うなが》され中身を確認したリーダーの目が見開かれる。

「おい、やけに多いぞ」

「赤眼《せきがん》ドラゴンの討伐報酬に加えて、魔黒竜緊急討伐分の報酬も入れてある。本来ならばもっと報酬を出したいぐらいなのだが……。悪いな、緊急討伐用資金の予算を、私が勝手に変えるわけにはいかないのでな」

「いや、そんなことしたらあんた首になっちまうじゃないですか！」

のっぽがツッコミを入れて、みんながガハハと笑う。担当官も目を細めて表情を緩《ゆる》ませた。

髭のリーダーは受け取った袋を手にしたまま、確認するような視線を仲間たちに送った。

仲間たちが笑顔で頷《うなず》き返す。

なんだ？　不思議に思っていると髭のリーダーが俺の前までやってきた。

「これはすべてあんたのものだ。魔黒竜を倒したのはあんただからな。さあ受け取ってくれ」

そう言って金の入った袋を差し出してくる。

俺は驚きのあまり返事をするのが遅れてしまった。

周りの仲間たちもうんうん頷いている。どうやら俺のいないところで話し合って、そう決めてきたようだ。しかしもちろん受け取れるわけがない。

「そんなことはだめだ。みんなで参加したクエストなのだから」

目立って活躍したものだけが報酬を受け取れる。

それではせっかくのパーティーというシステムが崩壊してしまう。

それに俺はパーティーで活躍できなかった時のやるせなさを十分知っている。

もちろんあの時の自分を肯定するわけではない。

だが少し立場が変わった今、俺はそういう仲間を受け入れ、励ませる者でありたかった。

「攻撃役がたまたま俺だっただけだ。それだって、あんたたちがタンク役を担ってくれたから果たせたんだしな」

『タンク』とは、もっとも危険なポジションで味方を守ったり、敵の気を逸《そ》らしたりする壁役のことを言う。冒険者たちの間で使われる用語のひとつだ。

「いやいや、タンクなんてかっこいいもんじゃねえって!!」

「そうだよ！　俺ら襲われてただけだからな!!」

「俺なんて腰《こし》抜かしてちょっとちびったわ！」

「おまえそれはないぞ」

「ああ、それはない」

「え」

なぜだかみんなに火がついてしまい『自分たちがどれだけ足手まといだったか力説合戦』になってしまった。

とりあえず一旦、みんなが落ち着くのを待って、俺は再び説得を試みた。

「俺は魔黒竜に向かっていく時、ひとりきりで戦っているつもりで作戦を練ったわけじゃない。あんたたちがあの場にいてくれた。そこからあの倒し方を思いついたんだ。だからこれは山分けしよう。みんなで掴《つか》んだ勝利だ」

俺は頑張《がんば》って主張し、なんとか報酬をみんなと等分することができた。

「むははははは！　キミやっぱり聞いていたとおり底なしのお人よしみたいねえ！」

素《す》っ頓狂《とんきょう》な笑い声を立てたのは担当官の背後にいた巻き毛の男だ。

やけに派手な真《ま》っ青《さお》のコートを着ている。年齢は不詳。若くも見えるし、年嵩《としかさ》にも見える。

男はアディントンの冒険者ギルドで、ギルドマスターをしている者だと名乗った。

ギルド。その単語を聞いただけで胃の辺りが痛くなった。

あれから何ヶ月も経つのに我ながら情けない。

それにしてもどうしてギルドマスターが？

今回の討伐は街からの依頼だからギルドは一切関係がない。

緊張しながら次の言葉を待っていると。

「ちょっとね、単純な興味で調べさせてもらったの！　孤児院《こじいん》の一件の直後に。ギルドにもやっぱりそういう連絡って入ってくるから。ふーん、どんなランクのどんな冒険者かなーって。そしたらダグラス・フォードさん。キミ、ライセンス剝奪《はくだつ》されちゃってるんだね！」

「……っ」

まるで世間話でもするかのように男が言う。

彼の言うとおりだ。隠しているわけではない。

だが俺はなんと答えたらいいのかわからなかった。

このギルドマスターは俺をからかっているのだろうか？　全然、真意が摑めない。俺が黙り込んでいるとギルドマスターは、きょとんとした表情を浮かべた。

「あ！　待って待って。勘違《かんちが》いしないで。まったく人情味のない喋《しゃべ》り方は単なる癖《くせ》だから！　キミのことおちょくってるわけじゃないからね！」

「はあ」

小指を立てた両手を前に突き出して、必死に主張してくる。

「むしろ私的に意味がわからなくて！　『はあ⁉　どういうこと⁉』ってなったからさらに問い合わせてみたわけ。キミからライセンスを剝奪したバルザックのギルドは理由を『実力不足のため』って書いてあったけど、ありえないでしょ！　それは昨日、魔黒竜を討伐したことでも証明されているし、証人だってこのとおり！」

クエストに参加した者たちが親指をビシッと突き立てる。

「戦闘で活躍しただけでなく、この男が振る舞ってくれたスープのおかげでみんなの士気も上がった。ソロで戦う実力はもちろん、クエストやパーティーのリーダーになる資質も、俺などよりよっぽどある」

髭の男が力強い口調でそう言い切る。

俺はまだ事態を把握できないまま、ギルドマスターに視線を戻した。

「つまり言いたいのはこういうこと。アディントンのギルドから、ライセンス再発行の申請書を出してあげる。登録前に試験を受けてもらうことにはなるけど、キミほどの実力だったら問題ないだろうし」

「……！」

「魔黒竜を倒すほどの猛者《もさ》からライセンスを剥奪するなんて、バルザックのギルドはなにを考えているのか理解できないよ。ほんと意味不明。いったいどんな事情があったの？　なんだったらギルドの査問委員会に調査依頼を出してもいいよ？」

「いやいや、待ってくれ！」

やっと思考が追いついてきた。

彼らは善意から、俺にライセンスを取り戻させようとしてくれているのだ。

しかしいろいろ誤解があるようなので急いで訂正する。

「バルザックのギルドの判断は間違っていない。俺は確《たし》かにその時クエストもクリアできない役立たずだったんだ」

「でもキミ、元々はギルドのトップランカーだったよね？」

「お、落ちぶれたんだ」

「落ちぶれた冒険者がＳＳ級のドラゴンを退治したっていうの？」

ギルドマスターが怪訝《けげん》そうに細い眉《まゆ》を寄せる。

「俺はその……当時、病のようなものを患《わずら》っていて……」

「それでもやはり不自然だよ。回復の見込みがある病なら、ライセンス機能を停止させるだけですますべきなんだから」

やはり話さなければだめか。

「当時は病と肉体の衰《おとろ》えが原因だと思っていたが、あとになって調子が悪いのは呪詛《じゅそ》のせいだと判明したんだ。俺が力を取り戻せるなんて、その当時は誰も思っていなかった」

「呪詛って……」

俺の話を聞いてギルドマスターが絶句《ぜっく》する。

「その辺はいろいろ複雑な事情があるから聞かないでくれ」

「そ、そう。まあ人それぞれいろいろあるよね。でもそういうことおいといても、ライセンスの再発行には協力するから安心して！」

「それは……」

ライセンスを再取得する。そんなことまったく考えていなかった。

俺はどうしたいんだ？

またライセンスを手にして冒険者に戻る？

きっとかつてのように苦労をすることはないはずだ。

だが不思議なことにライセンスを取り戻したいという気持ちが湧き上がらない。

あんなに執着していたはずなのにな。

最前線で活躍していた頃の目まぐるしい日々、必死に縋《すが》りついていた頃の情けない日々。

そのどちらと比べても、今の生活のほうが俺には向いているような気がするのだ。

それに今俺はラビを送り届ける最中だ。

ライセンス獲得のための試験もそうだし、受かった時にはそのギルドでしばらくの間、講義や訓練を受けなければならない。

「さあ、ほら遠慮《えんりょ》しないで！」

また小指の立った両手を突き出して、ギルドマスターが急《せ》かしてくる。

俺は苦笑しながら首を横に振った。

「いや、やはりやめておこう」

「ええ!?」

「断っちゃうのかよ!?　冒険者ライセンスがあったら相当境遇《きょうぐう》変わるだろ!?」

その場にいた面々が驚きの声を上げる。

彼らの勢いに思わず呑まれかけるが、やはり気持ちは変わらない。

「今の境遇も悪くないと思いはじめたばかりなんだ。だが、あんたたちの気遣《づか》い痛み入る」

俺が頭を下げて断ると、みんな多少がっかりした表情を浮かべた。

それでも最終的には俺の気持ちを汲《く》んでくれたようだ。

「お世話になりっぱなしだから、アディントンの街としてもなにか恩返しがしたかったんだけど。でもギルドに属さない最強の旅人ってのもかっこいいよ」

「しかも子連れのな」

髭のリーダーがにやりと口元を歪《ゆが》めて言葉を付け足す。

みんなもそのとおりだと明るい笑い声を立てる。

俺とラビも顔見合わせて笑った。

見知らぬ街で誰かと知り合って、こんなふうに笑い合えるなんて。

ライセンスにしがみついていた冒険者だった頃には、想像もつかなかったような現実だ。

でもとてもいいものだ。

俺は心の中でそんなことを思ったのだった。

十四話 おっさんと少女、旅立ちと新しい出会い

目を覚ますと窓の外から爽《さわ》やかな朝日が差し込んでいた。

昨日《きのう》は一日雨。おかげで出発をさらに遅らせることになったため、晴れてくれて助かった。

憲兵隊《けんぺいたい》からは昨日の朝、旅立ちの許可が下りた。

マットロックと部下たちは近いうちに、王都の監獄《かんごく》へ移送されるという。

孤児院《こじいん》は『アディントン孤児院』と名前を変え、街の人々が支えていくことになったらしい。

さてと。着替えを済ませて身支度《みじたく》を整え、リュックの中に旅用の荷物をしまっていく。

昨日、商業地区で仕入れてきた品々も詰め込む。

そういえば懐《ふところ》具合を気にせず買い出しをしたのは何年ぶりかわからない。

買ったのは手ぬぐいなどの日用品と保存食。料理の幅を増やしたくて香辛料《こうしんりょう》。それからラビに持たせる斜めがけの布製鞄《かばん》。ラビ用の水筒《すいとう》。あとは雨風をしのぐための子供用のコートだ。

ラビはさっそくワンピースの上にコートを羽織《はお》っている。俺が着ているものとそっくりの地味なコートだ。俺としてはリボンなどがついているなにやらふりふりしたもののほうがいいのではと思ったが、「お父さんみたいなのがいい……」と言ってくれたのだ。

思い出すだけでも心が温かくなるな。

いかん。おっさんがデレデレしていては気持ち悪いだけだ。

頬《ほお》を叩いて気を引きしめる。バチンと音がしたせいで、ラビが怯《おび》えた顔をしている。

「いや、なんでもない。気合いを入れただけだ」

「……！　じゃあ私も……」

「あっ」

止めるより先にラビが両手で自分の頬をペチンと叩いた。

白い頬が赤くなっている。それを見ただけで痛ましくってたまらないのに、ラビはうれしそうに笑いかけてきた。子供はなんでも真似《まね》をするのだから、言動には気をつけねばいけない。

ところでラビのネックレスは実はまだ俺の懐にある。

日用品をセオ爺《じい》さんの店で購入したあと、改めてネックレスを取り出した時に「いったいこんな珍しい装飾品をどうやって手に入れたんじゃ」と尋ねられた。

ラビの話には触れず、呪詛《じゅそ》に用いられたものだと説明したら「そんなもん買い取れるか」と怒られてしまった。

呪詛解除を行ってあるから装飾品を持っていてもなんら問題はない。だが普通はそれでも、なんとなく嫌な気持ちになるものだとセオ爺さんに説教をされた。まったく気にせずに持ち歩いていた俺は果たして。

セオ爺さんには「おまえさんはいいやつじゃが、デリカシーに欠けるところが問題だ」とため息をつかれてしまった。ぶつくさ文句を言いつつも、セオ爺さんはとある男爵《だんしゃく》の名前と住んでいる街を教えてくれた。

「ミルトンに住むちょっとした知り合いなんじゃが、呪術にまつわる品を集めてるコレクターじゃよ。モリス男爵ならいくらでも積むじゃろう。訪ねてみるといい」

男爵に知り合いがいるなんて、やっぱりあの爺さん只者《ただもの》ではない。

海寄りのルートを通れば『歓楽の都市ミルトン』に、途中で寄っていくことができる。

俺はセオ爺さんに礼を言い、男爵の名前をしっかりと記憶した。

荷物はまとめ終えた。ラビもカバンを斜めに背負って準備万端《じゅんびばんたん》だ。

その手のひらには水色のリボンが大事そうに握られている。

あれから毎朝、部屋を出る前に俺が結わうのが日課になっていた。

手櫛《てぐし》でラビの髪をとかし、サイドの毛を後ろで束ねてリボンで縛《しば》る。さすがに日々続けてきたこともあり、コツが摑《つか》めてきた。

「よし。できたぞ」

「うん……ありがとう……」

目じりを下げてラビがうれしそうに笑う。

毎朝のことなのに、いつも何度でもこうやって心から幸せそうな笑顔を見せてくれるのだ。

それから女将《おかみ》に礼を言って、数日間過ごした宿を出た。

街を貫いている大通りを抜けて街道への合流ポイントへ向かうと、なんとそこには顔見知りとなった者たちの姿があった。

「おお、来おったか」

「セオ爺さん。それにみんなもいったいどうして……」

「どうしてってキミたちの見送りに決まってるじゃない」

相変わらず派手な服装をしたギルドマスターがバチッと片目をつぶる。

他にもセオ爺さんの店で出会った街の人、髭《ひげ》のリーダーとその仲間たち、セオ爺さんの息子に憲兵隊のメンバー、役場の担当官。人集《ひとだか》りの後ろのほうでは孤児院の子供たちがじゃれ合っている。

まさか見送りに来てくれるなどとは思ってもいなかったので驚いた。

「いろいろとありがとう！」

「達者《たっしゃ》でな！」

「またいつかこの街にも訪ねてこいよ！」

温かい言葉と笑顔をもらい胸の奥が熱くなる。

俺はひとりひとりの顔を見て、その笑顔を心に刻み込んでいった。こんな旅立ちは初めてだ。

ひとり旅をしている間は深く人と関わらず、それゆえとても孤独だった。

その頃の静かな出発とはなにもかもが違う。寂《さび》しさを感じるが晴れやかな気分でもあった。

みんないい人たちだったな。この街で彼らと知り合えて本当によかった。

心の底からそう感じた。

再び会えるかはわからない。それでも俺はこの先もずっと彼らのことを忘れないだろう。

「世話になった。みんなも元気で！」

ラビと一緒にお辞儀《じぎ》をしてから歩き出す。

アディントンの街の人々は俺たちの姿が遠く小さくなっても、まだ手を振り続けてくれていた。

◇◇◇

アディントンを出て二日目の午後。

森にさしかかったところで天候が悪化した。雲の流れが速いのでなんとなく嫌な予感はしていたが、次の村まで泊まれるところはない。到着するまでまだ半日以上かかるというのに。

できるだけ急いだが、やはり森の中で雷雨《らいう》になってしまった。顔に当たるのは大粒の雨だ。

「この辺は大木がない。ラビ、もう少しがんばって道を進もう」

ラビの頭にフードをかぶせてやりながら、雨宿りのできそうな木を探す。

その時、行く手に立ち往生《おうじょう》している荷馬車が見えてきた。どうやら車輪が土にはまってしまったらしい。若いエルフの男が懸命に馬車を持ち上げようとしている。

隣にはラビぐらいの年頃の少年の姿があり、男を手伝おうとがんばっていた。

金髪の下の耳は長く尖《とが》っている。少年もやはりエルフだった。

少し吊り目がちな瞳《ひとみ》が男とよく似ているので、きっと親子なのだろう。

「手助けをしてくるから、その木の下で待っていてくれ」

「う、うん……」

痩《や》せた木でもラビ一人ならなんとかなるだろう。

ラビが木の下に駆《か》け込むのを見てから、俺はエルフたちの元へ歩み寄っていった。

俺の足音に気づいて顔を上げたエルフが、サッと肩《かた》に背負っていた弓矢に手を当てた。

エルフはかなり警戒心の強い種族だ。

俺は敵意がないことを示したくて、手のひらを掲げてみせた。

「なにか手伝えるか？」

「あ、いや……」

「困った時はお互い様だろう。それに俺も子連れだ。頼ってくれ」

そう伝えたら少しだけ男の表情が穏やかになった。

「……ありがとうございます。でも積んでいる荷物がかなり重くて……。ふたりでも到底持ち上がらないと思います。せっかく声をかけてくれたのに申し訳ないのですが」

エルフの男は眉《まゆ》を下げながら積み荷を見上げた。たしかに相当な量だ。

屈強な男が数人集まらなければ、持ち上げられそうにはない。それならば——。

「少し下がっていてくれ」

俺の言葉に男が戸惑《とまど》いの表情を浮かべる。

「父さん、この人信じて大丈夫なのかよ」

「よしなさい。ほら」

やはり父親だった男が息子の手を引いて、荷馬車から数歩後退《あとずさ》る。

彼らの安全を確認した俺は、さっそく呪文を詠唱《えいしょう》した。

《漲《みなぎ》る力湧き上がれ――筋力増強マッスルパワー!!》

両腕の筋肉がムキムキと膨《ふく》れ上がる。

背丈の倍以上に巨大化した腕を見て、エルフの親子はぎょっとした。

「な⁉」

「すげえええええ!!　なにあれッッ⁉」

少年のほうは興奮した様子で身を乗り出している。

俺は苦笑しながら、軽々と荷馬車を持ち上げ、平らな道の上に戻した。

それからバフを解除して親子に向き直ると――。

「ありがとうございます！　助かりました！　村まで一旦徒歩で戻って、応援を呼んでこなければいけないかと思っていたので。ああっ、でもそのせいでずぶ濡れにさせてしまいましたね」

「気にしないでくれ。役に立てたならよかった」

「どうかうちの村で雨宿りをしていってください。馬車で行けばほんの数分の距離です」

父親の言葉に驚く。エルフたちの村は同種族の者以外と懇意《こんい》にしないと聞いていた。

だから最初から寄ることは諦《あきら》めていたのだが……。

「寄らせてもらって大丈夫なのか？」

「ええ、もちろんです。エルフは警戒心が強いだけで、恩知らずというわけではありません」

俺が躊躇《ためら》っていた理由に気づいたのだろう。そんなことを言って男が苦笑する。

ラビも連れているし、休ませてもらえるなら助かる。

「すまないが厄介になろう」

俺は軽く頭を下げてから、手招きをしてラビを呼び寄せた。

「ラビ、少しこの人たちの村で休ませてもらうことにしたぞ」

「うん……」

恥《は》ずかしそうにエルフの親子を見つめて、ラビが頭を下げる。

「お、お願いします……」

「ええ、こちらこそ。——かわいい娘さんですね」

ラビのことを褒《ほ》められると俺もすごくうれしい。

「さあ、どうぞ馬車に乗ってください」

「なあ、おい。子供は後ろだから、おまえはこっち来いよ」

少年がぎこちない仕草《しぐさ》でラビの手を握った。

ラビは突然触れられたことで驚いたらしく、パッと反射的に腕を引いてしまった。

少年はまさか跳《は》ね除《の》けられるなんて思っていなかったのだろう。

目を丸くしたあと、顔を真《ま》っ赤《か》にした。

「べ、別にいいし！　ただちょっと手を貸してやろうと思っただけなんだからな！」

なにが別にいいのか。彼の顔が途端《とたん》に真っ赤になった理由も、ムキになって言い放たれた言葉の理由も俺にはいまいちわからなかった。

十五話　おっさんと少女、緑豊かなエルフの集落フローリアへ

街道から脇道に逸《そ》れて荷馬車がガタゴトと駆《か》けていく。

頭上では時折、稲光《いなびかり》が走った。まだ昼過ぎだというのに辺りは薄暗い。

この親子に誘ってもらえて助かったな。

雨は激しさを増すばかりだ。

こんななか、立ち往生《おうじょう》を食らっていたらラビに風邪《かぜ》を引かせてしまう。

後ろをチラッと確認すると、少年が一生懸命ラビに話しかけていた。

ラビのほうは固い表情で、ときおりぎこちなく頷《うなず》くくらいだ。

孤児院《こじいん》でもひとりでいたし、どうやらラビは大人だけでなく同世代の子に対しても人見知りをするらしい。

なかなか難しい問題だな。本人の気質《きしつ》もあるし。俺も人付き合いが上手《うま》いほうではないので、ラビの苦労はわかるつもりだ。

そんなことを思っていると、森の木々が覆《おお》い隠した先に集落が姿を現した。

ここが『緑豊かなエルフの集落フローリア』か。

背負っているリュックの中にしまってある地図。

そこに記されていた集落の通り名を思い出す。

中央に泉を持つその集落では、どの家も木の上に家屋を建ててあった。

いわゆるツリーハウスというやつだ。

雨のせいで景色は色を失っているものの、自然とともに生きる素晴らしさを思い出させる風景だ。

なにか心にグッとくるものがあるな。

ただ集落の者は皆、家の中へ避難しているらしく、他のエルフの姿は見られなかった。

俺はエルフの父親を手伝って荷馬車を小屋にしまってから、ラビとともに彼の住まいへ招待してもらった。父親のほうは名をルーイという。息子のほうはニキだ。


木の上に作られた家屋には間仕切りがなく、キッチンからリビングまですべて同じ空間に存在していた。

室内の奥のほうには洗濯物が干《ほ》されていた。

風呂《ふろ》やトイレは集落で共同のものを使っているそうだ。

エルフの一家はやはり、俺たちの姿を見た瞬間、警戒心を剝《む》き出しにした。

嫁《よめ》さんや婆《ばあ》さんなどは怯《おび》えて青ざめたぐらいだ。

しかしルーイの説明を聞くと納得してくれたようで、深々と頭を下げられてしまった。

「嫌な態度を取ってしまいすみませんでした。雑魚寝《ざこね》になってしまいますが、この雨ですしどうぞ泊まっていってください」

「エルフ料理でおもてなしいたします」

「うちの嫁さんは村一番の料理上手《じょうず》なんですよ」

爺《じい》さん、嫁さん、婆さんが次々、話しかけてくる。

「だが、さすがに泊まるのは……」

「『子連れ同士、遠慮《えんりょ》はなし』でしょう？」

ルーイが俺のかけた言葉を真似《まね》て言う。

「それを言われてしまっては返す言葉がないな」

俺は苦笑してから、「一晩、厄介《やっかい》になる」と頭を下げた。

「さあ座ってください」

エルフたちはテーブルや椅子《いす》を使わないらしい。

広々とした開放的なリビングには大きなラグが敷いてあり、エルフ一家は車座《くるまざ》になってそこへ座った。ルーイ、爺さん、ニキ、婆さんの順に。

嫁さんは一度挨拶《あいさつ》に顔を出したあと、夕食の支度《したく》をすると言ってキッチンへ戻っていった。


その日の夕食はとても賑《にぎ》やかなものになった。

テーブルは使わず背中を丸めて料理を食べるスタイルだったので、俺もあぐらをかいてエルフたちに倣《なら》っている。

ラビは俺を真似ることはせず、ペタンと足を伸ばし座った。

行動を起こす時、迷うようなそぶりを見せたので内心かなり焦《あせ》った。

さすがにワンピースであぐらをかかせるわけにはいかない。

料理は大皿に盛られた状態で運ばれてきて、順番に自分の分を取り分け、隣の人に渡していく。

エルフは動物の肉を一切食わない。おのずと料理は野菜を使ったものに限られてくる。

しかし想像していたよりずっとレパートリーがあって驚かされた。そのうえ美味《うま》い。

「――それじゃあバルザックまで遥々《はるばる》旅をされるんですね。私たちは買い出し以外でほとんど集落を出ないから、旅なんて想像もつかないなぁ」

ルーイの言葉に家族が頷く。

大人数で食事をするのはドラゴン退治に行った山で、スープを飲んだ時ぐらいだから、ラビも楽しそうだ。

「なあ、おっさん！　人魚見たことある⁉」

「ああ。南の海域には人魚の統率する海賊団があるんだ。その国の海軍の援護をした時に人魚と戦ったよ。あの歌声はやはり美しかったな」

「聞いたことあんの⁉」

「だが俺が歌い返したら音痴《おんち》すぎて逃げられてしまってな」

「すっげー‼　それじゃあしゃべる岩の怪物は⁉　虹色に光る夜空も見た⁉」

「もう十年以上前だがな」

「ほんとに⁉　じゃあさじゃあさ、ドラゴン見たことある⁉」

「ん？　ついこの間も見たぞ」

「おまえは⁉　おまえも一緒に見たのか⁉」

話の矛先《ほこさき》を向けられて、ラビがビクッと肩《かた》を揺《ゆ》らす。

遠慮がちにラビが頷くと、ニキは「いいなあいいなあ」と本気でうらやましそうに呟《つぶや》いたのだった。


食事が終わり、腹が満たされたあとも談話は続いた。

「ダグラスさんのおかげで、今日は貴重な経験ができました。こんなふうに別種族の方と語り合うのは初めてです」

ルーイが感慨深げに呟く。

「エルフは損をしているかもしれませんね」

「う、うーむ」

内容はさっき交わしていた世間話よりも、より心の内側に迫るようなものになってきた。

食事をともにすると相手との距離感が近づくものだ。

しかしここで俺の口下手《くちべた》が炸裂《さくれつ》しはじめた。

重い話をされるとなんと答えたらよいのかわからない。

「自分たちの種族以外に心を開かないことをどう思われますか？」

「うん⁉　ど、どうと言われてもな」

俺がしどろもどろしている間もルーイは大真面目《おおまじめ》な顔で、エルフ論について語り続け、爺さんと婆さんは満腹になったから、うとうとと船を漕《こ》ぎはじめた。

子供たちのほうをさり気なく見る。

ニキはラビ相手に、エルフの薬草学知識やスキル習得について、得意げな顔で説明をしていた。

ラビは強張《こわば》った表情のまま首を縦に振り続けている。

ラビも俺と同じで聞き下手だな。

などと苦笑していると、ニキが不意に光魔法を詠唱《えいしょう》しはじめた。

ポーッとその指先に小さな光が灯る。

「……！」

俺は驚いて目を見開いた。

エルフは生活魔法スキルに特化していると聞いたことがある。

しかしまさかあんなに小さいうちから習得しているとは。

驚いたのはラビも同じだったようだ。目を見開いて、じーっとニキの手元を見つめている。

「お父さん……私も練習したらできるようになる……？」

そんなことを尋ねられて、俺は目を瞬《またた》かせた。

「ラビ、魔法を覚えたいのか？」

「うん……」

今までまったくそんなそぶりを見せなかったので予想外すぎた。

「そ、そうか」

「仕方ねえな。おまえには特別に俺が教えてやるよ！　まず詠唱の言葉は、光の聖霊、闇《やみ》照らす力を我に貸し与えよ、光魔法シャイニング。これをしっかり覚えるんだぜ」

「わかった……」

ラビは真面目な顔で頷くと、呪文を口内で繰り返して暗記しはじめた。

「そしたら手のひらを出して、体の内側のエネルギーをぎゅううって集めるんだ」

「……？」

「ぎゅうううだよ」

「やってみろ」

「うん……」

「そのまま詠唱するんだぜ」

ラビが試してみるが、手のひらにはなんの変化も訪れない。

「一回でできるわけねえじゃん。もっと試してみろよ」

「う、うん……」

しかし何度試してもラビの手には光が灯らない。

「ふふん！　難しいだろ。俺でさえ一ヶ月かかったんだから、人間に難しいのは当たり前だ！　だから、んな落ち込むなって！」

少年が得意げな顔をして鼻の下をこする。

こらこら少年、やめろ。ラビが肩《かた》を落としてしまったではないか。

ラビに才能がないんじゃなく、誰だって最初は苦労する。とくにひとつ目のスキル習得は勝手がわからないため、単純な生活スキルであっても難易度が増すのだ。

「あー……ラビ……」

しまった。こういう時、どうやって励《はげ》ましたらいいんだ。

「ラビが下手なわけじゃないぞ！　そもそもラビに適性がない可能性もあるんだから！」

必死にフォローしたつもりだったが、ますますラビの顔が曇《くも》ってしまった。

「じゃあ……練習しても覚えれない……？」

「適性があるのかうちの爺ちゃんに見てもらえばいいんだよ！」

「能力査定の技術があるのか？」

「なに言ってんだよ、おっさん。エルフの年寄り連中はみんなできるよ」

人間では賢者《けんじゃ》たちしか行えない特殊技術なのだ。

やはりエルフたちのスキル技術は、人間の遥《はる》か上をいくらしい。

「ほら、爺ちゃん、起きて！」

ニキに揺さぶられ、爺さんがフガッと言って目を覚ました。

「爺ちゃん、この子にスキル適性があるか見てやってくれよ！」

「むぅ……どうしなさった……？」

寝ぼけ眼《まなこ》の爺さんが、ラビを見る。

「……ぐー……」

「爺ちゃん!!」

「なんですかの……ありますよ……多分……多分……」

そう言ったきり、爺さんはまたこっくりこっくりしはじめた。

あるのか、ないのかどっちだったんだ。

心配してラビを見ると、しょんぼりとして俯《うつむ》いていた。

いかん、泣きそうじゃないか！

「大丈夫だって！　うちの爺ちゃんが多分あるって言ってたから、多分あるんだよ！　ラビが練習したくないなら押しつけないけどさー！」

「わ、私……したい」

「ほら、だったらおっさんも見本を見せてやれよ」

「ああ、いいではないですか。スキルは頭で考えるより、見て感じて学ぶものですし」

ニキとルーイにそう言われて、ラビが少しだけ顔を上げてくれた。

この機を逃すまいと俺は慌《あわ》てた。

「う、うむ。たしかにそうだな！」

よし。ここはひとつ、ラビの役に立てるようがんばるぞ！

俺は気合いを入れて単純光魔法を詠唱した。

《光の聖霊、闇照らす力を我に貸し与えよ――光魔法シャイニング！》

強烈な光が俺の腕からピカーッと放たれてしまった。

「うっ……!!」

「ま、眩《まぶ》しい……!!」

その場にいた全員が目を庇《かば》うようにして腕を翳《かざ》した。

しまった！　気合いを入れすぎた。

スキルの加減を間違えたのは、初対面のラビの前で火魔法を使った時以来だ。

寝ていた爺さん婆さんまで目を覚ます。

「んあああ!?　朝が来たのですかな!?」

すぐにスキル解除した俺は、その場でみんなに平謝《ひらあやま》りをした。

「まさか単純光魔法のスキルで、あそこまでの輝きを放つとは……。あなたいったい何者なんですか!?」

「まあ！　なんて神々《こうごう》しい光！　お祈りをしておきましょう！」

「か、かっこいい！　すごいぜ、おっさん！」

驚きの声を上げる家族たちと目をキラキラさせるニキ。

俺は申し訳なさでいっぱいになりながら、ただの子連れの旅人だと説明した。

十六話

おっさん、雷雨の中で活躍する

ラビはかれこれ二時間も光魔法の練習を続けている。

俺たちもそれに付き合って、励《はげ》ましたりアドバイスをしたり。

ただ、残念ながら成果は見られず、その小さな手に光が灯ることはまだ一度もなかった。

それでもラビは練習をやめない。

なにかを決意したような顔で黙々《もくもく》と頑張《がんば》っている。初めて見る一面に、俺は驚かされた。

どうしてもスキルを覚えたいんだな。

なぜそういう気持ちになったのかはわからないが、ラビが望む以上はサポートしてやりたい。

ただあまり根《こん》を詰《つ》めすぎるのもよくないだろう。

今日はそろそろ寝ようとラビに声をかけようとしたその時。

ピカッ。

窓の外が突然、白く光った。

「まあ、ダグラスさんの放った光ぐらい明るい雷《かみなり》！」

ルーイの嫁さんがそう声を上げた。直後。

――ピシャッ……ドーンッッッ!!

「キャアアッ!!」

家が揺れるほどの雷鳴《らいめい》が轟《とどろ》き、嫁さんや子供たちが悲鳴を上げる。

とにかくすさまじい音だった。

なにかがガラガラと瓦解《がかい》するような、聞いたこともないぐらいの爆音だ。

怯《おび》えて縋《すが》りついてきたラビを抱き寄せる。

子供たちだけでなく、その場にいた大人たちも青ざめていた。

「今の雷、落ちたんじゃ……」

「ああ、おそらくは」

不安そうなルーイとともに立ち上がり、窓辺へ近づくと――。

「あれは……!」

集落の西側のほうで赤黒い煙が立ち上っている。家に雷が落ちて燃え上がったのだ。

「誰かの家に落ちたんだ……」

ルーイが呆然《ぼうぜん》と呟《つぶや》く。

「家に落ちたって、避雷針《ひらいしん》を置いてないのか?」

「いいえ、そういうものを我々は使いません。ですが毎年、春の初めに雷除《よ》けの祭りを行っているので」

俺は複雑な気持ちで唇《くちびる》を引き結んだ。

この種族の決まりに余所者《よそもの》が口を挟《はさ》むべきではない。

気持ちを切り替えて、起こった出来事のほうへ意識を向ける。

「なにかできるかもしれない。助太刀《すけだち》に行ってくる」

「私もついていきます！」

「ラビはどうする？」

急いで尋ねるとラビは慌《あわ》てて首を横に振った。

火が怖いのか？

ついてくるはずだと思っていたので意外だった。

しかし今はそのことを確認している余裕がない。

「それじゃあ行ってくる。いい子で待っていてくれ」

「う、うん……。お父さん、気をつけて……」

心配そうな表情でラビが俺を見上げてくる。

ラビの両手が俺のコートを摑《つか》んでなかなか離さない。

大丈夫だと言い聞かせるように、俺は苦笑したまま頷《うなず》き返した。

「ああ、ありがとう」

ラビの頭をくしゃっと撫《な》でてから、俺はルーイとともに雨の中へ飛び出した。

「大変だ！　火が出ているらしいぞ！」

「おい、みんな急げ！」

そこかしこの家から俺たちと同じように男衆たちが集まってくる。

警戒心の強いエルフたちは俺を見てギョッとした表情を浮かべた。

しかし現場へ駆《か》けつけることを最優先とした。

空気の中に嫌な熱が混ざりはじめる。ひどく煙臭《くさ》い。

俺は走りながら腰《こし》に提《さ》げていた手ぬぐいを抜き、口元に巻いた。

黒い空が赤く染まっていく。バシャバシャと水の跳《は》ねる音が響く。

集落の西側に辿《たど》り着くと、目を疑うような光景が広がっていた。

「そんな……。なんてことだ……」

真《ま》っ二《ぷた》つに貫かれた大木。そこから燃え上がる化け物のような炎。

家だったものの残骸《ざんがい》が、地面の上にうず高く積み上がっている。

今にも炎はそちらへ燃え広がりそうだ。

「た、助けてくれッ‼　妻《つま》と子供が下敷きになっているんだッッ‼」

羽交《はが》いじめにされた若いエルフが、必死な形相《ぎょうそう》で両腕を伸ばしている。

耳に痛い悲痛な叫び声だ。

俺たちより早く到着した者たちも、なんとか残骸をどかそうとはしていた。

しかし燃え盛る火のせいで、救助がままならないのだ。

「どうして雨が降ってるのに火が消えないんだよ⁉」

誰かが絶望を滲《にじ》ませた声で怒鳴《どな》る。

この勢いだ。雨だけで鎮火《ちんか》させるのは難しいだろう。

「俺が消火する。少し道を開けてくれ！」

そう名乗り出ると、エルフたちは怯えた顔で黙り込んだ。

お互いに目線を合わせて、どうするべきか窺《うかが》い合っている。しかし一刻を争う状況だ。

俺がざくざくと歩いていくと、エルフたちは蜘蛛《くも》の子を散らすように後退した。

俺はすぐに水魔法を詠唱《えいしょう》した。

《空白の魂《たましい》に愛求める水の聖霊よ、恵みの水を授けたまえ——水魔法ウンディーネ!!》

最大威力で俺が放った水は覆《おお》いかぶさるようにして、メラメラと燃え立つ炎へ襲いかかった。

さすがに一瞬で消えるということはない。

それでもじわじわと燃える範囲が狭《せば》まっていく。

「す、すごい……」

「……が、がんばれ！」

「そうだ！　がんばれ！　がんばってくれ！」

ほとんどのエルフは不安そうに遠目から眺《なが》めているけれど。

ルーイをはじめとした数人が、声を上げて応援してくれている。

俺はその声援に励まされながら、小さくなっていく炎に近づいていった。

よし、もう少しだ！

火は最後の抵抗のようにブワッと一度膨《ふく》れ上がったあと、よくやく鎮火したのだった。

「早く救助を！」

「わ、わかった！」

俺が声をかけると、エルフたちは慌てて残骸の中へ駆け寄っていった。もう怯《ひる》んでいる者はいない。

「そっち側を持っていてくれ！」

「せーので上げるぞ！　せーの!!」

雨に打たれながら、みんな一丸となって救助にあたる。しかしすぐに新たな問題が発生した。

「くそ！　この巨大な木が重くて動かない！」

真っ二つに割れた木の片方が、はまり込んでまったく動かない状態だ。てこの原理を使ってがんばっても持ち上がらない。

「た、助け……て……」

その下から微《かす》かな声が聞こえてきた。

「畜生！　あとちょっとだってのに！」

「わかった。それは俺に任せろ」

今度は筋力のバフを詠唱する。

《漲《みなぎ》る力湧き上がれ――筋力増強マッスルパワー!!》

ムキムキムキッ。

筋肉が盛り上がり、俺の腕が見る間に巨大化していく。

「ひっ……ば、ばばば化け物ッッッ……!!」

エルフたちが俺の姿を見た瞬間、悲鳴を上げて腰を抜かす。

これを見るのは二度目のルーイまで、真っ青《まっさお》な顔で固まっている。

「ふんっ!!」

ムキムキに膨らんだ腕なら大木ぐらい片手で持ち上げられる。

「さあ、俺が支えてる間に助け出してくれ！」

「あ……ああああ……」

しまった。怯え切っていて動いてくれない。

「頼む。早く助けてやろう」

「あ、は、はい！　ほら、皆さん！　救助を！」

膨れ上がった腕だと細かい作業がままならない。

助けるつもりでひねり潰してしまったなんてことになりかねないので、その作業はエルフたちに頼んだ。

それからすぐに、母と子は救い出された。

母親は腕と背中に傷を負っていたが、子供は母親が庇《かば》うように抱きしめていたため、かすり傷ですんだようだ。薬師《くすし》の元へ運ばれていく親子を見送っていると――。

「母親のほうも命に別状はないとのことです」

ルーイが俺の傍《そば》へ来て知らせてくれた。

俺は片づけ作業の邪魔にならない場所へ大木を動かしてから頷き返した。

ふたりが無事でよかった。ホッとして肩《かた》の力を抜く。

スキルを解除すると、申し訳なさそうな顔でエルフたちが俺の元へ集まってきた。

「本当にありがとう。あなたのおかげで助かりました」

「あなたがいなければモロの嫁さんと子供はきっと助けられなかった」

「ああ。それから嫌な態度を取ってしまって申し訳なかった」

「このとおりです」

皆で一斉に深々と頭を下げてきた。

俺は困ってしまい、慌てふためきながら顔を上げてくれるよう頼んだのだった。

十七話　おっさん、春到来の予感？

雨の中作業を続けるのは危険だ。

片づけは翌朝以降に行うことにして、その日は撤収《てっしゅう》となった。

そして翌朝。目を覚ますと雷雨《らいう》はすっかり通り過ぎ、カラッとした日差しが姿を現していた。

これなら問題なく作業が行えるだろう。俺はホッとしながら身じたくを整えた。

リビングに張っていたそれぞれのハンモックを片づけ終わると、ルーイの嫁《よめ》さんが大皿に盛った朝食を運んできた。

夕食と同じように、またみんなで車座《くるまざ》になり食事をはじめる。

オリーブ油で炒《いた》めた春野菜を、薄くモチモチしたパンに挟《はさ》んで食べるのが、エルフにとっては定番の朝食らしい。

それから甘めの味つけがされたかぼちゃのスープに、ふかし芋《いも》のフルーツサラダ。

どの料理もやはり美味《うま》い。ラビはフルーツサラダをすごく気に入ったらしい。

旅立つ前に作り方を習っていきたいところだ。

「片づけを手伝ってから出発しようと思うのだが、俺が参加したら迷惑だろうか？」

朝食の席でルーイにそう尋ねると、彼は慌《あわ》てて身を乗り出した。

「そんな！　みんな喜びますよ！　あなたが手伝ってくれたら百人力です！」

ルーイの勢いにちょっとびっくりした。でもありがたい言葉だ。

他のエルフたちもそう思ってくれるといい。

とりあえずルーイと一緒に、片づけの現場へ顔を出させてもらうことにした。

「ラビはどうする？　今日はついてくるか？　もう火は消えているぞ」

「えっと……い、行ってもいいなら……」

ラビがそう答えると、ニキが茶碗《ちゃわん》を抱えたまま勢いよく顔を上げた。

「ラビが行くなら俺も行く！　父さん、俺が片づけ、手伝ってやるよ！」

「ははは。気持ちだけありがたくもらっておくよ」

「なんだよ！　その言い方！」

「子供が手伝えるような状態ではないんだ」

「なんだよなんだよ！　子供扱《あつか》いしやがって！」

ニキは膨《ふく》れっ面でそっぽを向いてしまった。

親子のやり取りを聞きながら火災現場のことを思い出す。足場も悪く子供に手伝いをさせられるような状況ではなかった。子供を心配するルーイの気持ちは理解できる。

しかしへそを曲げてしまったニキの気持ちだってわからなくはない。

俺にもそういう子供時代があったからな。当然、何十年も前の話だ。

しかし不思議と子供時代の記憶は鮮明に残っているものが多い。

朝食が終わり、それぞれが動きはじめてもニキはまだ不貞腐《ふてくさ》れていた。

同じ場所に座り込んだまま頑《がん》として動かない。

なんとも気になる。だが、こういう時に気の利いた言葉をかけられる俺ではなかった。

ルーイは苦笑しながら、俺に肩《かた》を竦《すく》めてみせた。

「ああなるとなにをしてもだめです。あの頑固《がんこ》さはいったい誰に似たのか……。そのうち勝手に機嫌《きげん》を直すので心配しないでください。構うと余計意固地《いこじ》になるようなのです」

「なるほど」

少年であっても彼は男だ。プライドを傷つけられた意地があるのだろう。

そんなことを考えていると、ラビが俺の服をツンツンと引っ張ってきた。

「ん？　どうした？」

「わ、私……やっぱり残る……」

「む。そうか」

昨夜に引き続き、またラビに別行動を望まれてしまった。

まあ、そうだな。ニキも家に残るみたいだしな。

ひとりで大人たちの傍《そば》にいるより、子供同士で過ごすほうが楽しいのかもしれない。

ここは安全だし、ラビを任せておける。俺はルーイの嫁さんにラビのことを頼んでから家を出た。

火災のあった現場に向うと、すでにエルフたちが片づけ作業を開始していた。

「やあ、みんな。おはよう」

ルーイが声をかける。彼の後ろに立った俺も挨拶《あいさつ》代わりのお辞儀《じぎ》をした。

すると作業をしていたエルフたちは、わらわらとこちらへ集まってきた。

「マッスルさん！　昨日《きのう》はありがとう!!」

「改めてお礼を言わせてくれ！」

「い、いや。それはもう本当に気にしないでくれ。あと俺の名はマッスルではなくて——」

「マッスルさんには俺たちみんな、心から感謝しているんだ」

また昨日のように皆で頭を下げようとするから急いで止めに入る。

「それよりも片づけ作業を手伝わせてもらってもいいだろうか？」

「そりゃあもちろんだよ!!」

「マッスルさん、あんた本当にいい人だな!?」

「いや、俺はマッスルさんではなく——」

「よーし、みんな！　マッスルさんが来てくれたから気合いを入れてがんばろう!!」

なんということだろう。完全にマッスルさん呼びが定着してしまった。


それから一時間。エルフたちに混ざって作業を続けているのだが……。

「よーし、皆行くぞ！　せーの！」

「「「マッスルパワー！」」」

あちこちから、そんなかけ声が聞こえてくる。

エルフたちの中にバフスキルを持つ者はいない。

どうやら「えいえいおー」的な意味合いで「マッスルパワー」と叫んでいるらしい。

な、なぜこんなことに。俺が戸惑《とまど》っているとルーイが教えてくれた。

「ダグラスさんの真似《まね》をしていると、いつもより力が漲《みなぎ》ってくる気がするそうです。みんなあなたに憧《あこが》れているんですよ」

「憧れだって⁉」

「僕らエルフは貧弱な種族ですから。あなたの逞《たくま》しさがうらやましくて仕方ないのです。男の中の男という感じじゃないですか。ムキムキの筋肉、存在感のある長身、ムッと引き結ばれた口元。いいなあ」

「……！」

衝撃のあまり言葉を失った。こんなことを言われたのは初めてだ。

うれしいと思うどころか照れくさくてかなわない。

俺はガシガシと頭を掻《か》いて、作業に戻った。

そんなこんなで昼過ぎ。

大方の片づけが終わる頃、エルフの女性たちが料理の載った大皿を持って現れた。

「お疲れさま！　お昼ごはんを作ってきたので、たんと召し上がってください」

一斉に男たちの間から歓声が上がる。

みんな必死に作業をしていたからペコペコなのだろう。

俺もおいしそうな香りを嗅《か》いだ途端《とたん》、ぐうっと腹が鳴ってしまった。

すっかり乾いた土の上に、みんなで輪になって座る。

女性たちは皿を取り分けたり、酒を注《つ》いで回ったり、甲斐甲斐《かいがい》しく世話を焼いてくれた。

俺の元へも若く美しいエルフが酒瓶を手に何度かやってきた。礼を言って酒を注いでもらう。

三度目にようやく同じ彼女が来ていることに気づいた。偶然かとも思ったが、四度目もやはり彼女だった。俺の世話役を頼まれているのかもしれない。

「たびたびすまない。ありがとう」

何度も世話になったことへの礼を伝えると、エルフの頬《ほお》がポッと赤く染まった。

「ご迷惑でしたでしょうか？」

不安そうに尋ねられ、大慌てで首を振る。

「いや、そんなことはない」

「そうですか……！」

ホッとしたようにエルフが微笑《ほほえ》む。

白く澄んだ肌に薄紅色《うすべに》の頬。鼻と唇《くちびる》が小さく、青い目はくりくりしている。柔らかい雰囲気の丸顔の女性だ。

エルフの中でもとくに美しく整った顔をしているので、陶器の人形を鑑賞しているような気持ちになってきた。

「ここにいてお酒をお注ぎしていても構いませんか？」

「え？　だ、だが……」

申し訳ないのもある。

それに正直、こんな若い女性の相手は緊張するし落ち着かない。

「俺の相手ばかりさせていたら悪いだろう」

最大限に気を使って伝えた。

しかしなぜかものすごく悲しそうな顔をされた。

しまった。だがなにがいけなかったんだ。

傷つけたことには気づけたが理由がわからない。

困り果てて周囲を見回すと——。

「ははは！　なんだ、ローズ。マッスルさんに一目惚《ひとめぼ》れしたのか？」

俺たちのやり取りに気づいた他のエルフたちが、そんな茶々を入れはじめた。

どうやらローズというのは酒を注いでくれたエルフのことらしい。

「お、おいおい。この娘さんに悪いだろう」

俺はギョッとして止めに入った。

ふざけているのはわかっていても、娘さんの気持ちを考えたらそれではすまされない。

「おやおや。マッスルさん。あんたとっても強いのに、そういうことは鈍いんだな」

「え？」

「ローズの真《ま》っ赤《か》な顔を見てやってくれ。それで否定したら逆に可哀想《かわいそう》だよ」

みんなが楽しそうに冷かしてくる。

俺はわけがわからずにローズと呼ばれた女性を振り返った。

「もう皆さんったら。あまりからかわないでください」

真っ赤になってそう呟《つぶや》いたローズが俺に向き直る。

その顔に浮かんだ照れ笑いをどう受け取ればいいのか。

俺はソワソワと落ち着きをなくしながら自分の頭に手を当てたのだった。

十八話　おっさんと少女、何より大切なもの

はぁ……。しかしまいった。

酔いが回りはじめてくると、エルフの男たちの言葉はエスカレートした。

「ローズを嫁《よめ》にしてやってくれ！」

「この集落で世帯《しょたい》を持てばいい。マッスルさんなら大歓迎だよ！」

そんなふうに騒ぎ出す始末。

俺は一生懸命彼らを諌《いさ》めたものの効果はほとんどなかった。

やれやれ。みんな酒が入ってるからな。

このままローズに迷惑をかけ続けるわけにはいかない。

もうあとは退散するしかないな。

「すまないが俺はそろそろ……」

引き留める声が方々から上がる。

申し訳ないと頭を下げつつ、輪の中から抜け出す。

ルーイを見るとかなり離れた席でまだ楽しそうに飲んでいた。

俺は先に帰っていよう。

Enjoy new life
With my daughter

そう思って歩き出した時、後ろからパタパタと足音が聞こえてきた。

「待ってください！」

呼び止められ振り返る。俺の元へ駆《か》け寄ってきたのは、なんとローズだった。

「こんなふうに抜け出してきたら余計誤解を受けるぞ」

困惑してそう伝えるとローズは呼吸を整えながら首を横に振った。

腰《こし》までの長い金髪がさらさらと揺《ゆ》れる。

「誤解、ではありません」

「え？」

「私！　あなたを初めて見た瞬間、恋に落ちてしまったのです！」

「ななな、なんだってッ⁉」

衝撃を受けすぎて呼吸が止まりそうになった。だってまさかありえない。

俺が、このおっさんの俺が！　こんな言葉を伝えられるなんて。

焦《あせ》りすぎて汗がブワッと湧き上がってきた。うれしいなんて思う余裕もない。

「どうか一緒に連れていってくれませんか？　あなたとふたりで旅がしたいのです。そしていつかあなたのお嫁さんに……」

ん？　ふたり？

「俺は娘と旅をしているので三人だ」

「え」

きょとんとした顔でローズがぱちくりと瞬《またた》きをする。

「娘、ですか？」

「ああ」

「あ。そ、そうなんですね」

困ったように彼女が瞳《ひとみ》を泳がせる。

年甲斐《としがい》もなく混乱してしまった一瞬前の自分を恥《は》ずかしく感じた。

「そ、その、なんだかすまない……」

「い、いえ！　私が悪いんです！」

昨日《きのう》も今日も俺はラビを連れていかなかったから、独《ひと》り身だと思われてしまったのだろう。

ラビと俺が親子なのはバルザックに着くまでの間のこと。

でもそれを彼女に伝えるのは違う気がした。

ただ俺なんかに一瞬でも好意を抱いてくれたことは本当にありがたい。

俺は下手《へた》くそな笑いを浮かべて頭を下げてから、彼女の元を去った。


ルーイの家へ帰り着くと、ラビがすぐさま駆け寄ってきた。

「お、おかえりなさい……！」

ラビの笑顔に出迎えられ、心がほわっと温かくなる。

子供の笑顔は癒《いや》しだ。

俺はラビの頭を撫《な》でてから、ルーイの嫁さんに彼はまだ帰ってくるのに時間がかかりそうだと伝えた。

嫁さんは苦笑して「あの人はお酒の場が本当に好きなの。困った人でしょう?」と言った。

ラビはニキとふたりで一日中、スキル習得の練習をしていたらしい。ちなみに爺《じい》さんと婆《ばあ》さんの姿はない。どこかへ出かけたのだろう。

「俺が先生になって特訓してやってたんだ!」

「ラビちゃんすごくがんばっていましたよ」

「でも、まだできないの……」

ニキとルーイの嫁さんの言葉に対して、ラビが恥ずかしそうに笑う。

俺と目が合うと、目を細めてキュッと口角を上げた。

なんだ? なんとなく違和感を覚える。ラビが笑うのはいつもうれしい時だった。

だが今の笑《え》みの正体は?

自分の不甲斐なさを感じてそれを恥ずかしく思う時に、ラビはしょんぼりと肩《かた》を落とすタイプだ。

「……」

なにか無理をしているような気がする。

そしてそれを悟られまいと笑っているような……。

そう思って改めてラビを見直すと、心なしかいつもより頬《ほお》が赤い。

まさか。俺は慌《あわ》てて鑑定スキルをラビに放った。

《全知全能の神、知識の本のページをめくり我《われ》に英知を与えたまえ――鑑定ジャッジ》

名前：未設定
性別：女
種族：人間
職業：＊＊＊＊＊
状態：疲労・風邪
レベル：１（ＮＥＸＴ１０）
ＨＰ：６５８
ＭＰ：９１９

「ラビ！　風邪《かぜ》をひいてるじゃないか！　しかも疲労までついて……!!」

「え!?　めちゃくちゃ元気だったぜ!?」

ニキが信じられないというように俺を振り返る。

ルーイの嫁さんは俺の言葉を聞き、慌ててラビの額《ひたい》に手を当てた。

「まあ、本当！　気づけるなんてさすがお父さんね！　とにかくすぐ寝かせてあげましょう」

ルーイの嫁さんとニキも慌てはじめる。ラビは気まずそうに唇《くちびる》を尖《とが》らせて俯《うつむ》いてしまった。

「ニキ、あなたは薬師《くすし》さんを呼んできて！」

「わかった！」

みんながバタバタと動き出す。俺はラビを抱き上げ寝床《ねどこ》へ運んだ。

ああ、なんてことだ。体がものすごく熱いじゃないか。

頭を撫でたときに気づいてやるべきだった。

ラビをハンモックに寝かせて、温かい毛布でくるむ。

ルーイの嫁さんが氷水を入れた桶《おけ》と手ぬぐいを持ってきてくれたので、それをしぼってラビの額に載せてやった。

「ご、ごめんなさい……」

小さな手で毛布の端《はし》をキュッと摑《つか》んだラビが、申し訳なさそうに謝《あやま》ってくる。

「気にしなくていい。とにかくゆっくりと休め」

「でも……私、迷惑ばかりかけてる……。ドラゴンの時からずっと……」

予想外の言葉に目を見開く。

なぜここでドラゴンの話が突然出てくるのか。いや、突然じゃないのか？

「ドラゴン？」

できるだけ慎重に精一杯の優しい声で尋ねてみる。

ラビは瞳を伏せて頷いた。

「私が一緒にいたいって言うから……お父さん、どこへでも連れていってくれるようになったけれど……そのせいでヒゲのおじさんに怒られちゃった……」

「ラビ……」

「私、なにもできない足手まといだから……一緒にいたいなら迷惑かけないように……魔法覚えたかったのに……。そのせいでまた迷惑かけちゃった……。本当にごめんなさい……」

「……っ」

言葉が役に立たない。ただ胸に強い想いが込み上げてきて、俺はラビを抱きしめた。

火事の夜についてこなかったのもそれが理由なのだろう。今日の片づけだってそうだ。

ルーイとニキの会話で「子供にできることはない」と聞いた途端《とたん》、ラビは家に残るといった。

その結果、必死になってスキルの練習を続けて、疲労を溜め体調を崩してしまった。

あの時はニキと一緒に遊びたくなったのかと思ったが、それも俺の勘《かん》違いだったんだな。

なによりも大切にしてやりたいと思っているのになかなか上手《うま》くいかない。

難しいなとつくづく感じる。

多分、極端《きょくたん》な行動をとったのがよくなかったんだな。

お互いにひとりで考えているのも間違っている。

「ラビ、おまえを足手まといだなんて思っていない」

ラビが首を横に振る。

そうだな。いくら俺がそう言っても、ラビ自身が自分を許せないのだろう。

「ラビ、それならこういうのはどうだ？　今後は危険な状況になったとき、別行動をとることも視野に入れる。だが俺はひとりでは結論を出さない。ラビもそうしてくれ。ふたりで話し合って、どういう方法を取るのが一番いいか考えよう」

ラビは迷うように潤《うる》んだ瞳を泳がせたあと、「うん……」と小声で答えた。

「でもできるだけ早く足手まといじゃなくなるから……」

「足手まといなどではないが、とにかくラビの気持ちはわかった。だが、ほどほどにだ。あんまり心配をかけてくれるなよ」

「はい……。ごめんなさい……」

俺は苦笑してラビの額から落ちてしまった手ぬぐいを拾った。

それを氷水につけて、もう一度冷やす。

ずれてしまった毛布もしっかり直してやった。


それから少しして薬師が到着した。

やはり疲労が原因で熱を出してしまったらしい。

煎《せん》じてもらった薬を飲ませるために、まずはなにか食べさせなくてはいけない。

「ラビ、食べたいものはあるか？　できる限り用意してやるから言ってみろ」

「お父さんのスープ……。お豆《まめ》の入っている……」

「出会った日に食べたやつか？」

「うん……」

「わかった。すぐ作ってくるから待っていろ」

キッチンを借りて、豆と干し肉でさっそくスープを作る。

ハーブはニキが裏の共同畑から取ってきてくれた。

「ダグラスさん、もしよかったら林檎《りんご》も持っていってあげて」

ルーイの嫁さんはそう言って林檎をウサギの形にむいてくれた。

「おお！」

これはラビが喜んでくれるかもしれない。

「俺にもやり方を教えてもらえないだろうか。このとおりだ。頼む」

頭を下げると、ルーイの嫁さんは「そんなかしこまらないで」と言ってクスクス笑った。

「ダグラスさん、あなたは本当にいいお父さんね。娘の体調の変化にもいち早く気づいたし、甲斐《かい》甲斐《がい》しく看病までして。お父さんとお母さんの役割をひとりで担うなんて、そんなことなかなかできるものではないわ」

「いや。俺なんてまだまだだ。失敗ばかりで反省の連続だ」

「それは私たちも。子育てって難しいですね。でもなにより遣《や》り甲斐のあることだわ」

「ああ、たしかにそうだな」

そんな会話を交わしながら、ウサギの作り方を教えてもらった。

しかし、やはりなかなか上手くはいかない。

片方の耳のほうが短いし、ガタガタになってしまった。

ううむ。これは習練が必要だな。

俺の残念なウサギは後ろに置いて、綺麗《きれい》なウサギたちを前に出した。


調理を終えてラビの元へ戻る。

うとうとしていたラビは目を開けると「おいしそうな匂《にお》い……」と囁《ささや》いてニコニコ笑った。

頬が真《ま》っ赤《か》だからかいつも以上に幼く見える。

ハンモックの上からラビを抱き起こしてやり、敷き詰めたクッションの上に座らせる。

力が入らないらしく、くたりとしている。

自分で飲ませるのは危ないな。

俺はスープを掬《すく》ったスプーンをふうふうと冷ましてから、ラビの口元に近づけた。

小さく開いた口にそれを流し込む。

「熱くはないか？」

「うん、とってもおいしい……」

「そうか、よかった」

あまり食欲はなさそうだが、がんばって完食してくれた。

「林檎もあるぞ」

そう言ってウサギたちを見せると、弱々しかった顔にパアッと笑みが浮かんだ。

「ウサギさんだ……」

「食べるか?」

こくりと頷く。俺が綺麗なウサギを取ろうとすると。

「……そっちじゃなくて、後ろのウサギさんがいい」

あろうことか俺のガタガタウサギをラビは希望してきた。

俺が作ったと気づいたのだろう。

本当に優しい子だ。

ラビに気を使わせないためにも、やはり林檎のウサギ作りをもっと練習しよう。

俺は心の中でそう決意したのだった。

十九話　おっさんと少女、「好きなのはお父さん」

ルーイたちの好意に甘えて、もう一晩泊めさせてもらった翌朝。

目を覚ましたラビはすっかり元気になっていた。

「頭が痛いとか、喉《のど》が痛いとかはないか？」

「うん、大丈夫。お父さん、あのね……」

「ん？」

ラビはワンピースの裾《すそ》を握って、もじもじとしてから顔を上げた。

「えっと……看病してくれてありがとう……。……すごくうれしかった……」

俺が笑って頷《うなず》くと、ラビもニコッと微笑《ほほえ》み返してくる。

無理をしている笑顔ではない。

感情のまま表に出てきたような、はにかみ笑いを見て幸福な気持ちになった。

いつもどおりのラビだ。

薬を飲んでぐっすり眠ったのがよかったんだな。

念のため鑑定スキルで確認する。疲労と風邪《かぜ》の状態異常はちゃんと消えていたので安心した。

「お父さん、出発する？」

Enjoy new life
With my daughter

着替えを終えたあと。ラビのリボンを結《ゆ》ってやっていると尋ねられた。

「ラビは旅に出られそうか？」

「うん」

ラビがこちらを振り返って頷く。正面を向いていてくれないとまとめた髪が崩れてしまう。俺は苦笑して、ラビの小さな頭をよいしょと戻した。

「ラビが元気なら今日、出発しよう」

火災現場の片づけは終わった。ラビも回復して、雨は上がった。

数日間、世話になったエルフの集落フローリア。

エルフたちが受け入れてくれたのはうれしかったし、居心地《いごこち》のいい集落だった。

しかし旅立つ時が来たのだ。


荷物をまとめ終えたところで、爺《じい》さんがもう一度ラビのスキル適性を見てくれることになった。

一回目の時はうとうとしていたし。しかも本人は鑑定したことすら覚えていなかった。

「それでは見てみましょう」

ニコニコと笑いながら皺《しわ》だらけの手をラビの頭の上に掲げる。

爺さんの右手がポウッと光った。

「ほほ、なるほどなるほど。安心なさい。ちゃんとスキル適性はあるようです」

スキル適性はある。

そう聞いた瞬間、ラビの表情が明るくなった。

「ただすこーし深いところで眠っているようですな。覚醒《かくせい》するにはきっかけがいるでしょう。でも大丈夫。この子の心が求めているのなら、いつかきっと呼応し目覚めるはずです」

「そうか」

「スキルの潜在能力は5120」

「5120⁉　ラビ、すごいじゃないか！」

爺さんの言葉に驚く。潜在能力5120とはかなり高い。

スキルを使える人間の潜在能力は平均3000。ちなみにスキル適性がなければ潜在能力は0ということになる。この能力が高いほど、複雑なスキルを習得しやすい。

それにスキルレベルに必要な経験値も高く入る。

潜在能力は持って生まれた才能のようなもの。その数値は生まれた瞬間から固定されていて変化することはない。

「5120ってすごいの……？」

俺の言葉にラビが首を傾《かし》げる。爺さんはなにも知らないラビに向かい優しく笑いかけた。

「ええ。かなり高い。きっと目覚めたら良いスキル使いになることでしょう」

「お父さんはどのぐらい……？」

「俺は――」

そうだ。ここで俺の数値を教えたら、ラビの自信に繫《つな》がるかもしれない。

「俺は900ちょうどだ」

「え⁉」

それまで隣で黙って話を聞いていたルーイが素《す》っ頓狂《とんきょう》な声を上げる。

「さすがにそれはないでしょう⁉　900じゃ初歩的な生活魔法をいくつか使えるぐらいですよ。あなたほどのスキル使いが900なんて考えられません」

「い、いや。そうは言われても本当なんだ」

「ほほ。どれどれ」

爺さんが笑いながら手を差し出してくる。

どうやら俺の潜在能力も測ってくれるつもりなのだろう。

身を屈《かが》めて頭を前に出す。

ブツブツと聞き取れないぐらいの声で爺さんが呪文を呟《つぶや》く。俺の頭上が微《かす》かに温かくなった。

「――ほお。これはこれは。ルーイ、この方の言ったとおり。潜在能力は900と出ていますよ」

「で、ではどうしてあんなすごいスキルが使えたんです⁉　超強力な水魔法や見たこともないレベルのバフをかけれるんですよ⁉」

ルーイが息巻《いきま》く。爺さんは笑みを浮かべただけでなにも言わない。そして俺のほうに視線を戻した。

「想像を絶する努力をしてこられたのですな」

しんみりとした優しい口調でそう言われる。

俺は目を見開いて爺さんを見返した。

自然と心に思い浮かんだのは若い頃の鍛錬三昧《たんれんざんまい》だった日々の記憶だ。

別に大した話じゃない。才能に恵まれなかったから、天才たちの何十倍も努力をした。ただそれだけのことだ。

「あなたの生きてきた日々に敬意を表《ひょう》します」

「爺さん……」

だが数十年も経った今、そんな言葉をかけられると胸にこみ上げるものがあった。

情けない話かもしれないが、目頭《めがしら》が熱くなってしまった。

「ダグラスさん、あなたは本当にすごい人だったんですね。努力で才能を凌駕《りょうが》するなんて……」

ルーイが圧倒されたかのように呟く。

「ルーイ、この方は天才と呼ばれる者たちよりも、よっぽど尊敬に値する人なのですよ」

爺さんがあまりに持ち上げてくれるから俺は困ってしまった。

「と、とにかくラビ。おまえはがんばり屋だし、才能もあるからきっとすごいスキル使いになれるぞ」

「ほんと？　お父さんみたいになれる……？」

「……！」

お父さんみたいになりたい。

愛娘《まなむすめ》、愛息子《まなむすこ》を持つ世界中のお父さんと同じように、俺もこの言葉の破壊力を今、痛感《つうかん》したのだった。

◇◇◇

ありがたいことに今回も俺たちの見送りに大勢の人が集まってくれた。

しかも餞別《せんべつ》にエルフ秘伝のスパイスや風邪薬までもらってしまった。

見送りの人の中にはローズの姿もあった。こちらが気づいた直後、目が合った。

他の人には気づかれないようなささやかな微笑《びしょう》をお互いに浮かべて、俺たちはそれを別れの挨拶《あいさつ》とした。

「なあ、本当に出発するのか？」

俺たちが旅立つとわかった瞬間から、ずっとむっつりしていたニキが口を開いた。

「ああ。世話になったな」

「あ、ありがとう……」

ラビも小さな声でお礼を伝える。

その途端《とたん》、ニキの顔が真《ま》っ赤《か》になった。照れているのとは違う。溢《あふ》れ出しそうな涙を我慢しているのだ。

「ラビ！　おっさんと一緒にここに残ればいいじゃん！　俺がお嫁《よめ》さんにしてやるから!!　そしたらずっと一緒に暮らせるだろ!?」

涙の湧き上がってくる瞳《ひとみ》を腕でゴシゴシとこすりながら、ニキがそう叫んだ。

「んなッ……⁉」

ラビより多分、俺のほうが驚いている。喉から引っくり返ったような声が出てしまった。

よ、よよよ嫁……。

たしかにニキはラビを気に入っているようだった。

だがまさかそれが恋愛感情だったとは。

今の今までまったく気づいていなかった俺は、焦《あせ》ってルーイたち家族に視線を向けた。

全員が全員、微笑ましそうな顔で見守っている。

どうやら恋心に気づいていなかったのは俺だけだったらしい。

ラビはいったいなんと返事をするのだろう。

俺はぎくしゃくと顎《あご》を動かし、ラビを見下ろした。ラビは無言のままニキを見ている。

「え……えっと。お、俺はラビが好きだ！　だからお嫁さんにしてやるっての！」

「私はお父さんが好き」

「へ？」

「え？」

ニキと俺の驚いた声が重なる。ラビは俺を見上げると、照れくさそうに笑った。

「ははは。ニキ、フラれてしまったなあ」

ルーイが明るく笑いながら息子の肩《かた》を叩く。

ニキは父の体をポコポコ叩いてから、ワッと泣いてその足にしがみついた。

これはものすごく複雑な気持ちになるな。

ラビの言葉はかわいらしくてうれしかった。

しかしニキの気持ちもわかる。ううむ……。

俺が仏頂面《ぶっちょうづら》で固まっていると、ルーイがうちの子のことは気にしないでくださいと言ってきた。

「男の子ってのは失恋して成長していくものでしょう」

「な、なるほど」

俺も思わず遠い空を見上げたくなった。

「ところでダグラスさん。実はこれから避雷針《ひらいしん》の設置について前向きに検討していくことになったんです」

ルーイが言う。みんなも彼の言葉に頷いた。

「私たちにその技術はないから、設置が決まったら人間の街に依頼を出すことになるでしょう。あなたのような善き人と出会える確率は稀《まれ》でしょうが、それでも歩み寄ってみたいと思わせてくれた。あなたのおかげです」

「いや、俺なんか……。だがいい出会いがあるよう祈っている」

「あなたたちにも！　どうか素晴らしい旅を！」

「ああ。ありがとう」

俺たちが歩き出すと、後ろから「せーの」というかけ声が聞こえてきた。

「マッスルパワー!!」

エルフたちが一斉に叫ぶ。驚いて振り返るとみんなが笑顔で手を振っていた。

ニキも泣きながらブンブンと右手を振っている。ラビと俺も笑いながら手を振り返した。

◇◇◇

エルフの集落を出発した日の午後、俺たちは南へ向かう乗合馬車に遭遇《そうぐう》した。

次の目的地はミルトンだという。

俺たちもラビのネックレスを売るため、ミルトンに立ち寄るところなのでついている。

二人分の料金を前払いして荷台の空いているスペースに乗り込んだ。先客は三人。

顔見知りらしい商人風の男たちと、十代と思《おぼ》しき少女だった。

ラビは憧れていた乗合馬車に乗れてとてもうれしそうだ。

キラキラした瞳で流れていく風景を楽しんでいる。

俺たちが乗車して少しした頃、男たちふたりが雑談をはじめた。

「なあ、そういえば知っているか？　勇者アラン様ご一行の新情報を」

「お！　ついに魔王討伐《とうばつ》に向けてバルザックを出たか⁉」

「いやいや。それがまだバルザックにいるうえ、新メンバーを募集してるらしいんだ」

「なんだいそりゃあ。もうかなり長いことバルザックにいるよな」

「ああ、なんかちょっと不安になってくるよなあ」

突然聞こえてきた話にドクンと心臓《しんぞう》が高鳴った。

まだバルザックに？　俺がバルザックを旅立って、だいぶ経つというのに？

それに新メンバーを募集しているというのはどういうことなのだろう。

パーティーバランスは完璧なものだったはずだ。

男たちは突然前のめりになった俺に怪訝《けげん》そうな視線を向けてきた。

「その話を詳しく教えてくれないか？」

思わずそう尋ねると、男たちはきょとんとした顔で顔を見合わせた。

「へ？　勇者の話か？」

「ああ」

「なんだ。あんたも勇者ファンかい？」

「ま、まあ、そんなところだ」

「そうだったのか。でも悪いな。知ってるのは今の話がすべてなんだよ」

噂《うわさ》話を披露していた男がすまなそうに謝ってくる。

「あ。そ、そうか。悪かったな。突然、口を挟《はさ》んだりして」

俺は頭を下げてから座り直した。そうか。アランたちはあの街にまだいるのか。

複雑な気持ちでため息をつく。

そんな俺たちを乗せた馬車は、ガタガタと音を立て、南へ向かって進んでいくのだった。

二十話　おっさんと少女、歓楽の都市ミルトンへ

アランのパーティーが人員を募集している、か。いったい誰がパーティーを抜けたのだろう。

それとも五人目のメンバーを探しているのか？

賢者《けんじゃ》エドモンドは俺がいる時から、パーティーの人数は最低限がいいとしょっちゅう言っていた。数を増やすとはあまり考えられないな。仲違《なかたが》いで人が減ったわけではないといいが。

そこまで思ったところで、どう考えても余計なお世話だなと苦笑した。

「……お父さん？」

「……！」

ラビに呼びかけられてハッとなる。

「すまん。ぼんやりしていた」

「平気……？」

「ああ、心配をかけてすまない。問題ない」

「……ほんと？」

ラビはまだ心配そうだ。そういえば以前もこうやってボーッとして、ラビに気遣《づか》われた。

聡《さと》い子だから俺がなにかを抱え込んでいると察しているのかもしれない。

Enjoy new life
With my daughter

俺は節《ふし》くれだった手でポンポンとラビの頭を撫《な》でた。

アランたちのことは意識的に頭の中から消した。その時。

「ねえ、おじさん。勇者たちの情報にいくら出す?」

突然、横から話しかけられた。

驚いて顔を上げると、荷台の隅《すみ》に座った少女がこちらを見ていた。

「なんだって?」

「勇者のこと知りたいんでしょ? あたし、こないだまでバルザックでお針子《はりこ》をしていたから詳しいよ。金額次第《しだい》では結構レアなネタまで聞かせてあげるけど、どう?」

情報を売ってくれるということか。

「おじさん、あんまお金持ってなさそうだし負けとくよ?」

少女が笑うと左の頬《ほお》にえくぼができる。

彼女は艶《つや》やかな長い黒髪を右肩《かた》に流しながら、値踏みするように俺を眺《なが》めてきた。

恐らく年齢は十七、八。やけに大人びた艶《あで》やかな化粧《けしょう》をしている。

堅気《かたぎ》ではないとなんとなく察した。

「あんた。相手にしないほうがいいぜ。騙《だま》されたくなけりゃな」

さっきの男たちが呆《あき》れ顔で話に入ってきた。

「その女、さっき降りた奴にはミルトンの呪《まじな》い師だと言って、インチキな品を売りつけてたからな」

「ちょっと! 言いがかりはやめてくんない?」

「言いがかりなもんか。おい、御者《ぎょしゃ》。あんただってこいつが汚ねえ商売してんのを聞いてただろ」

「いやー。否定はしませんけどね。でも巻き込まないでくださいよ。面倒《めんどう》ごとはごめんなんでね」

御者が前を見たまま言った。

「ふん。ばっかみたい」

少女は愛想笑《あいそ》いを消して、俺たちを睨《にら》みつけた。乗合馬車内の雰囲気が重くなる。

ラビが不安がって俺のコートを摑《つか》んできた。大丈夫だというように頷《うなず》き返す。

男たちと少女。どちらの言っていることが正しいのか。

その場に居合わせなかった俺が判断をすることはできない。

俺は忠告をしてくれた男たちにまず礼を言った。それから少女のほうを向き直る。

「あんたもすまなかったな」

俺が謝《あやま》ると少女は怪訝《けげん》そうな顔をした。

「なあに？　いい人ぶりたいの？」

「いや、そういうわけではない。今はミルトンの呪い師でも、以前はバルザックのお針子だったのだろうと思っただけだ」

「あのさぁ白々《しらじら》しいよ。お針子が呪い師に転職？　誰がそんな話信じるもんか。種明かしされちまった以上、ダラダラ喋《しゃべ》ってる気はないよ」

少女は忌々《いまいま》しそうに呟《つぶや》くと、ドカッと音を立てて座り直した。もうこちらを見ようともしない。

それ以降、彼女は一言も口をきかなかった。

◇◇◇

乗合馬車は町や村に寄りながら、数日間かけてミルトンへ辿《たど》り着いた。

到着したのは昼過ぎ。ミルトンはアディントン以上の大都市だった。

とても都会的な雰囲気で、主要な通りはすべて石畳になっている。

しかし不思議と静かで人気《ひとけ》も少ない。まるで街ごと眠りについているかのような雰囲気だった。

普通なら真っ昼間はかなり騒がしいはずだがな。

首を傾《かし》げつつ、とりあえず宿屋を探す。

街の高台には栄華《えいが》を誇る歓楽街メイシーがあり、この街の象徴となっている。

ルルド川を挟《はさ》んで右岸は十六区と呼ばれる高級住宅街だ。左岸の北側は旧市街で現在は市民たちが暮らしている。南側にはスラムや墓地、監獄塔などがあるらしい。

旧市街の繁華街で宿を取ったあと、その足でラビと十六区に向かった。

セオ爺《じい》さんが教えてくれたモリス男爵《だんしゃく》を訪ねるためだ。

『ミルトンに住むちょっとした知り合いなんじゃが、呪術《じゅじゅつ》にまつわる品を集めてるコレクターじゃよ。モリス男爵ならいくらでも積むじゃろう。訪ねてみるといい』

セオ爺さんの言葉を思い出しながら、教えられた住所の屋敷を訪問した。

しかし残念ながらモリス男爵は留守だった。

対応した執事《しつじ》の話によると、小旅行に出ていて帰るのは五日後らしい。

うーむ。五日か。移動をしているだけでも日数はかなりかかる。

そのうえアディントンやフローリアには、数日間、滞在してしまったしな。

ここにきてまた五日足止めを食うことになってしまった。それをラビはどう思うだろう。

俺は慣れているが、旅を続ける生活は負担も多い。早く定住できる街へ辿り着きたいのではないか。モリス男爵の邸《やしき》から引き返す途中でラビの意見を尋ねてみた。

「えっと……五日待つで大丈夫」

「そうか。ラビがいいなら待とう。いわくつきの装飾品を買い取ってくれる人は、モリス男爵以外心当たりがないしな」

「……どうしてもネックレスが売りたいんじゃなくて……お父さんとの旅、楽しいから……。いっぱい時間がかかってもいいの……」

「ラビ……」

そんなふうに思っていてくれたのか。楽しいと言われればやはりうれしいものだ。

俺は照れくささと喜びを感じながら、ラビの言葉を胸に刻んだ。

◇◇◇

俺とラビは十六区から宿屋に戻るため、ルルド川に架《か》かった橋を渡った。

橋を降りたところから繁華街がはじまる。

しかしこの辺りに来てもまだ静かだ。閉まっている店のほうが圧倒的に多い。

看板をよく見れば、酒場がやたらと多いのでそれもそうかと納得する。

歓楽街メイシーだけでなく、この辺りも治安が悪そうだ。

五日間、夜にラビを連れて出歩くのは避けたほうがいいだろう。

などと考えながら歩いていると――。

「うるせえ！　口答えしてんじゃねえよ！」

突然の怒声《どせい》に驚いて振り返る。

道を行く人々もさすがに足を止めて、声のしたほうを気にしている。

通り過ぎたばかりの道に薄暗い路地があった。

人々の視線はどうやらその中に注がれているようだ。

「でくの坊《ぼう》の分際で生意気なんだよッ！」

今度は怒鳴《どな》り声のあとに、ドガッという鈍《にぶ》い音が響いた。あれは人の体を殴《なぐ》るか蹴《け》るかした音だ。

とっさに駆け出しそうになってハッとする。俺は今ラビを連れているんだ。

しかし躊躇《ためら》っている間にも、人が人を痛めつける嫌な音が響き続けている。

他の通行人も心配そうな顔をしているが、助けに入る者はいない。

「ラビ、心配だから様子を見てくるぞ」

「うん。助けてあげて……」

「そうだな。そこの店の陰に隠れていろ」

ラビがこくこくと頷く。俺はラビが隠れるのを確認してから、ひとりで路地の中に入った。

すえたような臭《にお》いの立ち込める暗がりの中に数人の若い男がいる。

派手で高級そうな服を着ているものの、あまり品はよくない。金持ちの家の放蕩《ほうとう》息子たちだろう。

彼らがゲラゲラ笑いながら取り囲んでいるのは、大柄《おおがら》な若者だった。

地面に転がり丸まっていても、図体《ずうたい》のでかさが際立つ。

若者は庇《かば》うようにして両手で頭を覆《おお》っていた。その代わり腹や背中が無防備になってしまう。

そこを何度も容赦《ようしゃ》なく蹴りつけられていた。

「ほら、とっととあの女を連れてくるって言いやがれ」

「ゲホッ……だめ……。それはできない。バラ姫様をお守りするのが、オレの仕事だから……」

「うるっせーんだよ!!」

——ドカッ!

「うぐっ……。い、痛い……」

なにが原因かは知らないが一方的すぎる。

俺は慌《あわ》てて蹴られている若者の前に割って入った。

「おい、その辺にしたらどうだ」

突然乱入してきた俺に対し、苛立《いらだ》った視線が向けられる。

「あ?　なんだよおっさん」

中心にいた長髪の男がいきなり俺の胸倉《むなぐら》を摑んできた。

「部外者は引っ込んでろ。それともあんたもこうなりたいのか」

「部外者なのはわかっている。だがこれ以上続ければ怪我《けが》だけではすまなくなるぞ」

「ああそうかよ。そんな粗大《そだい》ゴミ、別に死んだって問題ねえんだよ！」

振り上げられる拳。

——パシッ。

手のひらでそれを受け止める。

長髪の男が、忌々《いまいま》しそうに顔を歪《ゆが》めた。

「てめぇ……」

男が拳を奪い返そうとするより先に、俺はその手首を摑《つか》んだ。

「悪いが引き下がってくれないか」

「なッ……。ふ、ふざけるな……！　お前もそのゴミもぶっ殺してやる！」

唾《つば》をまき散らして喚《わめ》きながら、男が拳を取り戻そうと力を込めてくる。

だが残念ながらびくともしない。俺と男では力の差がありすぎるのだ。

マッスルパワーを使うまでもなかった。

「……く、くそ……。なんだこの馬鹿力《ばかぢから》は……ッ」

男の表情にだんだん焦りの色が浮かび出す。

周りの仲間たちも様子がおかしいのに気づいたようだ。

「……お、おい。カルロス……？」

「どうしたんだ？　早くそんなやつ殴っちゃえよ」

「うるせえッ！」

カルロスと呼ばれた長髪の男が怒鳴る。

仲間たちはビクッと肩を揺《ゆ》らして、一瞬で静かになった。

「もう一度頼む。このまま引き下がってくれ」

カルロスの額《ひたい》から一滴汗が落ちる。

まだカルロスは拳を取り戻そうと必死に腕を引っ張っている。

しかし本人も、もうわかっているはずだ。力の差はやはり歴然としていた。

「チッ。いいだろう。だが覚えてろよ。絶対に殺してやるからな！」

俺が手を離すと、勢い余ったカルロスがヨタッとよろけた。

慌てて支えようとした仲間を殴りつけながら、カルロスが後退《あとずさ》る。

去っていく直前。カルロスは、憎悪《ぞうお》に燃える自分の双眸《そうぼう》を二本の指でさしてから、俺のほうへ向けてきた。この目を忘れるな、というメッセージだろう。

俺はまいったなあと思いながら頭を掻《か》いた。

二十一話　おっさん、父としてのあり方を悩む

男たちが完全に立ち去っていく。それを見送ってから、俺は地面に座り込んだままの若者を振り返った。若者はビクッとして大きな体を縮ませた。

「大丈夫か？」

「あ、う、うん。だ、大丈夫。痛っ……！」

どうやら右足を痛めているようだ。屈《かが》み込んで見てみると赤黒くなって腫《は》れはじめている。

「……これは折れてるな」

俺は完全回復スキルを使って若者の足を治してやった。

「あれ⁉　痛くない……？」

「スキルを使って治したからな。ただ痛みは消えても、しばらくは足にうまく力が入らないだろう」

不思議なことだがスキルで回復しても、怪我《けが》を負ったという感覚はしばらくの間、残り続けるものなのだ。恐らくは脳《のう》が錯覚《さっかく》を起こしているのだろう。とくに骨折《こっせつ》などの大怪我を負った場合、脳が治ったと理解するまでにタイムラグがかかる。

「試しに歩いてみてくれ」

「うん。……わ⁉」

Enjoy new life With my daughter

やはり俺の言ったとおり、カクンと膝《ひざ》が折れ、若者はその場にしゃがみ込んだ。

「杖を用意したほうがいいだろうな。ひとまず家まで送ろう。手を貸すから遠慮《えんりょ》なく摑《つか》まれ」

「ありがとう。あんた、いい人だ」

若者は素朴《そぼく》な笑顔を浮かべて勢いよくお辞儀《じぎ》をしてきた。


そんなわけで若者を家まで送り届けることになったのだが——。


「……」

まずい。これは困った。

彼の指示どおり道を進み、辿《たど》り着いたのは予想外の場所だった。

『歓楽街メイシー』。

その地区の南門を見上げて、あんぐりと口を開ける。

まだ日も高い時刻。門前にいる見張り役の男たちは暇《ひま》そうに雑談を交わしている。

区の入口に大層な門があることにも戸惑《とまど》ったが、なによりこっちは子供連れだ。

「オレの働いている娼館《しょうかん》。門をくぐって少し進んだところにある」

「娼館⁉」

「オレ、娼館の下働き、だから」

「そうだったんだな」

しかしどうしたものか。ラビを連れて娼館へ向かうのはさすがにな。

彼を助けてやりたい気持ちは当然ある。しかし保護者という立場が俺を躊躇《ためら》わせた。

「……悪いがここまででいいか？」

見捨てるようで気が引ける。

だが明るい時間帯とはいえ、ラビを歓楽街に連れていくわけにはいかない。

「う、うん。助かった。ありがとう」

若者は太い眉《まゆ》を下げて微笑《ほほえ》むと、杖を頼りに俺から離れた。フラフラとして危なっかしい。

「お父さん……？」

ラビが戸惑った表情で俺を見上げてきた。

どうして最後まで助けてあげないのかと言いたいのだろう。

責められているわけではない。ただ純粋《じゅんすい》な目で見上げられると、罪悪感はますます募《つの》った。

「送ってあげないの……？」

「う……。ううむ……」

若者は俺たちに向かってお辞儀をすると、ひょこ、ひょこっと歩き出した。ところが――。

「あ……！」

ラビが手を口に当てて叫ぶ。数歩も進まないところで、バランスを崩した若者が転倒してしまったのだ。さすがに放ってはおけない。俺は急いで駆け寄って若者に手を貸した。

若者を助けながら門番たちのほうを見る。

彼らは雑談に夢中でまったく気づいていなかった。

「お父さん……。あのね……送ってあげてほしい……」

「そうだな」

ラビをひとりで待たせるのもな。

ラビには俺の傍《そば》から離れないよう言い聞かせて、娼館まで若者を送り届けることにした。


若者の働いている娼館は随分立派な佇《たたず》まいをしていた。

まるで貴族の邸宅《ていたく》のような館だ。敷地も広く、館の裏手には中庭があった。

真っ白なシーツが何枚も風にはためいている。

働いている女性たちはまだ休んでいるのか、姿は見えない。

健全な午後の昼下がりという雰囲気。

それは俺が持っていたイメージとはあまりにかけ離れていた。

昼間の娼館はこんなに静かなんだな。

こういう場所にはあまり縁のない生活をしてきたが、自分の中に勝手なイメージがあったことを認めざるをえない。変に警戒しすぎたことを恥ずかしく感じた。

とはいえラビがこの空間にいることは、やはりどうしても受け入れがたい。

できるだけ早くメイシーから出よう。

庭の先に娼婦や下働きたちが生活をする屋敷がある。若者は屋敷のほうに送り届けた。そのまますぐに帰るつもりだったが、事情を聞いたマダムに引き留められてしまった。

「あのチンピラどもをひとりで追っ払ったってのかい⁉」

「殴ったりしてないのに。怖がって逃げていったんだ」

マダムに向かって若者がうれしそうに説明する。

「すごいじゃないかい！」

「う、うん。すごかった。そ、それにこの人優しい」

「なるほどね。——ねえ、ちょっと物は相談なんだけど、あんたうちで用心棒《ようじんぼう》をしてくれないかい？」

「用心棒？」

いきなり提案され、思わず聞き返してしまった。

「あのチンピラのリーダーがうちの売れっ子に入れ込んでて、最近、いろいろと悪さをしてくるんだよ」

マダムが頬《ほお》に手を当てて、はあっとため息を吐く。

さっきのチンピラたちの姿が俺の脳裏《のうり》に過《よぎ》った。

なるほど。そういういきさつだったのか。

「なになに？　用心棒が見つかったの？」

いつの間にかマダムの後ろに若い女性たちが集まってきてしまった。いっきにその場の雰囲気がかしましくなる。
なにか花のような甘い香りがふわっとした。
娼婦《しょうふ》の女性たちとラビが顔を合わせるのはまずいんじゃないか。
まずそう思って焦《あせ》ったが――。
「わあ……いい匂《にお》い……」
俺の背後から少し顔を出して、ラビがうれしそうに呟《つぶや》いた。
やはり女の子だからこういう香りが好きなようだ。
変に慌《あわ》ててラビを連れ帰るのは女性たちに対して失礼すぎる。
どう振る舞うのが『親』として正しいのか、俺には正解がわからなかった。
「あら。子連れの用心棒さんなの？」
「やーん、かわいい女の子じゃない。食べちゃいたい！」
突然、注目されたことにびっくりしたのだろう。
ラビは大慌てで俺の後ろに隠れてしまった。苦笑しながらその頭を撫《な》でた。
女性たちは店に出る支度《したく》をする前らしく化粧《けしょう》などはしていない。
ただ薄いサラサラとした寝間着《ねまき》姿だからギクリとした。
俺はおっさんだ。今さらどうこう感じるものもない。
それに女性たちは薄着だということを全然気にしていなかった。
ただラビが彼女たちの服装を見てどう思うかだけが心配だ。

「この人がチンピラどもを追っ払ってくれたそうだよ」

「ひとりであいつらを⁉　すごーい‼」

女性たちが俺とラビをわらわらと取り囲む。

「おじさんってば、優しそうな見かけによらず頼りになるのね‼」

「よかった！　これで安心して働けるじゃない！　まああんなチンピラごときにビクついてたわけじゃないけどね！」

「そうよ！　あんなヤツら、股間蹴《こかんけ》って追い出してやるんだから！」

ワーワーと華《はな》やかな声が上がる。

それだけではなく、あちこちから伸びてきた手にペタペタと筋肉を触《さわ》られたり。腕に絡《から》みつかれたり。なんだか大変なことになってきた。ラビも撫でくり回されて固まっている。

「おじさん、いつから用心棒になってくれるの？」

「いや……。すまないが、俺は旅をしている身だ。それに子連れでもあるしな」

「えー！　断っちゃうの⁉」

女性たちから一斉に引き留められてまいる。

最後にマダムからも改めて頼まれてしまった。

「五日間だけでもだめかい？　五日経てばあいつらも悪さができなくなるんだよ」

なぜ五日ということに拘《こだわ》るのか。

気になったが仕事を受ける気がないのに、突っ込んだ質問をするのも憚《はばか》られる。

「お給金は弾むよ。うちには女の子たちの産んだ子供たちもたくさんいる。娘さんも一緒に遊ばせておけるよ」

困っているのはわかる。一人なら間違いなく助けていた。しかし今は一人ではない。

ラビの安全を守る保護者なのだ。俺はラビをチラッと見たあと、首を横に振った。

「本当にすまない。やはり引き受けられない」

俺が項垂《うなだ》れて謝罪すると――。

「いやいや、こっちこそ無理を言って悪かったね。あんた、そんな気にしないでおくれ！　まあチンピラぐらい今までもなんとかしてきたから、平気だよ！」

マダムはカラッと明るい声でそう笑ってくれたのだった。

しかしそれで本当によかったのか。

娼館からの帰り道、ラビが俺の迷いをその純粋な言葉でかき立てた。

「お父さん……あの人たち、助けてあげないの……？」

「う、うむ」

「……」

さっきと同じようにラビが俺をじっと見つめてきた。

戸惑うような視線。どうして助けてあげないのかとラビの目が問いかけている。

宿に帰ったらラビと話をしよう。そう思いながら俺は小さくため息をついた。

二十二話　おっさんと少女、愛を買うということ～元気もりもりスタミナ炒め～

娼館《しょうかん》からの帰り道。いつも以上にラビの口数は少なかった。

窺《うかが》うように何度かラビを見たが、視界に入るのは丸くて小さな頭ばかり。

話しかけても目が合わない。ラビは自分の足元を見つめたまま、とぼとぼと歩いている。

「ラ、ラビ。お菓子屋にでも寄って帰ろうか」

「……」

ラビが俯《うつむ》いたまま首を横に振る。

「ここは大きな街だからきっといろんな種類のお菓子が並んでいるぞ」

「……いらない」

「そ、そうか」

「……」

「……」

物で釣るなんて浅はかな作戦が上手《うま》くいくわけもない。

それもわからないほどこの時の俺は焦《あせ》っていた。

なんせラビがこんなふうに心を閉ざしてしまったのは初めてだ。

俺に怒っているのは明白だよな。

娼館の人たちを助けてやらなかった。それが原因だろう。

薄情《はくじょう》なことをしてしまった自覚はある。幻滅《げんめつ》されたのかもしれない。

もちろん宿に戻ったら理由を話そうとは思っている。

しかし自分のした判断を俺自身ですら後ろめたく感じているのに。

どの面《つら》を下げて俺は言い訳を並べるつもりなのだろう。

「はぁ……」

口から零《こぼ》れ落ちたのは重いため息。機嫌《きげん》の取り方がわからない。そう感じながら振り返る。

日が暮れはじめ、赤く染まった道の真ん中でラビは立ち尽くしていた。

真《ま》っ赤《か》な顔。引き結んだ唇《くちびる》。

ワンピースの裾《すそ》を小さな両手で握りしめている。

「……！　ラビ、どうした？」

驚いて歩み寄る。涙を堪《こら》えているのだとわかって、目の前に片膝《かたひざ》をついた。

「なんだ、どうしたんだ？」

理由が聞きたいわけではない。どうしてほしいのか言ってほしいのだ。

優しい声で尋ねて頭を撫《な》でる。それはしかし逆効果だったようだ。

ラビはせきを切ったようにボロボロと涙を溢《あふ》れさせた。

言葉はなく、代わりにイヤイヤをするように首を振って地団駄《じだんだ》を踏む。

まるで爆発しそうな感情を涙に変えるかのように泣いている。

それを見て思い知らされた。

しっかりしていたって、この子はまだほんの子供なのだ。

「ほ、ほら泣かなくていいから。お、落ち着け。な？」

「ううっ……」

俺のほうが落ち着けという感じだ。オロオロしすぎている。

本格的に泣き出してしまったラビはすがりつくようにして、俺に抱きついてきた。

首の後ろに回された小さな手。コートにしみ込んでいく涙。温かい子供の温もり。押し殺した泣き声。

俺はひどく混乱しながら抱き上げたラビを必死にあやした。


結局、ラビを抱いたまま宿まで帰ってきた。

宿の一階は早めの夕食をとる客でごった返している。

おなかが満たされればラビも落ち着くかもしれない。

そう思ったものの食べたくないと言われてしまった。

仕方ないのでくっつき虫みたいなラビを抱っこしたまま部屋へ向かう。

ベッドの上にラビを座らせ、涙や鼻水でぐちゃぐちゃになった顔を拭《ぬぐ》う。

ラビは腫《は》れ上がった目で俺を見上げてきた。

泣いて少し落ち着いたのか、険しい感情はもう宿っていない。

俺は隣のベッドに腰《こし》を下ろし、ラビと向き合った。

「話してもいいか？」

「うん……」

許可してくれたことにホッとする。

とはいえ、どこからなにを話せばいいのか。

俺が助太刀《すけだち》を拒んだ理由。いったいラビにどう説明するのがいいのだろう。

「あー……その……だな」

考えがまとまらずに無意味で煮えきらない声が零れ落ちた。

娼館にラビを近寄らせるのは抵抗がある。

しかし率直《すなお》に伝えていいのだろうか。

娼館という場所の存在する意味や、娼婦《しょうふ》という職業。

子供にそれを聞かせるのは、娼館に連れていくことと変わらないのではないか？

欲望にまみれた大人の世界。そこには子供に見せたくないような汚いものが山ほどある。

できればラビには美しいものだけを見せてやりたい。

大人の世界なんて知らなくていいじゃないか。

感情をコントロールできず泣いてしまうほど、ラビは子供なのだ。

だったら娼館の存在はうやむやにし、なにか別の理由を作って助太刀をしなかった説明に変えるべきか。

……だめだな。都合よくつく嘘《うそ》もまた、大人の汚《けが》れた嫌な部分だ。

「……」

考えても考えても正解がわからない。

大人として、保護者としてどう振る舞うのが正しいのか。

俺とラビの血が繋《つな》がっていないから、ある程度は諦《あきら》めるべきなのか。

いや、だめだ。それを言い訳にはしたくない。

『血の繋がりがない』。

それは俺とラビの間の絆《きずな》を踏み潰《つぶ》す言葉なのだから。

「……お父さん。……助けてあげたくない人たちがいるの……?」

突然、ラビの小さな声が静寂《せいじゃく》を破った。

思考の迷路にはまり込んでいた俺は、ハッとして顔を上げた。

また泣きそうな顔になってしまったラビが俺を見つめている。

「い、いや……。そういうわけではない」

「じゃあどうして助けてあげなかったの……?」

「……」

問いかけてくる瞳《ひとみ》の真っ直ぐさ。

その純真さの前では誤魔化《ごまか》しなど通用しない。はっきりとそう理解した。

ならばもう俺にできることはひとつ。俺は腹をくくって口を開いた。

「今日、俺たちが行ったのは『娼館』と呼ばれる場所だ。聞いたことはあるか？」

ラビが首を横に振る。やはり知らなかったか。

「娼館というのはだな。あー……なんというかその、男の欲望が金によって……いや、そうじゃない。そういうことが言いたいのではなく……」

「……？」

俺は大きく息を吸って吐き出した。もう一度だ。

「あのな、ラビ。好きな人ができて、その人と恋人同士になれたとする。愛情があるとお互いに触れ合いたくなるものだ。抱きしめるとホッとしたり、幸せな気持ちにもなれる」

「私、お父さんがギュッてしてくれるとうれしい……」

う、うん⁉　それとはちょっと違うが、まあいい。

「それでだ。愛し合う人がいて触れ合えるのが一番幸せな形だ。でもそういう人と巡り会えないこともある。それはすごく寂《さび》しい。その寂しさを埋めるために、お金を払って女の人に優しくしてもらうことがある。それが娼館という場所なんだ」

「お金を払って優しくしてもらう……」

ラビは俺の言葉を繰り返して、考え込むように黙った。

「お父さん、お金で優しくしてもらうのはいけないこと？」

「いや。その人が抱える寂しさや悲しさが、どのぐらい辛《つら》いのか。本当のところはその人にしかわからない。だからいけないことだと決めつけるのは間違っている」

「……寂しいのが悲しいのは私もわかるよ……。お父さんに会う前は……私も寂しかったから……」

「ラビ……」

「あ……！　でも今は寂しくないよ」

慌《あわ》てたようにそう付け足してラビがニコッと笑う。俺も微笑《ほほえ》み返してラビの頭を撫でた。

「ただな、お金で愛を買うのはやはり悲しいことだと俺は思う。だからそういう場所にラビを近づけたくないと考えてしまった」

「それでお手伝いするのを断ったの……？」

「ああ」

ラビは戸惑《とまど》ったように眉根《まゆね》を寄せた。一生懸命に考えてくれている。

子供だから大人が導いてやるべきだ。そう思って勝手に結論を出してしまった俺が、また間違えたことを今さらになって理解した。

相談をしようなんて言ったくせに。なにをやっているのだ俺は……。

「ラビ、いろいろとすまなかった」

「私もごめんなさい……。お父さん、私のこと考えてくれていたのにちっともわかってなかった……。で、でもね……。私はみんなを助けてくれるお父さんが好き……」

「……！」

「だから……困ってる人、助けてほしい……」

「そうか」

ラビに背中を押されて心がふわりと軽くなる。

ラビを守りたい気持ちは今ももちろん変わらない。

だが、ラビにとって恥《は》ずかしくない振る舞いをする大人でありたい。

困っている人に背を向けて、ラビだけしか存在しない小さな世界に閉じこもる。

それをこの子自身が望んでいないのだ。

もっと外の世界にも目を向けよう。

大切な者を傷つけず守っていくには、もっと大きな器が必要なのだ。

「ラビ。明日、ふたりでもう一度、娼館を訪ねようか」

ラビの表情がパアッと明るくなる。

「うん……！」

その顔を見れば一目瞭然《いちもくりょうぜん》だった。これが正しい選択なのだ。と、その時――。

グルルルル。

「ん？」

「あ……！」

照れた顔でラビが両手をおなかに当てる。

どうやらラビの腹の虫が鳴ったようだ。

「夕食がまだだったな。一階に下りていってなにか作ってもらえないか聞いてみよう」

夕食の時間はとうに過ぎているが、パンとスープぐらいなら出してもらえるかもしれない。

ラビを連れて食堂へ下りていく。女将《おかみ》はちょうどテーブルを拭いているところだった。

この宿の女将は背中の曲がりはじめたお団子《だんご》頭の婆《ばあ》さんだ。

「ああ。うちは時間が過ぎた人の食事は、勝手にやってもらうことになってるよ。食材はそこの棚《たな》の中。肉はそこ。使ったものはあとで自己申告。宿代に上乗せするからね」

テキパキと出される指示に圧倒された。

女将は雑巾《ぞうきん》をバケツにホイッと投げ入れて食堂を出ていった。

宿の中には台所や道具を客に貸し出してくれるところもある。

さすがに食材を自己申告で使わせてくれる宿は初めてだったが。

カウンターをくぐって台所側へ入る。教えてもらった棚を覗《のぞ》いてみると——。

「丸人参《にんじん》と化け物ニラ。ツクツク鳥の卵。それに東洋ニンニクもあるな」

今度は肉がしまわれているほうの箱を開ける。

塊氷《かいひょう》とともにトドロキ豚《ぶた》の小間切《こまぎ》れ肉が入っていた。

頭の中に浮かんだのは元気が湧いてくる肉料理。スタミナ炒《いた》めだ。

ボリューム満点だからラビのおなかも満たしてくれるだろう。

そうと決まったらさっそく準備にとりかかる。

袖《そで》をまくり上げ、しっかりと手を洗う。

肉は作業台の上に出して、常温に戻す。その間に野菜を洗って切ってしまうつもりだ。

「私も手伝う……」

「お、そうか。それじゃあラビ、人参とニラを洗ってくれるか？」

「うん」

俺はその間にニンニクをみじん切りにした。次はラビの洗ってくれた野菜を切っていく。

皮むきをした人参は千切りに。ニラは三センチほどの長さで切り分ける。

小間切れ肉には塩、こしょうで下味をつけ、酒をかるくかけて肉の臭《くさ》みを取る。

「さあ、炒めるぞ」

温めたフライパンに油を流し込み、刻んだニンニクを入れて炒めると、香ばしい匂《にお》いが台所にふわっと漂《ただよ》った。ますます腹が減ってくる。

ニンニクは強火で炒めるとすぐに焦《こ》げてしまう。油に匂いがついたところで、いったん小皿に取り出した。それから黄色くなった油の中に小間切れ肉を入れる。ジュッといい音が上がった。

薄い肉だが豚はしっかり火をとおさなければまずい。

ピンク色の部分が見当たらなくなったら、人参を入れる。ニラは最後にサッと炒める。

味つけはニンニクが効いているから塩をかけてシンプルに。

炒めものは時間との勝負だ。

野菜のシャキッとした歯ごたえをしっかり残して皿へ盛りつける。これで完成だ。

「ラビできたぞ」

「わあ……！　私、取り皿とフォーク運ぶ」

「ああ、頼むな」

トレイの上に、スタミナ炒めをよそった皿とパンを入れたカゴ、スープの椀《わん》を載せる。

それを手に、食堂のテーブルへ向かった。あとをラビがついてくる。

「よし、食べよう」

「うん、美味《うま》い」

ふたりで手を合わせて料理に頭を下げる。まずはスタミナ炒めから。肉と野菜をバランスよくフォークで掬《すく》い上げる。大きく開けた口にそれを運び込むと――。

「うむ」

最初にニラが香る。口の中に溢れ出る肉汁。食欲を煽《あお》るニンニクの辛《から》み。

しゃきしゃきとした人参の歯ごたえがアクセントになっている。

塩分が効いているからパンがぱくぱくと進んだ。

「お父さん、とってもおいしい……！」

頬袋《ほおぶくろ》を膨《ふく》らませたラビが幸せそうな声を上げた。俺はうれしくなって何度も頷《うなず》き返した。

「腹いっぱい食え。スープのお代わりもまだあるぞ」

「うん」

ニコニコと笑顔を浮かべたラビが、両手で椀を持ち上げる。

「スープもおいしい……」

はふはふと息を吐きながら、お椀を置いたラビが頬に手を当てた。

本当に美味そうに食べてくれる。俺の眦《まなじり》も自然と下がった。

温かい食卓をラビと囲める喜び。

それを改めて感じていると、急に階段のほうが騒がしくなってきた。

「なあなあ、なに作ってるんだ？」

「すげえ美味そうな匂いが上の廊下まで届いてたぞ」

そう言ってわらわらと宿の客たちが食堂へ入ってきた。いっきに賑《にぎ》やかになる。彼らは鼻をすんすんと鳴らしながら、俺たちの皿を覗き込んだ。今にも涎《よだれ》を垂《た》らしそうな表情だ。

「もしよかったら、あんたたちも食べるか？」

「いいのか⁉」

「やったー‼」

もう一度、食堂に向かって宿の客たちの分もスタミナ炒めを作った。

味つけの仕方は同じ。ただ人数が多いからキャベツを入れて嵩増《かさま》ししておいた。

「よし。できたぞ」

カウンターに並んで台所を覗き込んでいた宿の客たちから歓声が上がる。

大皿に盛ったスタミナ炒めをどんとテーブルの上に置く。

フォークを配ると、宿の客たちは一斉に料理を食べはじめた。

「美味い！　肉に味がしみ込んでるな！」

「野菜の歯ごたえも最高だ！」

「ああ、こんなに美味い野菜炒め初めて食ったな」

いくらなんでも褒《ほ》めすぎだ。俺はまいったなあと思いながら頭に手を当てた。

「あんたプロの料理人か？」

宿の客の中でも最年長の男が俺に問いかけてくる。

「まさか。独《ひと》り者の男がやむにやまれず覚えた素人《しろうと》料理だよ」

「なんだよ男手ひとつで娘を育ててんのかよ。かーっ！　泣かせる話じゃねえか！」

「おい、誰か酒持ってこい！」

「俺、部屋行ってボトル取ってくる！」

「俺も!!」

数人がバタバタと二階に上がっていく。彼らは安い酒の瓶《びん》を手にすぐに戻ってきた。

「さあ飲むぞー！」

「美味いつまみに安い酒！　いいねえ！」

いつの間にか大宴会のような状態になってしまった。

俺は苦笑しながらラビを見た。ラビは、はにかみながらも楽しそうにしている。

ラビが幸せそうなのが一番だ。

その夜は遅くまで、食堂内の笑い声が絶えなかった。

二十三話 おっさんと少女、弱い犬ほどよく吠える場面に出くわす

翌日。俺は約束したとおりラビを連れて歓楽街メルシーへと向かった。

南門の辺りでは寝ぼけ眼《まなこ》の男たちを多く見た。

娼館《しょうかん》に泊まった客たちが帰っていく時間なのだろう。寝癖《ねぐせ》がついている者。シャツに皺《しわ》が寄っている者。二日酔《ふつかよ》いなのかこめかみを押さえている者。

どことなく退廃《たいはい》的な空気が漂《ただよ》っていて、爽《さわ》やかな朝の気配が追いやられてしまう。

ああいう大人の姿を見てラビがどう感じるのか。

俺は少し緊張しながらラビに視線を向けた。しかしラビはもっと全然違うものを見ていた。

てっぺんを目指して昇っていく太陽。

大きな目を眩《まぶ》しそうに細めて、晴れ渡る空を見上げていたのだ。

「お父さん、いいお天気……」

「ああ。そうだな。今日はきっと暖かくなるぞ」

「うん……」

にこっとラビが笑う。それだけで救われたような気分になった。

俺が取捨選択して、差し出す必要なんてなかったのだ。

ラビは自分の目を使って美しいものを見つけられる子だ。

「お父さん……」

「なんだ？　どうした？」

「えっと……着くまで詠唱《えいしょう》の練習してもいい……？」

「おお、そうだな。じゃあ問題を出すぞ」

ラビのスキル能力はまだ目覚めていない。

でもいつかやってくるその時に備えて、詠唱の練習だけは続けていた。

地味な練習だけれど必ず役に立つ。

戦闘中などに焦《あせ》ってしまうと呪文が出てこなくなってしまうことがあるが、完全に頭にしみ込んでいればそういう事故が減るのだ。

「筋肉強化の呪文は？」

「えっと……漲《みなぎ》る力湧き上がれ――筋力増強マッスルパワー！」

「よしよし、いいぞ。正解だ」

「やったー！」

「じゃあ次はー」

そんなふうに会話を交わしながら、娼館の前へ辿《たど》り着いた時――。

「ちょっと!!　いい加減にしてくださいよ!!」

困惑した声でそう叫ぶ声が聞こえてきた。あれは娼館のマダムの声だ。

思わずラビと顔を見合わせる。

「お父さん……！」

「ああ」

ラビを背に庇《かば》ったまま娼館の表入口へ回る。

そこにはすでに人だかりができていた。娼館の入口に並ぶのはマダムや着飾った娼婦《しょうふ》たち。そして宿の客と思われる男性が数人。

対するはチンピラのような身なりの若い男たちだ。

すぐに路地で娼館の若者を暴行していた男たちだとわかった。

「お客様にもご迷惑じゃないですか！」

「うるせーな！　ババアは黙ってろ。用があるのはバラ姫様のほうなんだよ」

「だいたい、なーにがお客様だよ。うちの兄貴を袖《そで》にして、こんなしけたヤツの相手してやがったのか！」

「ヒッ……！」

咥《くわ》え煙草《たばこ》の男に怒鳴《どな》られ、客の紳士がヘタッと座り込んだ。

チンピラたちはそれをニヤニヤと笑って眺《なが》めている。

輪の中心にいるのが、あの日俺に覚えていろと言った長髪の男である。

たしか名前はカルロスと言ったか。

「ふふ。やかましいこと。キンキンキャンキャン喚《わめ》く声にはまったく男の色気を感じないねえ」

「なっ……」

長い裾《すそ》のドレスを引きずって、一人の美女が前へ出てきた。

ふわっとくくられた黒髪には、薔薇《ばら》の髪留めを挿している。おそらく彼女が『バラ姫』だろう。

こんな修羅場《しゅらば》だというのにまったく動じていない。

赤くぽってりとした唇《くちびる》を弓《ゆみ》なりにして、ゆっくりと男たちを見回した。

「吠《ほ》えるだけなら犬でもできますよ」

「おい、バラ姫。随分と俺のダチを馬鹿《ばか》にしてくれんじゃねえか。いくらてめえが美人だからって、あんま生意気な態度とってると痛い目みるぜ」

「あら。アタシが馬鹿にしてるのはお友達だけじゃないのに」

「あん？」

「子犬たちのボス気取りなアナタのことも馬鹿な男だと思ってるわ。せめてもちっと魅力的な誘いをしてくれれば、袖にし甲斐《がい》があるというもの。犬っころなど構いたくはないね」

「なんだと⁉　もっぺん言ってみやがれ！」

カルロスがバラ姫の胸倉《むなぐら》を乱暴に摑《つか》む。ぐいっと引っ張られて肌蹴《はだけ》た胸元から、白い谷間が露《あら》わになった。それでもバラ姫は動じずにカルロスを睨《にら》みつけている。

「畜生‼　このクソアマがぁッ‼」

カルロスは一瞬、威圧されたあと自棄《やけ》を起こして拳を振り上げた。

バラ姫は殴られてやるつもりなのか唇を引き結んだ。だが、そんなことを見過ごせない。

「おい、やめろ」

後ろから制止の声を上げる。すぐさまふたりの間に割って入った。

「あ⁉」

俺を視界にとらえた瞬間、カルロスの顔からすーっと血の気が引いた。

「お、おまえはあの時のッ！」

「兄貴‼　やばいっすよ‼　こいつに摑まれた腕、まだ痛むって言ってたじゃないっすか‼」

「う、うるせえ‼　わかってる‼」

男たちがぎゃあぎゃあ内輪《うちわ》もめをしはじめた。

言われてみればカルロスは手首に包帯《ほうたい》を巻いている。

そんなに強く摑んだ覚えはないが。カルロスの腕は鶏《とり》ガラのように細かったことを思い出す。

「しかしさすがに二度も見逃すか悩むな」

俺がそう言って一歩踏み出すと――。

「ひいいいっ……‼　お、覚えてやがれッッ‼」

「ぎゃあああ！　ま、待ってください！　兄貴ィィィ‼」

前回とは違い、意味深なポーズを決めることもなく、カルロスたちは一目散に逃げていってしまった。

「お父さん、ありがとう……。みんなを守ってくれて……」

俺の後ろに隠れていたラビが、ひょこっと顔を覗《のぞ》かせる。

俺はラビに頷き返し、頭を軽く撫《な》でた。

「あ、アンタ！　すごいじゃないかい！　本当に助かったよ‼」

マダムが呆然《ぼうぜん》としたように呟《つぶや》く。その言葉を皮切りに女性たちが次々声を上げはじめた。

「こ、怖かった……」

「さすがに今日のはまずかったわね」

「バラ姫様、お怪我《けが》は⁉」

怯《おび》えて抱きしめ合った女たちが、心配そうにバラ姫に問いかける。

バラ姫は気丈《きじょう》な微笑《ほほえ》みを浮かべて、「大丈夫」だと頷いてみせた。

それだけで女たちの間に広がっていた怯えが和《やわ》らいだようだ。

バラ姫がこの館の女たちから慕《した》われているのが、そのやり取りだけでもわかった。

「お兄サン、ありがとね」

「いや、気にしないでくれ」

「そうはいくもんかい。どんなお礼がいい？　なんでもしてあげるよ」

バラ姫が小首を傾《かし》げるようにして俺を見上げてくる。

それに次いでマダムや女たちも俺の元へ駆《か》け寄ってきた。

「おじさん本当にありがとう！」

「テッドの言うとおり！　いや、それ以上だよ‼」

「あいつら、アンタが現れただけで怯えて逃げていったじゃないか！」

また昨日《きのう》ように、わあっと取り囲まれてしまった。

鼻に届いたのはあのクラクラするほど甘い花の匂いだ。

俺の隣でラビも縮こまっている。

まずは昨日の態度を詫《わ》びねば。ところがその時。

「バラ姫様ッッ‼　今お助けをッッ‼」

大声で叫ぶ声が館の裏庭から響いてきた。

少し掠《かす》れて特徴的な声。この声、どこかで聞いたような……。

そう思いながら顔を上げると、巨大な槍《やり》を抱えた少女がイノシシのような勢いで駆けてきた。

「チンピラどもぉぉぉ成敗してくれるッッッ‼」

ドレスの裾《すそ》が乱れるのも気にしていない。

意志の強そうなネコ目。肩《かた》の横に垂《た》らした黒髪。華《はな》やかな化粧《けしょう》。

む？　この少女は――。

「あれ⁉　あいつらどこ行きやがった⁉」

不思議そうにきょろきょろと辺りを見回す。少女は最後に俺の前で視線を止めた。

「え？　あー‼　アンタはあのときの偽善者《ぎぜんしゃ》！」

俺のことを指さしで大声でそう叫ぶ。

俺も彼女のことをしっかり思い出していた。

この娘はこの街へ向かう途中、乗合馬車で出会った少女だ。

二十四話　おっさん、ちょっとした改革案を思いつく

俺を指さしたまま口を開けている少女を改めて眺《なが》める。

胸元の大きく開いたドレスと艶《あで》やかな印象を与える紅《くれない》。

ものすごい勢いで駆《か》けてきたせいで髪は乱れているものの、馬車で顔を合わせた時以上に大人っぽく見える。どうやらこの少女も娼婦《しょうふ》らしい。

「ヴェロニカ、この人と知り合いだったのかい？」

マダムが馬車で乗り合わせた少女をヴェロニカと呼んだ。

ヴェロニカはマダムに問いかけられた途端《とたん》、ソワソワしはじめた。

「べ、別に！　知り合いってほどじゃないし」

バツが悪そうに彼女の視線が泳ぐ。

「アンタたち、ちょっとこっち来て！」

「おっと」

「わわ……」

俺とラビはグイグイ腕を引っ張られ、少し離れ場所に連れていかれた。

「あの馬車でのこと、ベラベラしゃべったら承知しないからね！」

Enjoy new life
With my daughter

「偶然乗り合わせたと知られたくないのか？」

「ちがーう！　そっちじゃなくて！　アタシが騙《だま》そうとしたほうの話！　とにかく絶対、黙っといて！」

ヒソヒソ声で必死に求めてくる。

どうやら本当にあの一件を娼館《しょうかん》の人々に知られたくないらしい。

俺が勢いに圧倒されていると、ヴェロニカは意味深に片眉《かたまゆ》を上げた。

「ちゃんとわかってるよ。なにもこっちだってタダでとは言ってないし。──ねえ、いいでしょ？口止め料ぐらい、ちゃんと払うからさ」

ヴェロニカが口元を歪《ゆが》めて微笑《ほほえ》んだ。

さっきまでのムキになったような表情とは違う。少しすれたような笑い方だ。

そのうえヴェロニカは、俺の腕に胸を押しつけてきた。

まいったなと思いつつ、やんわりと距離を取る。ヴェロニカは意外そうな顔で俺を見上げた。

「アタシのおっぱいに動じない男、初めて見たわ」

本当に困った少女だ。俺は軽い頭痛を覚えながら、ため息を吐いた。

「説教をするつもりはないが、色仕掛けなど子供がするものではないぞ」

「はぁ⁉　なに言っちゃってんの⁉　アタシのどこがガキなのよ！　こーんなに育ってるのに‼目腐《くさ》ってるんじゃない？」

そう言って自分の胸を両手で揉《も》む。

「こらこらこら！」

俺は慌《あわ》ててラビの両目を覆《おお》った。

そんなやり取りを遠目で見ていた娼館の客たちが、「おおお……」と声を上げる。

ヴェロニカがキッと睨《にら》みつけると、男たちはビクビクして顔を背《そむ》けた。

男とは悲しい生き物だ。俺は複雑な気持ちでこめかみに親指を押し当てた。

「話を戻すが馬車でのことは黙っておく。しかし金などいらん」

「は？　なんで？」

「約束を交わすのに金など貰《もら》えないということだ」

きょとんとしたヴェロニカが何度か瞬《また》きをする。

そのうち、瑠璃《るり》色の瞳《ひとみ》が苛立《いらだ》ちで揺《ゆ》らぎはじめた。

「いらないじゃなくて受け取れって言ってんの！　金の絡《から》まない約束なんて重みがなさすぎ。そんなもの全然、信じらんない」

「そうは言われてもな」

「なあに。また偽善《ぎぜん》？　おじさん、アタシのこと馬鹿《ばか》にしてんの？」

ヴェロニカが食ってかかってくる。胸倉《むなぐら》でも摑《つか》みそうな剣幕《けんまく》だ。

俺は慌てて両手を上げると、落ち着くように言い聞かせた。

「金が絡むと、約束でなく契約になるだろう。とにかく安心しろ。一度した約束はしっかり守る」

「その言葉を信じられないって言ってんのさ。いいじゃないか、契約！　契約もお金も決して裏切らないからね！」

ヴェロニカは自信満々に言ってのけたが、どうだろうか。

俺が見てきた限り、金で約束する者の中には、それ以上の金を積まれた途端、ペラペラ話してしまう者も多くいた。

「受け取らないっていうなら、ホラよ」

ヴェロニカが懐《ふところ》から布袋《ぬのぶくろ》を取り出す。何枚かのコインを取り出し、俺に向かって突きつけてきた。俺が手を出さないでいると、しびれを切らしたように舌打ちをした。

「強情《こうじょう》オヤジ！」

そう叫んでコインを地面に投げ捨てた。

「こら！　ヴェロニカ!!　アンタ、なんてことをしてるんだい!!」

話していた内容は聞こえなくても、行動は見えたのだろう。

金を投げ捨てたヴェロニカのことをマダムが怒鳴《どな》りつける。

ヴェロニカはイライラした顔で辺りを見回した。

まるでここにいる全員を敵だと思っているような顔つきだ。

「ヴェロニカ、おまえ、子供みたいなことをするねえ」

状況を変えたのはバラ姫の軽やかな笑い声だ。

コロコロと笑いながらバラ姫が一歩前に踏み出した瞬間、ヴェロニカの顔がカアッと赤くなった。

「あ……。バラ姫様……」

恥《は》ずかしいことをしてしまった。そう思っているのがヴェロニカの揺れた瞳から伝わってきた。

マダムに怒られた時とは大違いの反応だ。

おそらくヴェロニカにとってバラ姫は特別な相手なのだろう。

俺はそんなことを思いながら、地面に散らばったコインを拾い集めた。

「しまっておけ。約束は守るから」

ヴェロニカは俺を睨んだ後、鼻を鳴らしてコインを摑み取った。

そのままマダムが引き留めるのも聞かず、槍を抱えて娼館の裏手へ走り去ってしまった。

◇◇◇

ヴェロニカが立ち去ったあと——。

娼館の客たちは送り出され、娼婦たちも店の裏手の館へと戻っていった。

彼女たちはその館で集団生活を送っているそうだ。

これから休んで、陽《ひ》が傾《かたむ》く頃起きてくるのだとマダムが教えてくれた。

俺とラビは、寮《りょう》の一階にある客間に通された。

護衛役について改めて話を聞かせてもらうためだ。

「でも、頼ってしまって本当にいいのかい？　迷惑なんじゃ……」

「いや、そう思わせてしまったのも俺のせいだな。すまない」

「あんたが頭を下げることないじゃないか。ふふ。あんた、なかなかいないタイプの男だね」

マダムは口元に手を当てて、砕けた調子で笑った。

強張《こわば》っていた表情がほどけて、安堵《あんど》の色が覗《のぞ》く。

マダムがどれだけ気を張っていたのか。

それが伝わってきて、なんとも言えない気持ちになった。

やはり助けに来てよかったな。

俺は心の中でラビに感謝しながら、もう一度、マダムに頭を下げた。

それから説明役として足に怪我《けが》を負った例の若者、テッドが呼び出された。

まずマダムとテッドから、これまでの状況を聞かせてもらった。

話は単純だ。とある金持ちの家のドラ息子が、ナンバーワン娼婦、バラ姫を気に入った。

どうしてもバラ姫を自分だけのものにしたくなったドラ息子は、バラ姫の元を連日訪れた。

「金が欲しいんだろ。いくらでも出してやる。だから俺のものになれ」

ドラ息子はそう言ったが、バラ姫より前にマダムが首を縦に振らなかった。

ドラ息子はそう言って手に入れた娼婦に対して、ひどい振る舞いをすることで有名な男だったのだ。

病院送りにされた者も何人かいた。そんな場所に送り出せるわけがない。

そう言って突っぱねた途端、嫌がらせがはじまったのだと言う。

ドラ息子は他の娼婦や娼館の客を困らせることで、バラ姫やマダムの心を折ろうとしたのだ。

彼女たちがそんな嫌がらせに屈することはなかったが、そのせいでどんどん事態は悪化していったらしい。

ここ数日は、ほぼ毎日、嫌がらせを受けているそうだ。

テッドへの暴行、言葉の暴力、ごみや生卵を投げつけられた者もいたそうだ。

最低な振る舞いにふつふつと怒りが湧いてきた。だが冷静さを欠いてはいけない。

俺はふうっと息を吐いて、自分を落ち着かせた。

「これまでどういう時にあいつらが襲ってきたか。それを教えてもらえるか？　それによって護衛の仕方を考えたい」

「わ、わかった。ええっと、えーっと……」

俺はテッドにゆっくりでいいと伝え、マダムの茶を飲んだ。

不思議な香りがふわっと香る。紅茶とはまったく違う。異国情緒《じょうちょ》溢《あふ》れる爽《さわ》やかな味がした。美味《うま》い。ラビも両手でカップを持って、おいしそうに喉《のど》を鳴らしている。

マダムによると遥《はる》か遠く、東の大陸の茶らしい。そんな会話を交わしていると――。

「頭、整理できた」

「それじゃあ話してくれるか？」

テッドが頷《うなず》く。

「一番、危ないのは仕事前、客引きをする時。夕方なんだけど。何度もイジワルされたって。みんなから聞いた」

「ああ、そうなんだよ。それで男衆に見回りをさせたんだが、その結果、テッドが怪我《けが》をして帰ってきたってわけさ」

マダムがテッドの話に補足する。

「なるほどな。客引きをする場所は決まってるのか？」

「うん、決まってる。でも同じ時間帯にいろんな人がいろんな場所に立つ」

散り散りになられると俺ひとりでは護衛が難しい。

「客引きをやめるわけにはいかないのか？」

今度はマダムに尋ねる。マダムは眉を下げて首を横に振った。

「残念だがそれはできないね。客引きをするのはまだ入ったばかりの新人の子なんだがね。そうやって客を見つけないと、その日の収入がゼロになっちまうこともあるんだよ」

「そうか」

ということは客を見つけられるが、危険でない方法を探さなければならないわけか。

そもそも俺が守れるのはたったの四日。

たとえ例のチンピラたちを追っ払ったところで、似たような輩《やから》が今後も現れる可能性は十分ある。

できることなら俺がいなくなったあとも、彼女たちが安全に過ごせる環境を見つけたい。

「客へアピールができればいいのか？」

「そうだね。それから会話も交わしたい。言葉巧《たく》みに引き込むことが大切だからね」

俺は腕を組んで、しばらく考えた。

なにか、彼女たちが安全に客を探せる方法はないものか。

その時。ふと脳裏《のうり》にある案が浮かび上がってきた。

そうだ。あの方法を真似《まね》ればいけるかもしれない。

「砦《とりで》」

「え？　なんだい？」

「砦を守る兵士の仕事を参考にしたらどうだろうか」

「え⁉　兵士って、それはまた随分突拍子《ずいぶんとっぴょうし》もない案だね」

マダムが信じられないというように目を見開く。

「ああ。だが、少し聞いてくれ」

俺は閃《ひらめ》いた案の説明をはじめた。

「砦に立つ兵士を思い浮かべてくれ。同じように高い場所へ立てば、辺りをくまなく見回せる。そうやってこちら側から客を見つけるんだ。しかも客側からも高い場所にいる女性たちは目を引くだろう」

「高い場所ってどこのことだい？」

「娼館の窓から顔を覗かせるんだ」

「へえ！　たしかに面白い！　まったくとんでもない案を思いつくもんだね。だが、距離が遠すぎちゃ誘いようがないじゃないか。相手に触れることもできないよ」

「触れるだけが誘い方とは限らないんじゃないか？」

マダムはハッとしたように目を見開いた。

その顔から不安の色が消え去る。代わりになにかを面白がるような微笑《びしょう》が浮かんだ。

「高嶺《たかね》の花に憧《あこが》れさせるってことだね」

随分粋《いき》な言い方をされて俺のほうが戸惑《とまど》ってしまった。

まあでもそういうことだ。

「いいじゃないかい！　みょうちくりんなことを言い出したと思ったけど、やっぱり面白い！」

「うまくいくかはわからんが、試してみてもいいだろうか？」

「もちろんだよ。それに安心しとくれ。うちの娘たちなら絶対成功させるよ！」

マダムとテッドは顔を合わせて頷き合った。

「それにしても、あんたやっぱりすごい人だね！　こんな案を思いつくなんてさすがだよ」

身を乗り出したマダムが興奮しきった声で言う。

これはなんとしてでも成功させねばならない。

俺は改めて気を引きしめたのだった。

二十五話　おっさんと少女、古着から花をつくる

というわけで、窓から客引きする方法を試してみることになった。

俺とラビ、マダムとテッドの四人は客間を出て、娼館《しょうかん》のほうへと向かった。

「下から見た時の感じをまずは試してみよう」

「どういった窓から覗《のぞ》かせるのがいいだろうね？」

マダムが尋ねる。

「店の前で入店を躊躇《ためら》う客は多いか？」

「いや、そういう客は入口まで寄ってこれないものさ」

「ならば店の正面向けの窓は向かないな。足を止めて見上げてくれる客が多そうな、そぞろ歩きをしている通りを選んだほうがいい」

「それならバッカス横丁に面した東側の窓が打ってつけだね！　向かいには酒場もあるし、たむろしてる男たちも多いよ」

「うん。いつもみんな客呼びに立つ」

テッドが言う。それからさっそく四人でバッカス横丁に立ってみた。

そこから娼館を見上げると、ずらりと並んだ窓が見える。

「あの窓から顔を覗かせて手を振れば、注目は集められそうだね！」

「声が届くかも確かめてみよう」

ラビとテッドが上に行って声を出すことになった。俺とマダムが待っていると、少しして二人がひょっこりと顔を覗かせた。やはり建物の二階だから距離は感じる。

「ほら、ふたりとも！　一番好きな言葉あるだろう！　それを叫んでごらんよ！」

マダムが二人に向かって手を振る。

ラビとテッドは顔を見合わせながらモジモジとしている。

「しまった。あの二人に行かせたのは人選ミスだったね。――ってこっちの人を選んでもそう変わらなそうか」

俺をチラッと見たあとでマダムがそう言った。

正直、同感だ。とはいえいつまでもこうしているわけにはいかない。

俺もひとつがんばって、ラビの手本にならねば。

「ら、ラビー！　こんな感じで叫ぶんだぞー！」

声が裏返ってしまって恥《は》ずかしい。しかしラビに俺の想いは届いたようだ。

すうっと息を吸ったラビが大きな声で叫んだ言葉は――。

「おとーさーん……！」

窓の柵《さく》に左手をつき、右手を一生懸命、俺に向かって振ってくる。

その仕草《しぐさ》はたしかにかわいいだが――。

「……だ、だめだ。見ていられない！　ラビ！　そんなに身を乗り出すな！　気をつけろ！」

テッドが後ろからラビを支えてくれた。しかしまだ危なっかしい。

「マダム、ラビを回収してくる！」

「ははっ、過保護だねえ」

カラカラと笑うマダムの声を背に、俺は走り出した。

◇◇◇

ラビを回収したあともいろいろと試してみた結果。

「かなり気合いを入れて大声を出さない限り、注目を集めるのは難しそうだな」

「困ったね。ぎゃあぎゃあ騒《さわ》ぐのは色気がなくなっちまうからねえ」

長時間、怒鳴《どな》っていると声だって枯《か》れてしまうだろう。

「しかも夜は今よりずっと騒がしいよ」

「うん。酔ってる人、みんな大きい声で笑ったりするから」

マダムとテッドの言うとおりだ。ただ声を上げるだけでは足りない。

なにかもっと別の方法で注目を集められないだろうか。

「たとえばハンカチを振るのはどうだい？　こんなふうに」

マダムが懐《ふところ》からレースのハンカチを取り出し、ひらひらと揺《ゆ》らしてみせた。

それ自体は優雅《ゆうが》で美しい。

「しかし偶然、客が上を向いてくれないと意味をなさないな」

「たしかに、そうだね」

そもそも二階まで視線を上げさせるのが困難なのだ。

うーむ。眉根《まゆね》を寄せて唸《うな》っていたところ、風がブワッと巻き上がった。

「あ！」

春風がマダムの指先からハンカチを奪い取る。ふわふわと空気中を舞ったハンカチは、やがて地面に落ちた。屈《かが》んでハンカチを拾い差し出そうとしたその瞬間――。

「……窓から下へ落とすのはどうだろう？」

閃《ひらめ》いた案をぽそりと口にする。

「上からなにかが降ってくれば、人は自然と顔を上げるものだ」

言葉にすることで、思いつきがアイデアへ変わっていくのを感じた。

「名案じゃないか!!」

マダムがポンと俺の肩《かた》を叩いた。

「落とすものはハンカチ――では軽すぎてだめだな。なにかもう少し重みのある物。たとえぶつかっても怪我をしない物がいい。欲を言うならゴミをまいてるとは思われたくない」

「それならばっちりなのがあるよ！　花！　布で作った造花を降らせるのさ！」

「お花、降らせるの？」

ラビがうれしそうに瞳《ひとみ》を輝かせた。

造花なら降らせたあと、朝に回収することもできる。

「使わない布はあるか？」

「ああ、もちろん。古着が山ほどあるよ」

「それじゃあさっそく、造花作りに取りかかろう」

「ちょっと、まさか造花まで作ってくれるつもりかい？　男のアンタが裁縫《さいほう》を？」

俺は肩を竦《すく》めてマダムに頷《うなず》き返した。独《ひと》り者の男は、服のほつれぐらい自分で繕《つくろ》うものだ。


次は造花作りをすることに決まったので、俺とラビはマダムとともに再び客間へ戻ってきた。

今から掃除の仕事があるというテッドとは、娼館の前で別れた。

杖《つえ》を使いながらなら、問題なく歩けるようなので一安心した。

「さあ、好きなだけ使っとくれ！」

ドサッとローテーブルの上に置かれた古着の山。

まずはその中から花に見える色のものを選別していく。

「お父さん、これは使える……？」

真っ赤《まっか》な布を手にしたラビが問いかけてくる。

「それはバラの花を作るのに良さそうだな」

「バラ姫が喜びそうだねえ」

「じゃあ私、バラのお花を作る……」

ラビが赤い生地を抱えて笑う。俺も微笑《ほほえ》んで頷き返した。

布の選別が終わったら、次は裁断だ。

「丸く切って上手《うま》いこと重ね合わせれば、花に見えるだろうか」

ブツブツと独り言を呟《つぶや》きながら試してみる。

「悪いね。アタシは女のくせに裁縫がてんでだめでね」

マダムがすまなそうに言う。

「女のくせになんて思うことはないだろう。得意な人間がやればいいだけだ」

「アンタって人は。まったく底なしにいい人間だね」

少しだけ頬《ほお》を赤くしてマダムがそっぽを向く。

娼婦《しょうふ》たちの母代わりといった年齢の彼女も、そういう仕草をすると少女のように見えた。

「あ！　そうだ。庭からひとつ花を摘《つ》んできてあげるよ。ちょっと待ってな」

まるで照れ隠しのように言うと、マダムは急ぎ足で部屋を出ていった。

数分しないうちに戻ってきた彼女の手にあったのは……。

「ほら。これ、参考になるといいんだけど」

差し出されたのは牡丹《ぼたん》の花。

「おお、見事な花だ」

「きれい……！」

ラビがうれしそうに鼻先をくっつけて、すんすんと匂《にお》いを嗅《か》いでいる。

俺はマダムに頼んで、花がしおれてしまわないよう一輪挿《ざ》しにしてもらった。

「さてと」

牡丹を観察しながら造花作りを再開させる。

「なるほど。切る時に大きさは微調整して、上にいくほど小さくしたほうがいいか……」

先ほどより立体的になり、ずっと花らしくなった。

「あとは皺《しわ》を増やしたほうがいいな。ラビ、布をくしゃくしゃにしてくれるか？」

「うん……！」

ラビは目を輝かせて布を握っていった。思う存分、布を丸められるのが楽しいらしい。

ラビが皺を作ってくれた布を重ね合わせたあとは、同色の糸を使って簡単に縫い留める。

「よし、こんなところか」

試しに作ってみた造花をマダムとラビに見せる。

「ちゃんと花に見えるじゃないかい！」

「かわいい……！」

ふたりからお許しが出た。

俺も満足のいく仕上がりだったので、この調子でどんどん作っていくことにした。

それから数時間。マダムにこの場を任せてもらい、俺とラビは黙々《もくもく》と作業を続けた。

ラビには疲れたらいつでも休んでいいと言っておいたが、最後までがんばってくれた。

そしてついに最後のひとつが今完成した。

「できたー！」

うれしそうにラビが万歳《ばんざい》をする。色とりどりの花々を前に、俺も達成感を覚えた。

「お花、いっぱい作れたね……！」

「そうだな」

「それにすごくきれい……」

「ああ」

赤、ピンク、黄色、白、水色、オレンジ。様々な色が混ざっているのでとても華やかだ。これなら空から降ってもゴミだとは思われないだろう。

「ねえお父さん……」

「ん？」

「お空からお花が降ってきたら、見つけた人、幸せな気持ちになれるよね……？」

最後に作った花を大切そうに撫《な》でながらラビが呟く。

「そうだな」

ラビの望むとおりになってくれたらいい。そう願いながら俺は花の山に視線を向けたのだった。

二十六話　おっさん、有名人になっていた？

夕方。女たちが目を覚ますと、途端《とたん》に屋敷の中は賑《にぎ》やかになった。

「えーなにこれ、かわいい！」

「造花なの⁉　本物みたーい！」

ローテーブルの上に積み上げていた花を囲んでわいわいがやがや。

圧倒されたラビがそろそろと後退する。

しかし明るく懐《なつ》っこい笑顔を浮かべた女に「こっちにおいで！」と言って抱き上げられてしまった。

「わわ……」

固まったまま放心しているが、嫌なわけではなさそうだ。

なんとも微笑《ほほえ》ましい気持ちで見守っていたら、ラビと目が合った。その顔がくしゃりと歪《ゆが》む。

「あれ⁉　ごめんごめん、お父さんのほうがいいのね！」

慌《あわ》てた女からラビを抱き取る。

ラビは俺の首に両手を回してしがみついてきた。まるで怯《おび》えた子猫《こねこ》のような態度だ。

笑ったりして悪かったなと思いつつ、ラビを抱いていた女にも謝罪する。

「人見知りなもんで、すまんな」

「いいのよ。あたしこそびっくりさせちゃったみたいで悪かったね」

女は優しく笑って、ラビに微笑みかけた。ラビもこくりと頷《うなず》き返す。

ちょうどその時、バラ姫とヴェロニカが客間に入ってきた。

「よし、これでそろったね。さあ、アンタたち！　いつまでも騒《さわ》いでるんじゃないよ。その花の使い方を説明するから静かにおし！」

パンパンッと手を叩いてマダムが場を沈める。

そうしてマダムの口から、花を降らせて客引きをするアイデアが伝えられた。

「へえ！　この花を窓から投げるんだ⁉　面白いね！」

「道端《みちばた》に立って声ガけするよりずっとロマンチックじゃない？」

さっき以上に室内が騒々《そうぞう》しくなる。

どうやらみんな好意的に受け取ってくれたようだ。

彼女たちが嫌がるようなことはさせられない。

そう思っていたから、反応を見てひとまずホッとした。

「ふーん。これはアンタのアイデアかい？」

バラ姫が口を開くと一瞬で場が静かになった。俺の答えに注目が集まる。

「ああ。そうだ」

ぎこちなく頷き返すと、ふふっと声を零《こぼ》してバラ姫が笑った。

「なにより安全なのがいいねえ。これならうちの子たちがチンピラに絡《から》まれる心配もない」

「では試してくれるか？　成功するとは断言できないが」

「なに言ってるんだい。あたしらがちゃーんと成功させてあげるよ」

マダムと同じように、バラ姫も自信満々な顔でそう言ってくれたのだった。


そしてその夜。娼館《しょうかん》の窓から色とりどりの花が舞った。

暖《あたた》かい春の夜風に煽《あお》られて、自由気ままに泳ぐ花。

酔客《すいきゃく》たちは突然、宙を舞った花に驚きポカンと口を開けている。

「なんだこれは⁉　いったいどこから⁉」

「おい、あれを見ろ！」

「娼婦《しょうふ》たちが花を降らせてるのか⁉」

物珍しさもあって、飲み屋の中からも人々が集まってきた。

みんなが一斉に上空を仰いだ。その時、頭上から軽やかな声が響いた。

「下から花を眺《なが》めているだけで満足かい？」

発せられた声を聞きもらすまいと酔客たちは息を呑んだ。辺りがシーンと静まり返る。

「ここまで上がっていらっしゃいな。そうすりゃお気に入りの花を存分に愛でられる」

そう言ってバラ姫が微笑む。窓枠にもたれかかり、下界を優雅《ゆうが》に見下ろしながら。

「……！」

男たちがごくりと生唾《なまつば》を呑む。

バラ姫だけではなく、窓からは美しい女たちが顔を覗《のぞ》かせ手を振っている。

美しい花が咲き乱れるような光景は男たちの心を一瞬で射止めたらしい。

「花を手にしたお客にはとびっきりのサービスをしてあげるよ」

バラ姫の言葉を聞いて男たちの顔つきが変わった。

「花！　花‼」

「よし拾ったぞ！　お、俺ちょっと行ってくる！」

「俺もだ！」

男たちは競い合うようにして花を拾った。

そしてそのままバタバタと娼館の入口へ駆けていった。

◇◇◇

その日、俺は寝ずの番をして朝を迎えた。

ラビは客間に寝床《ねどこ》を用意してもらって、今もまだ眠っている。

「はあ～！　まさかこんなにお客さんが殺到《さっとう》するなんてね！」

「ほんと！　ここまで大繁盛したのは初めてだね！」

ちょうど最後の客を見送ったところで、娼婦たちが声を上げる。

「バラ姫様やヴェロニカが引っ張りだこなのはいつものことだけど、アタシら新入りたちさえ大忙しだったもんね！」

「おじさんのおかげだね、ありがとう！　――って恩人のことをおじさん呼びじゃ悪いね。あんた、名前はなんていうんだい？」

「ああ。そう言えば名乗っていなかったな。俺はダグラス・フォードだ」

「えええええッッッ⁉」

突然、娼婦たちが大声を上げた。

な、なんだ？　いったいどうしたというのだ。

わけがわからず首を傾《かし》げる俺を取り巻いて、彼女らは大騒ぎをしている。

「あんたがあのダグラス・フォード⁉」

「『子連れの最強冒険者』‼」

その言葉を聞いてハッとした。

似たような言葉をアディントンで言われたような……。

「だがなぜその言葉を知っているんだ？」

「なぜって、おじさんが有名人だからに決まってるじゃない！」

「ゆ、有名人」

「町の人間が誰一人気づかなかった悪人を見つけ出して、孤児院《こじいん》の子供たちを救ったんでしょ⁉」

「それに魔黒竜《まこくりゅう》を倒したことも聞いたよ！」

興奮した女たちに両腕をぶんぶんと揺《ゆ》さぶられてしまった。

しかしまったく頭がついていかない。どうしてそんな話が広まったのか。信じられない言葉に唖然《あぜん》となる。

俺の反応を見て、娼婦たちも訝《いぶか》しげな顔をした。

「まさかおじさん、いやダグラスさん。あんた、自分が有名だってこと全然知らなかったの⁉」

「ああ」

「うわー。あっちこっちの街で名前を知られてる冒険者だってのに、本人が無自覚なんて……」

「そうだ！　いいもの持ってきてあげる」

そう言って走り去っていった女が、数枚のビラを手にして戻ってきた。

『ミルトン下町かわら版』と書かれた紙には数日前の日付が記されていた。

見出しに堂々と踊っていた文字は——。

『子連れ最強冒険者‼　アディントンで大活躍‼』

『子連れ最強冒険者‼　今度は伝説の魔黒竜を退治‼』

発行元はカシマシ魔法印刷商会。

大都市にいくつも支部を持つ印刷組織で、魔法を使ってかわら版をコピーする技術に長《た》けていると聞いたことがある。

バルザックにも支社があったが、どうやらミルトンにも存在しているらしい。しかし今はそれよりも。

「この内容……」

カラカラになった喉《のど》から無理やり声を出す。

信じられない。だがどうやら俺のことを書いてあるらしい。

「なぜこんなに注目を集めてしまったんだ……」

俺が呟《つぶや》くと、かわら版を持ってきた娼婦が苦笑しながら首を傾げた。

「そりゃあそうだろ。街の名士逮捕に一役かっただけでなく、伝説の龍を退治しちまったんだから。一躍時の人さ！」

「それに最強のくせに子連れってところがまたいいんだよねー！」

「それにそれにギルドにも属してないってのがミステリアスなんだよ！」

「はぁ……」

肩《かた》を落としてため息をつく。

まったくとんでもないことになってしまった。

娼婦たちの言うとおり、噂《うわさ》が独り歩きしているなら厄介《やっかい》だ。

ほとぼりが冷めるまで名前を名乗るときは慎重《しんちょう》になったほうがいいかもしれない。

俺は本気で困り果てて、額《ひたい》に手を当てたのだった。

二十七話

おっさん、ヴェロニカの心に触れる

「すごい人だとは思っていたけど、マットロック孤児院《こじいん》問題を解決した人だったとはね！」

「うちにもあんたのおかげで自由になれた子が何人もいたんだよ」

「……！」

何気《なにげ》なく言われた言葉にギクリとなった。

複雑な感情が湧《わ》き上がってくる。それはあの日、感じたやるせなさだ。

被害に遭《あ》う前にすべての子供たちを救いたかったと思ったこと。

しかしどれだけ望もうが時を戻すことは不可能だと歯がゆく感じたこと。

あの時の想いが完全に蘇《よみがえ》り、拳《こぶし》を握りしめた時――。

「人助けしたつもりで悦《えつ》に入って、さぞやいい気分だっただろう？」

明るく騒がしい空気を一変させるような冷ややかな声が響いた。

押し黙った女たちが声のしたほうを振り返る。

そこには仁王《におう》立ちしたヴェロニカの姿があった。

ヴェロニカはきつい眼差《まなざ》しで俺を睨《にら》みつけていた。他には目もくれない。ただ俺だけに強い視線が注がれている。

Enjoy new life
With my daughter

もともとクセのある少女だった。だがこれまでとは全然違う。

彼女の目に宿っているのは憎しみだ。

「……」

その目を見ればわかる。ヴェロニカはマットロック孤児院の関係者なのだ。

いや。それどころか、おそらくは――。

「ふん！　押しつけがましい善行で有名人になったつもりかい？　本当に最低の偽善者《ぎぜんしゃ》だね！」

「ヴェロニカ、あんたなんてことを！」

「いくらなんでもそれは言いすぎだよ‼　この人のおかげで、あんたは借金から解放されたんじゃないか‼」

娼婦《しょうふ》たちが言い返したが、ヴェロニカにはたぶん届いていない。

その眼差しは俺だけに向けられていた。

「アタシはあんたにお礼なんて死んでも言わないよ。救ってやっただなんて思われたくないからね！」

お礼を言ってほしいだなんて思っていない。

救ってやったなんてつもりも毛頭《もうとう》なかった。

しかしヴェロニカはそんな否定の言葉を求めているわけではないだろう。

でも、それならいったい彼女になんと言ってやればいいのか。

なにがそうまでヴェロニカを苛立《いらだ》たせているのか。

彼女の気持ちがわからないから、口にすべき言葉も浮かんでこない。

俺はただ呆然《ぼうぜん》と立ち尽くし、去っていくヴェロニカの背中を見送ることしかできなかった。

◇◇◇

翌日は夕方から護衛を頼まれていた。

ラビを連れて娼館《しょうかん》へ出向くと、テッドに声をかけられた。

驚いたことにバラ姫が俺を待っているらしい。

言われた場所に赴《あもむ》くと、バラ姫は中庭で花を眺《なが》めていた。花壇《かだん》には春の花が咲き誇っている。

昨日《きのう》の夜、ひらひらと舞った色とりどりの花を思い出す。

しかし俺の気持ちは晴れなかった。ヴェロニカのことがあれからずっと引っかかっていた。

自分がなにかしてやれると自惚《うぬぼ》れているわけではないが、気がかりなのだ。

「昨日の話、聞いたよ。あの子に随分《ずいぶん》噛《か》みつかれたみたいじゃないか」

バラ姫はチューリップの花を指先で撫《な》でながら、くすっと笑った。

「お父さん、噛みつかれたの……？」

ラビが心配そうに俺を見上げてくる。

「本当に噛まれたわけじゃない。心配するな」

俺は笑って首を振ってからバラ姫に向き直った。

「悪かったね。あれは子供の八つ当たりみたいなもんだ。あの子はアタシの妹分みたいなもんだから、よく言って聞かせておくよ」

「いや、それはいいんだが」

俺はバラ姫に尋ねずにはいられなかった。

「ヴェロニカはマットロック孤児院から売られた子か？」

「それを聞いてどうするんだい？」

「傲慢《ごうまん》に聞こえたらすまない。だが、俺はそれを知っておくべきだと思ったんだ」

「あんたがそこまで背負う必要はないだろう？　行く先々で人の人生に顔を突っ込んで、関わった人間、全員を救ってやろうとでも思ってるのかい？　それはアンタの言うとおり傲慢な考えだね。人は神様にはなれないんだ。アンタがどれだけすごい人だって、救える人間は限られてる」

バラ姫の言うとおりだ。俺は苦笑して頷《うなず》いた。

「そのとおりだな。ただのおっさんができることなんてたかが知れてる。だが俺はどうしても苦しんでいる人間を放っておけないんだ」

なにもできないかもしれない。いやなにもできないことのほうがほとんどだろう。

それでも百回に一回、千回に一回でも救える可能性があるのなら手を伸ばしたい。

お節介《せっかい》だ、神様気取りかと思われても構わない。評判なんてどうでもいい。

人のために生きたくて冒険者になった。

俺はその信念を曲げずに貫きとおしたかった。

「ヴェロニカが苦しんでいるのなら、力になりたいという意思だけでも伝えたい」

「こうまで言っても引き下がらないなんて、アンタ、よっぽどお人好しなんだね」

「頑固《がんこ》なだけだ」

俺が眉《まゆ》を下げると、バラ姫も表情を緩《ゆる》めた。

「アンタの察しているとおり。ヴェロニカはマットロック孤児院から売られた孤児なのさ」

やはりそうだったか。

俺が無言で頷き返すと、バラ姫は話を続けた。

「今から六年前。ヴェロニカが九歳の時の話だよ」

「な……。九歳なんてまだほんの子供だろう⁉」

恐らくはラビと同じぐらいの年齢だ。

信じられなくて、いや信じたくなくて、思わず大きな声を出してしまった。

そんな俺を見てもバラ姫は動じない。

「今のマダムはまともな人だけどねえ。その頃、娼館を管理していた女は子供でも平然と買い取るようなクズだったのさ」

俺は困惑しながらラビを見た。

これ以上この話をラビに聞かせてもいいものだろうか。

「ラビ。向こうへ行っているか？」

ラビに尋ねると、大きな瞳《ひとみ》が戸惑《とまど》いながら俺を見上げてきた。

「私、いないほうがいい……？」

俺が言葉に詰まって黙り込んでいると。

「この子が嫌がらないならいさせてやればいいじゃないか。だいたいそんなにビクビクしなくても平気だよ。子供は世界を知りながら大人になっていくんだから。親は子供が助けを求めてきた時に、守ってやれる場所から見守ってるぐらいでちょうどいい」

「バラ姫、あんた……」

「ああ、アタシも子供がいるよ。十五の時に産んで今は四歳だ。この時間は食堂で他の子らと夕飯を食べてるだろう」

「そうだったんだな」

十五で子供を産んだということはバラ姫もまだ十九ということだ。

ヴェロニカの保護者のように振る舞ってくれているが、彼女だって十分に若い。

だがそれを感じさせないほどしっかりとしていた。

それに子を持つ親の言葉だからか。バラ姫の助言は俺の心にすーっとしみ込んだ。

大丈夫だと言い切ってくれる誰かの言葉を、俺はずっと求めていたのかもしれない。

そもそも俺は新米の父親だ。

自分ひとりでグルグル悩むより、もっと周りに意見を聞くべきなのだ。

そんな当たり前のことにようやく気づけた。

いかんな。新米ならもっと柔軟《じゅうなん》な考えを持つべきだ。

「ラビ、一緒に話を聞くか?」

「うん……」

改めて確認したら、そう返事が戻ってきたので、俺もラビの意思を受け止めることにした。

「すまないな。話の腰《こし》を折ってしまって。続きを聞かせてもらえるだろうか? 九歳で売られたヴェロニカは——」

「その日から働かされた。他の娼婦たちと同じようにね。最初の頃は何度も逃げ出して、そのたび折檻《せっかん》を受けていたよ。あの子の指導係に選ばれたのはアタシ。ぶたれまくって青あざを作ってるヴェロニカに言い聞かせたものさ。逃げ場所はない。ここで生きてくことを受け入れなってね」

バラ姫が一旦、言葉を切って立ち上がった。

「——そのうち、ヴェロニカの顔つきが変わった。ヴェロニカは自分を買い戻すため、むきになって働いて金を貯めはじめたんだ。その目標が心の支えみたいにね。あんまり金にうるさいんで、客や仲間たちからも守銭奴《しゅせんど》なんて陰口を叩かれたりしてたっけ」

そうして六年が経ったのだという。

「そこへある日突然、憲兵隊《けんぺいたい》から知らせが届いた。『おまえが売られたのは違法だった。今日から自由だぞ』と。アタシらはよかったねと肩《かた》を叩いて、ヴェロニカを送り出した。けれどたった数日であの子は戻ってきた。もう返す借金もないのに。どうしてだと思う?」

口の中に苦いものが込み上げてくるのを感じながら首を振る。

「ヴェロニカは泣きそうな顔で笑いながらこう言った。『もう汚れ切ってる。こんな体でどこへ行けばいいの……』」

過ぎ去った過去に手出しはできない。それがどうしようもなく悔《くや》しくて、俺は唇《くちびる》を噛みしめた。

六年。六年も遅かったのか。

言葉を失ったまま立ち尽くす俺のことを、バラ姫がじっと見つめてきた。

「すまないね。やっぱり話すべきじゃなかった。あの子が抱える問題を他人がどうこうできるもんじゃない。なのにこんな話をしちまって。これじゃあアンタに重荷を背負わせただけだね」

バラ姫は俺に謝《あやま》りながら、悲しい微笑《ほほえ》みを浮かべた。

苦しむヴェロニカを救えないことで彼女自身も傷ついているのだろう。

俺はバラ姫に向かって頭を下げた。

「話してくれたこと恩に着る。――ヴェロニカは今どこにいる？」

「無駄《むだ》だってのに手を差し伸べるっていうのかい？」

「いや、手を差し伸べるなんて、そんな大それたことができるとは思っていない。ただヴェロニカと話がしたいと感じたんだ」

「そうかい」

バラ姫の表情が少しだけ柔らかいものになった。

「仕事前のこの時間、あの子はいつもひとりで夕焼けを眺めているよ」

「わかった。行ってみよう」

バラ姫に礼を言って、俺はラビとともに娼館の裏手に向かった。

◇◇◇

バラ姫の教えてくれたとおり、ヴェロニカは壁に背中を預けて夕焼け空を眺めていた。ぼんやりと。まるで迷子になった子供のような表情で。

「ヴェロニカ」

名前を呼ぶと途端《とたん》に顔つきが変わった。警戒心剝《む》き出しの目で睨まれる。

「ふん。なんの用だい。昨日の暴言のことなら謝るつもりはないよ」

「ああ、そんなことは求めていない」

「だったらなにしに来たんだ。アタシはアンタの顔を見るだけでイライラするんだ。さっさとどっかへ行っちまいな」

そう言われても俺が動かないでいると、ヴェロニカはキッと眉を釣り上げた。

「そんなにアタシの口から感謝の言葉を引きずり出したいのかい！　絶対、口にしないって言ってんだろ！　アンタはアタシら被害者を結局救えなかったんだから！　アンタだけじゃない。大人たちは子供が餌食《えじき》になってるってのに、誰一人助けに来てくれなかった！」

叫んだヴェロニカの声が痛ましく震える。

責める言葉の裏側に滲《にじ》む「あの時助けてほしかった」という想い。

胸が苦しくなってもそれを真っ向から受け止める。この子の苦しみを他人事だといって、見捨てるようなことはしたくないのだ。俺は静かに頭を下げた。

「すまなかった」

ヴェロニカから戻ってきたのは戸惑うような沈黙だ。

「……は。ど、どういうつもりだい?」

「おまえの言うとおり、六年前、俺たち大人はおまえを救えなかった。おまえだけじゃない。多くの犠牲《ぎせい》になった子供がいたのだろう。その子らを俺たちは救い出すことができなかった」

「なんでアンタが頭を下げるんだ。アンタが謝る必要なんてどこにあるのさ!」

無理やり絞り出したような声でヴェロニカが尋ねてくる。

俺はグッと拳を握りしめた。

子供が傷つけられた事件があった。その場にいられたなら救えたかもしれない。そう思うほど後悔の念が尽きない。

六年前、アディントンにいられたのなら。子供たちを守れていたなら。

そうしてやりたかった、でもできなかった、だからたまらなく苦しい。

助けてやれなくてごめん。救ってやれなくてすまなかった。その気持ちに嘘《うそ》や偽《いつわ》りは一切ない。

俺が謝る必要はないとか、そんなことではないんだ。

「なんだよ。そんな謝罪……。だいたい全部今さらなんだよ! 汚れ切った娼婦になっちまってから、アンタみたいな人がのこのこ現れたって、アタシの人生はもう台なしだ!」

感情が爆発したようにヴェロニカの両目から涙が溢《あふ》れ出した。

「そんなことはない。おっさんの俺も今、第二の人生を謳歌《おうか》してるところだ。若いおまえならもっと自由だろう。それに世界は広い。望めばどこにだって行ける。なりたいものにだってなれる。自分の可能性を捨ててしまうな」

「今度は説教たれるつもり？　可能性なんて……」

ヴェロニカが唇を震わせながら呟《つぶや》く。

それは怒りのためなのか、別の感情からか俺にはわからない。

だが、六年前から大人の欲望の餌食になってきたこの少女は、今もなお苦しみ続けている。

俺はその苦しみを拭《ぬぐ》うためになにかをしてやりたい。六年前、救えなかったからこそ。

「俺にできることはないか？」

「……そんなもんあるわけないだろ。アンタは赤の他人じゃないか。たまたまこの街を訪れた冒険者。たまたまアディントンで孤児院を救っただけ。アタシに言いがかりをつけられたからって、謝る必要ないいんだよ！　──ああ、くそ。むしゃくしゃして涙が止まんない！」

ぐいぐいと乱暴に目元を拭う。きれいな化粧《けしょう》が流れ落ちて、目の周りが真っ黒になってしまった。

化粧が流れたからか、泣いているせいか、大人びた表情が消え去る。

まだ十五歳。大人の顔を強《し》いられていても、俺からしたら彼女も子供なのだ。そう思ったら自然と体が動いていた。ラビにするようにヴェロニカの頭をわしゃわしゃと撫でる。

「ちょ⁉　な、なにすんのさ⁉」

びっくりしたように、ヴェロニカが涙で濡れた顔を上げた。

「泣いているからあやしてるつもりだ」

「お姉ちゃん、泣かないで……」

ヴェロニカの剣幕《けんまく》に怯《おび》えていたラビが、俺の後ろから声をかける。

「ちょっと!! 子供扱いはやめてよ!! チビもうるさいっての！」

「おまえは子供だろう」

「アタシは大人だよ!!」

「鼻水を垂《た》らして泣く大人はなかなかいないぞ」

「う、うるさい！ ちょっとそのコート貸しなさいよ……。てかなんなのよ、おっさん……変だよアンタ……。普通、あんな八つ当たりされたら怒るのに……ばっかじゃないの……」

俺のコートを引っ張ると、顔を押しつけてきた。

「うっ……ひっく……」

しゃくり上げていた声が次第《しだい》に大きくなる。

俺に抱きついたままヴェロニカは声を上げて泣き出した。

古着の小汚いコートだがいいのだろうかと思いながら、俺はヴェロニカが泣きやむまで寄り添い続けた。

二十八話 おっさん、最強のその先へ

護衛になって四日目の午後。

俺とラビが娼館《しょうかん》に顔を出すと、庭先で早起き組が焼き芋《いも》を焼いていた。

「ダグラスさん、ラビちゃん！　焼き芋、食べる？」

テッドや娼婦《しょうふ》たちが笑顔で手招きをしてくる。

ラビを見ると、ごくりと喉《のど》を鳴らしていたのでかわいくて笑った。

さっそく混ぜてもらうことにする。

「はい。火傷《やけど》、気をつけて」

「ああ、ありがとう。ラビ、ちょっと待っていろ」

「うん……！」

グローブをしたまま焼き芋を受け取る。

両端《りょうはし》を持ってグッと力を入れると白い湯気がふわっと上がった。

割った芋は色が濃《こ》く、とても甘そうに見えた。

「わああ……！」

ラビが感嘆《かんたん》の声を上げる。

Enjoy new life
With my daughter

熱くないよう手ぬぐいで持ち手を包んでから渡してやる。

「はふっはふっ……おいしい……！」

「そうか、よかったな」

俺も残りの半分に手をつける。おお。たしかにとても美味《うま》い。

まるで菓子のように甘く柔らかかった。

そんな俺たちのやり取りを、ヴェロニカが遠目から眺《なが》めている。

参加すればいいのにな。

だがそうやって声をかけると怒られることはわかっていた。

彼女が大泣きをした日から今日で二日目。

気がつくと柱や建物の陰にヴェロニカの姿があるのだ。

目が合うとあからさまに慌《あわ》てて、パッと引っ込んでしまう。

でもまたすぐに監視は再開された。

なにか用でもあるのかと尋ねたが「自惚《うぬぼ》れないで！」と追い払われた。不思議な娘だ。

ちなみにヴェロニカとはあの時以来、過去については話していない。

ヴェロニカが涙を拭《ぬぐ》いながら、俺に約束させたからだ。もう過去の話はしないと。

泣き腫《は》らした目で俺を睨《にら》む彼女の顔は、憑《つ》き物が落ちたかのようにスッキリして見えた。

そうであってくれればいいと俺は願った。

俺が護衛として勤めるのも今日で最後だ。

テッドは杖《つえ》がなくても、転ばず歩けるようになった。

花を降らせる宣伝方法は上手《うま》くいっている。

客は面白がるし、別の店の娼婦や支配人も覗《のぞ》きに出てきていた。

マダムはうれしそうに「街中で話題になっているんだよ！　もう街角に立たせなくてすむよ」と笑った。

娼婦たちの日々が少しでも安全になってくれたのなら、俺もうれしい。

「ところでマダム。最初に護衛役を依頼された時、『五日経てばあいつらも悪さができなくなる』と言っていたが、あれはどういう意味だ？」

「ああ。あの日から五日、つまり明日、チンピラたちのリーダー、カルロスの父親が旅行から帰ってくるんだ。モリス男爵《だんしゃく》と言ってね」

「モリス男爵だって？」

「おや、知り合いかい？」

「いや、直接会ったことはない」

モリス男爵。それはアディントンでセオ爺《じい》さんが紹介してくれた男爵の名だ。

呪術《じゅじゅつ》にまつわる品を集めてるコレクター。

ラビのペンダントを売ろうとしていた相手が、まさかカルロスの父親だったとは。

「呪《まじな》いにまつわる品を引き取ってほしかったんだが、息子と揉《も》めてしまった手前、難しそうだな」

「いや、そんなことないさ。モリス男爵はまあ変わり者ではあるが、ちっぽけな人間じゃあない」

「そうか」

「モリス男爵はドラ息子に対してかなり厳しいから、男爵が家にいる間はカルロスも大人しいもんだ。悪さをするのは決まって親がいない時なんだよ」

「困ったものだな」

「でも今回は男爵の邸《やしき》に出向いていって、しっかり報告させてもらうよ。男爵はアタシみたいな者の話もちゃんと聞いてくれる。男爵からガツンと言ってもらえば、バラ姫に付きまとうこともやめるだろう」

「なるほど」

「だから男爵が帰ってくるまで乗り切ればいいってことさ」

「うーむ」

しかし、それはどうだろう。逆を言えば、チンピラたちにとってチャンスは今日しかないということになる。そして案の定という事態になった。

◇◇◇

日暮れ時。

チンピラのリーダーであるカルロスが、仲間たちを引き連れ娼館に襲撃をかけてきたのだ。

ちょうど俺とラビは洗濯担当の娼婦たちを手伝って、庭でシーツを取り込んでいた。

木陰には相変わらずヴェロニカの姿もあった。

勝手に敷地内に入ってきていたカルロスは手近の洗濯かごを蹴《け》りつけ、地面の上に真っ白いシーツが散らばった。

土にまみれて汚れたシーツを眺めながら、カルロスがにやりと口元を歪《ゆが》める。

「よぉ、数日ぶりだな。バラ姫呼んでこいよ」

明るい色の長髪を撫《な》でつけながら、カルロスは嫌な笑いを浮かべて俺たちのことを見回した。

今日は余裕の笑みを浮かべている。

その理由は背後にいる者たちのおかげだろう。

チンピラたちの後ろには、筋肉ムキムキな新顔の男たちが十人ほど控えている。

手にした武器や場馴れした雰囲気から一目で傭兵《ようへい》だとわかった。

「悪いが断る」

「断るだと⁉ 調子に乗りやがって、馬鹿力男《ばか》が！」

馬鹿力男。どうやら俺のことのようだ。

「てめえが調子に乗ってられるのもここまでだ！ こいつらはわざわざバルザックから呼び寄せた歴戦の傭兵たちだ。ただ握力が強いだけのおっさんとはワケが違うんだよ！」

なるほど。バルザックの傭兵か。

ミルトンからバルザックまで、早馬《はやうま》を駆けさせればおおよそ三日。

ここ数日、大人しかったのは傭兵の到着を待っていたからだろう。

「ダグラスさん……」

マダムや娼婦たちが不安そうな声を上げる。

「下がっていろ。ラビ、みんなの傍《そば》にいるんだ」

「う、うん……」

怯《おび》えているラビの背中を押す。すぐさま娼婦の輪の中からヴェロニカが出てきて、ラビの手を取った。

「ちゃんと見とくよ」

そう言ってくれたヴェロニカに頷《うなず》き返す。さて……。

「いくらなんでもおまえはやりすぎだ。バラ姫が好きならなおさら、困らせるようなことばかりするべきじゃない」

「な、なんだと⁉」

「こんなことを続けて、愛する人の心が手に入ると思ってるのか？　俺もその辺のことはあまり得意ではない。だがそれでもおまえの行動は、的外《まとはず》れな気がするぞ」

「うるせえええッッッ‼」

カルロスが絶叫する。額《ひたい》には青筋《あおすじ》が浮かび上がっていた。

怒らせようと思っていたわけではないが、痛いところをついてしまったらしい。

「おい、おまえら‼　さっさとやっちまえ！　ちゃんと支払った分の働きをしろよ‼」

「なにをそんなにキレてんだか。ただのおっさんの戯言《ざれごと》じゃねえか」

「いいから動け！」

カルロスが怒鳴《どな》りつける。傭兵たちは関節をポキポキ鳴らしながら、前へと出てきた。

「こんなしょぼい仕事で大金もらえるなんてついてんなあ」

「にしても娼婦か。そそられるなあ。仕事が終わったら遊んで帰るか？　もちろんタダでな！」

「別に俺たち十人分増えたって違いはないだろ？　毎日やられまくってんだから！」

傭兵たちが下卑《げび》た笑みを浮かべる。

それに便乗してカルロスや仲間のチンピラもゲラゲラ笑った。

「おい」

チンピラたちがビクッと肩《かた》を揺《ゆ》らす。

「彼女たちの仕事を侮辱《ぶじょく》するのはやめろ」

辺りの空気がしーんと静まり返る。

「な、なんだよおっさん、いきがりやがって！　な、なあおまえらもそう思うだろ⁉」

カルロスが頬《ほお》を引き攣《つ》らせながら、傭兵たちを振り返る。

「へえ、威圧してくるとは。ただの雑魚《ざこ》ってわけじゃねえのか。――なあ、カルロスさん。あのおっさんはぶっ殺しちゃっていいんだよな？」

傭兵たちのリーダーである丸刈りの男がカルロスに確認する。

「と、当然だ！　だが殺すのはそのオヤジだけだぞ。まあ女どもも怪我《けが》するぐらいなら問題ないがな」

「それじゃあ思う存分、暴れるぜぇ‼」

傭兵たちが雄叫《おたけ》びを上げ、襲い掛《か》かってくる。

風魔法で弾き飛ばすか。

スキルを放とうと構えたその時。

「うぐあッ⁉」

鈍《にぶ》い呻《うめ》き声を上げ傭兵たちが地面に倒れこんだ。

「……！」

傭兵だけではない。カルロスをはじめとするチンピラたちも、苦しげな声を上げて、次々倒れてしまった。まだ俺はスキルを放っていないというのに。

「……」

無言のまま顔を上げた俺は、斜め向かいの屋根の上で視線を止めた。

月を背負って小柄《こがら》な人影がゆらりと立ち上がる。華奢《きゃしゃ》な体軀《たいく》をした若い男だ。少年と言ってもいいぐらいの。

俺は即座に身構えた。男から異様な雰囲気を感じたのだ。

あの男は今までの敵となにかが違う。

「あれ。もしかしてオレの攻撃、見えちゃってた？」

クセのある掠《かす》れた声を男が放つ。俺は無言のまま男の動きを目で追った。

「おっかしいなあ。普通は早すぎて見えないはずだけど」

首を傾《かし》げながら、男はストンと地面へ降り立った。

「よっと」

屋根《やね》の上から飛び降りたというのに平然としている。

男は楽しげにポーズを決めて、にやりと笑った。ふざけているように見えて一切隙《すき》がない。

それに男の目つき。あれは修羅場《しゅらば》を潜《くぐ》り抜けてきた者の目だ。

やはりチンピラや傭兵たちとは明らかに違う。かなりのやり手であるのが即座にわかった。

俺は娼婦たちを後ろに庇《かば》いながら、男との間合いを取った。

こんな感覚は力を取り戻して以来、久々だ。

「雑魚相手にやり合う場面って盛り上がりにかけるっしょ？　おっさんが圧勝するのは見え見えだし。だからオレが巻きで終わらせてあげたんだ。感謝してね、おっさん」

ぴったりとした黒い服に黒い口当て。腰回《こし》りにぐるりと巻きつけられた武器入れ。そこにぶら下がっているのは大中小様々な暗殺道具だった。

こいつ、暗殺者か。しかし暗殺者がなぜここに？

「さてと、サクッと本題に入るけどさあ」

「うう……っ……」

暗殺者の言葉に傭兵の呻き声が重なる。

傭兵やチンピラは、ひどく苦しんで土の上でもんどり打ちはじめた。

「い、痛ぇ……」

「なんなんだよ、これ⁉」

「うぐっ……体の奥が……燃えるようだ……っ」

暗殺者は細い眉《まゆ》をピクリと吊り上げた。

「うるさいなー。ただ殺すだけじゃつまんないから、じっくり苦しむ毒殺のほうにしといたけど。判断間違えたかも。やっぱもう殺っちゃう？」

目と口を三日月形に吊り上げて、暗殺者が目の前にいた傭兵の腹を踏みつけた。

「グアッ……‼」

「おい、やめろ」

さすがに見ていられない。娼婦たちは怯え、涙を流しはじめた者もいる。俺が止めに入ると、暗殺者は不思議そうにこちらを振り返った。

「なんで止めんの？　アンタの敵でしょ」

「そういう問題ではない」

たしかにチンピラも傭兵も俺と直前まで対峙《たいじ》していた。

しかし俺はこの暗殺者の命を弄《もてあそ》ぶような態度に、嫌悪感《けんおかん》を抱いたのだった。

「ははは！　めちゃくちゃ甘いね！　まあ、おっさんどこに行ってもそんな感じだったもんなぁ。アディントンでだって、マットロックたちにトドメを刺さなかったし。てか最初から殺すつもりの戦い方してなかったし」

「……」

「だいたい敵を殺せる人なら、最初に河原で出会ったハンターを見逃したりしないか」

俺の行動のすべてを見てきたような言い方だ。

いや、おそらく『見ていた』のだろう。

上級の暗殺者なら完璧に気配を遮断《しゃだん》できる。

しかしなぜこの男が俺の動向を見張っていたのか。

そう考えた一瞬、ハッとした。

違う。俺ではない。

今、暗殺者は「最初に河原で会ったハンター」という言い方をした。

そこが俺の行動を知ったはじまりなのだとしたなら、こいつの狙いは——。

俺は視線だけをラビのほうに向けた。

ラビはヴェロニカの隣《となり》で真っ青《まさお》な顔をしている。

ガタガタと体を震わせているのがこの距離からでもわかった。

怯え方が尋常ではない。

「なんか気づいた系？　まあ隠してないから教えてあげてもいいけど。ちょっと聞いてみなよ。正解だったらピンポーンって言ってやるよ」

「……」

「って無言⁉　なんだよ、ノリ悪いなあ！　もういいや。さっさとウサギ連れて消えるわ」

暗殺者がラビの元へ向かおうとする。

「ラビは渡さん」

俺は正面に立って暗殺者の行く手を阻《はば》んだ。

「ふーん。じゃあまずはおっさん殺さないと、ね！」

後方に高く跳《と》んだ暗殺者から、無数のナイフが降りそそぐ。

それと同時に毒魔法の詠唱《えいしょう》が響いた。

どちらも今の俺なら回避できる。だが――。

「……っ」

攻撃の矛先《ほこさき》は俺ではない。

俺の背後にいた娼婦たちと、前方の地面に伏しているチンピラたち。

その両者に暗殺者が放った毒の刃《やいば》が襲いかかる。

風魔法、そして解毒《げどく》魔法。俺は即座に二つのスキルを詠唱した。

「く……っ」

「お？」

間一髪。風魔法でナイフを弾き返し、解毒のスキルでチンピラたちの毒を浄化する。

これ以上、毒魔法を浴びれば、あいつらの体が持たないのはわかり切っていた。

「なるほど。やっぱ楽にスキルを二重使いできるわけだ。でももうマックスだね！」

暗殺者はナイフの雨を降らせながら、俺の懐《ふところ》へ踏み込んできた。

なんとかすべての攻撃を回避しつつ、二つのスキルで周囲を守る。

「ははは！　おっさん、意外とやるじゃん。でも避けてるだけじゃ埒《らち》があかないよ！」

この男、速い……！

片手間では渡り合えない。そう感じた直後、腹に強烈な蹴りを食らった。

「かはッ……」

弾き飛ばされた俺は、店の脇にあったバケツや鉢植えをなぎ倒して壁に激突した。

「ダグラスさんッ!!」

娼婦たちが慌てて駆け寄ってこようとするのを手で制して止める。

目の前がチカチカする。頭を振って何度かきつく瞬《またた》きをした。

まだ倒れるわけにはいかない。両足にグッと力を入れて立ち上がる。

「どうする？　あんたが今使ってる二つのスキル。風魔法と解毒魔法のどっちかを止《や》めないと攻撃ができないな。だけどそれだと娼婦かチンピラに死人が出ちゃうよなあ」

暗殺者がニヤニヤと笑う。

「オレは人が人を見捨てる瞬間を見るのが大好きなんだ。――なあ、ラビットにも見せてやんなよ。アンタ、あのチビの保護者面《づら》してるんだろ？　大人の世界の常識ってヤツ、教えてやんなよ」

「ふざけるな。俺が見せてやりたいのはそんなものではない」

「ふーん。これでもまだ生温《なまぬる》いこと言ってられんの？」

ナイフを手にした暗殺者がラビに向かって走り出す。

「……！　ラビ!!」

「チビか娼婦かチンピラか。さあ、おっさん！　どれを切り捨てる⁉」

考えるまでもなく体が動いた。

その直後。抉《えぐ》るような痛みが腹部に響いた。

「うっ……ぐ……」

「あちゃー。身を挺《てい》して庇《かば》うとか、そういう答えはつまんないなー」

至近距離で向かい合った暗殺者が心底つまんなそうに呟《つぶや》く。

俺は荒い呼吸を繰り返しながら暗殺者を睨んだ。

強烈な腹への痛み。視線を落とすと紫色の液体を塗り込めたナイフが、腹部に刺さっていた。

くそ……。毒まで塗ってあるとは用意周到だな……。

「あ……ああ……やだ……。お、お父さん……やだ……‼」

震える声を上げ、泣き叫ぶラビを振り返る。

ああ、よかった。おまえは無事なんだな……？

「お父さん……！　お父さんッッ……‼」

そんなに泣くな……ラビ……。

俺はおまえの笑顔を守りたいんだ。

頬を赤くして、はにかんだように笑うラビ。

初めて手に入れたなにより大切な者を傷つけさせたくはない。

あの子の笑顔を守ってやりたいのだ。

泣かせたままではいられない。

そのためなら俺は――。俺は、なんだってできる！

「うおおおッッッッ!!」

漲《みなぎ》る力に掻《か》き立てられて声を張り上げる。

今は痛みも目眩《めまい》も感じない。回復や解毒は後回しだ。

俺は一歩一歩、足を踏み出した。

「おいおい、嘘だろ……。腹にナイフぶっ刺さってんだぜ？　毒も効いてるだろ⁉　なんで、そんな元気なんだよ！」

「俺には守りたいものがある」

だからこそ。

「その子のために、最大限の力を発揮してやる」

俺が一歩踏み出すのと同時に、暗殺者が慌てて間合いを取った。

すぐさまナイフと毒の攻撃が再開される。

俺はそれを二つのスキルで先刻と同じように回避した。

その隙を縫《ぬ》うように、暗殺者がすかさずナイフを構える。

「おっさん、これで終わりだ!!」

暗殺者がナイフを手に踏み込んでくる。

これまでの何倍も速い。俺はその攻撃を真っ向から迎え撃つため詠唱した。

同時に発動できるスキルは二つ。
その限界を超え、この男を止めるために！
「おっさん！　あんたの心臓《しんぞう》、抉り出してやるよ‼」
振り上げられたナイフの先に雷鳴《らいめい》が走る。
《稲光《いなびかり》操る怒りの神、轟《とどろ》かせよ怒号《どごう》の雷鳴――》
「な……っ」
胸の奥に一度も感じたことのないような熱が宿る。
その熱さを手繰《たぐ》り寄せるように、俺は続ける。
三つ目のスキルを発動させるための、詠唱を！
《雷《かみなり》魔法、サンダー‼》
鳴り響く轟音《ごうおん》。いかずちが遥か上空から暗殺者の体に叩き落された。
「ぐあああ……‼」
攻撃を食らう直前、暗殺者の顔に浮かんでいたのは驚愕の表情だった。
持ちこたえきれず暗殺者の体が衝撃に吹き飛ぶ。
暗殺者は体を痺《しび》れさせながら地面の上に倒れ込んだ。
どうやら唸《うな》り声を零《こぼ》すだけで精一杯のようだ。
勝敗は完全についた。
俺は高等光魔法のひとつ、光の鎖《くさり》を発動させた。

「く……っ！」

暗殺者の両手を拘束する。この鎖はスキル使用者が解除するまで解けることはない。これなら逃げることは不可能だ。

「口も塞《ふさ》ぐか。いや。その必要はなさそうだな」

肩で息をする暗殺者は意識を保っているのもやっとという状態だ。

試しにステータスを確認するとＭＰが空になっていた。

「俺を捕まえてどうすんの？　殺してみる？」

「おまえは憲兵隊《けんぺいたい》に差し出す」

暗殺者は笑った。

「いやーそれはちょっと困るなぁ。俺の雇い主に怒られちゃうよ」

「おまえの雇い主は誰なんだ」

「それはラビットに聞けばいいじゃん。あのチビ、やばい話、山ほど隠してるよ」

このやり取りだってラビが聞いている。俺は一旦、話を切り上げることにした。

鎖で暗殺者を捕らえたまま、まずチンピラや傭兵たちの解毒を終わらせることにする。

暗殺者はスキルを使う力も残っていないはずだ。

チンピラたちからナイフを抜こうとして、俺は指先が痺《しび》れることに気がついた。

「く……」

毒がそろそろ本格的に回りはじめたな。

戦闘中は気にならなかったが、腹からの出血もやはり多いようだ。

だがチンピラたちの体力は、おそらく限界に近い。

まだ動ける俺よりも彼らを優先せねば。

俺がチンピラたちの手当てをはじめようとした時……。

「さてと、やるか」

もうなにもできないはずの暗殺者が小さく呟いた。

「ああ、もったいない。まあでもオレのミスだしなぁ」

独《ひと》り言のような声で、ぶつぶつと。

身を丸めた暗殺者が、自分の踵《かかと》に鎖で戒《いまし》められた腕《うで》を近づける。

「おい、なにをするつもり――……」

――ザシュッ。

それは肉を切断する音だった。

「……っ!」

青い光でできた鎖が俺の元へ勢いよく戻ってくる。

先端《せんたん》についていた切断された手首ごと。

思わず絶句した俺の足下に、ボトッと音を立てて暗殺者の両手が落ちた。

「きっ……キャアアッッッ……!!」

女たちが喉を裂《さ》くような悲鳴を上げる。
俺が視線を上げると、暗殺者は血の吹き出た手首も厭《いと》わず逃走しようとしていた。
踵には血に濡れた鋭い刃。
隠しナイフか……！
俺と暗殺者の目が合う。
脂汗《あぶらあせ》が浮かんだ顔には凶悪な笑みが浮かんでいた。
「またな、おっさん……。両手の分は貸しにしとくよ」
「待て！」
まずい。あいつを逃したら今後もラビが危険にさらされる。
しかし駆け出そうとした俺は、目眩を覚えてその場に倒れ込んでしまった。
ぐわんと歪む視界。意識はそこで途切れた。

二十九話 おっさんと少女、ミルトンにさよならを

「お父さん……」

掠《かす》れていて、ほとんど聞き取れないぐらい弱々しい声が聞こえてきた。

ラビの声だ。目を覚まさなければ。

重たい瞼《まぶた》を押し上げると、疲れ果てた泣き顔が目前にあった。

見覚えのない部屋だ。ここはいったいどこなのか。

「……っ……けほ……」

ラビの名前を呼ぼうとしたが、喉《のど》がカラカラでむせてしまった。

「お父さん……！　お水っ……」

ベッド脇の棚《たな》に駆《か》け寄ったラビが、水差しを両手で持ち上げる。

急いで水をそそぐと、俺に差し出してくれた。

ありがたく受け取り、喉を潤《うるお》す。乾いていた体に水がしみ込んでいく感覚。

「はぁー……。ラビ、ありがとう」

ようやくまともな声が出た。

ラビは両手で乱暴に涙を拭《ぬぐ》ってから、俺に向かって笑ってみせた。

Enjoy new life
With my daughter

その健気《けなげ》な笑顔に胸が切なくなる。

安心させてやりたくて体を起こそうとしたが、その途端《とたん》、脇腹《わきばら》の辺りが引き攣《つ》るように痛んだ。

「……っ」

「動いちゃだめ……。お医者さん、縫《ぬ》った傷が開いちゃうから……」

真《ま》っ青《さお》な顔でラビが俺の肩《かた》を押さえてくる。

「医者？」

ラビは俺が倒れたあとのことをたどたどしい口調で説明してくれた。

誰かが通報したのか騒ぎを聞きつけたのか。

俺が倒れた直後、憲兵隊《けんぺいたい》が駆けつけてきたそうだ。

俺はその場で応急処置を施されてから、娼館《しょうかん》奥の屋敷に運び込まれた。

そこで医者による手当てが行われ、そのまま一日半、眠っていたという。

チンピラや傭兵《ようへい》たちも命に別状はないらしい。

解毒《げどく》はなんとか完了していたと聞き、ホッとした。

憲兵隊によって当然、暗殺者の追跡も行われた。

見つけ出すことはできなかったと聞き、まあそうだろうなと思った。

両手を負傷しているとはいえ、みすみす捕まるような男ではなかった。

「お父さんの傷、ひどくて……それを治せるほどのヒーラーはこの街にいないって……」

「うむ」

擦《かす》り傷程度の治療ならまだしも、縫うほどの怪我《けが》となるとそれなりのスキルレベルを要する。そこまでスキルレベルが高ければ街で医者として働くより、冒険者パーティーに同行しているほうがずっと稼げるはずだ。

「なにもできなくてごめんなさい……」

「ラビが謝《あやま》ることはない。大丈夫、すぐ元通りだ」

ラビに心配をかけないよう、さっきより慎重に体を起こす。

ラビが息を呑んで止めようとしてきたから、もう一度「大丈夫だ」と伝えた。

さて……。シャツの裾《すそ》を捲《まく》り上げてみる。

体をよじってラビに背を向けてから、脇腹に巻かれた包帯《ほうたい》を外す。

まだ塞《ふさ》がりきってはいない傷口が姿を現した。

自分の血など見慣れている。俺は手のひらを縫合《ほうごう》された傷口に翳《かざ》して回復の呪文を唱えた。

《生命守りし優しき女神、癒《いや》しの光を——完全回復》

傷口は塞がり痛みも消え失せた。

元通りになった肉の上に、縫合に使われていた糸だけが残った。

ただ腹の周りに引き攣るような違和感はまだ残っている。テッドの時と症状は一緒だ。

怪我を負ったという感覚はしばらくの間、こうやって残り続けるだろう。でもとにかく傷は消え失せた。

俺はラビのほうを振り返った。

「ほらな。これで問題ない」

完全に傷の消えた腹を見て、ラビが恐る恐る手を伸ばしてくる。

「触ってもいい……?」

「ああ」

小さな手がぺたりと俺の腹に触れる。温かい子供の体温が伝わってきた。

「痛くない……?」

俺が頷《うなず》き返すと、ホッとしたのかラビがまた泣き出してしまった。

「……ひっくっ……よかった……。よかったよぉ……」

「ああ、ほらほら。泣くな泣くな」

ラビに泣かれると弱い。俺はオタオタとして、ベッドの上にラビを抱き上げた。

大丈夫だと言い聞かせながら、背中を叩いてあやす。

ラビは俺にしがみついて、わんわんと声を上げた。

おかしい。宥《なだ》めているつもりが逆効果だ。

どうしたものかと困っていたら、廊下のほうから慌《あわ》てたような足音が聞こえてきた。

「話し声がすると思ったら気づいたんだね」

室内にはマダムやヴェロニカ、テッドにバラ姫が飛び込んできた。

他の娼婦《しょうふ》たちも扉の外から顔を覗《のぞ》かせている。

「すぐお医者を呼んでくるよ」

「ああ、平気だ。傷はもう治った」

回復スキルで治癒《ちゆ》したことを説明すると、マダムたちは心底ホッとしたように息を吐いた。

皆にも随分と心配をかけてしまったようだ。

俺が謝ると「水臭《みずくさ》いことを言うな」とヴェロニカから怒られた。

「ところでダグラスさん。憲兵隊がアンタから話を聞きたいって言っててね。あの黒ずくめの若い男のことをさ」

マダムが言っているのは暗殺者のことだ。

「どういう経緯で襲われたのか、知り合いなのか、何者なのか。とにかくなんでも知っていることを話してほしいみたいだったね」

「そうか」

はっきり言って俺もあの男に関する情報などほとんど持っていない。

わかっている事実は二つ。

あの男が暗殺者であること。男の目的がラビであったこと。

「……」

黙ったままラビに視線を向けると、俺の腕の中で俯《うつむ》いたラビが真っ青な顔をしていた。

暗殺者と対峙《たいじ》した俺を見ていた時と同じように。

血の気が完全に消え失せて、冷や汗まで浮かんでいる。

俺のシャツを摑《つか》んだ指はカタカタと震えていた。

憲兵隊に協力したら、確実にラビも呼び出される流れになるだろう。

この子とあの暗殺者にどんな事情があるかはわからない。

だがラビを怯《おび》えさせるなにかが潜んでいることだけは明白だった。

「すまない。傷は塞がったものの久々に体を動かしたせいで、ヘトヘトなんだ。憲兵隊には明日会うとしよう」

やけに早口になってしまった。心の内で思っていることがばれていないといい。

嘘《うそ》はあまり得意ではないので冷や冷やした。

マダムはとくに気に留めた様子もなく、「そうかい」と言った。

「憲兵隊にはそう伝えておくよ。ただ娼館《しょうかん》の外で見張りの隊員が常に待機してるからね。のこのこ出歩くと、そのまま話を聞かれるよ」

マダムの言葉が引っかかった。

「待機？」

「またあの男が現れるかもしれないってんで、しばらくは娼館の警備をしてくれるらしい。断ったんだけどね。聞いちゃくれない」

「ったくあいつら勝手なんだよ。チンピラに絡《から》まれてる時だって、さんざん憲兵隊には訴えたのにさ。その時はちっとも腰《こし》を上げなかったくせにね！」

ヴェロニカがプリプリと怒る。

「ふふ。ミルトンの憲兵隊長は、出世欲の高い男だからねえ。大きな案件にしか飛びつきやしないよ」

「まあ、バラ姫様の言うとおりだけどさ」

凄腕《すごうで》の暗殺者。平然と大量殺人を犯そうとするような輩《やから》だ。その男を捕まえられれば、かなりの手柄《てがら》になる。

憲兵隊の協力要請に強制力はない。

しかしそういう状況ならば、拒むなんてほぼ不可能といえた。

外には憲兵隊が待機しているというので、俺とラビはもう一晩、この部屋を借りることになった。

「ああ、それからもうひとつ。モリス男爵《だんしゃく》が帰ってきて、カルロスの件は全部男爵の耳に入ったよ。カルロスは今後、モリス男爵のすべての旅行に同行させられることになった。常に父親に監視されていりゃあ、悪さもできないだろう」

「そうか。それはよかった」

「ダグラスさんがモリス男爵に会いたがってることも話しておいたからね」

「それは……恩に着る」

ありがたい話だ。しかしモリス男爵に会うことはできないだろう。

◇◇◇

その夜。ふたりきりになってから、俺はラビに尋ねた。

「暗殺者の男のことを憲兵隊に話せるか？」

「……っ」

ビクッとラビの肩が震える。迷うように瞳《ひとみ》が揺《ゆ》れて、口がパクパクと動いた。

でもなにひとつ言葉にならない。

「あ……っ。う……」

ラビは苦しそうに喉を押さえて、怯え切った目から涙を流した。俺は慌ててラビを抱き寄せた。

「違うんだ。話せと言ってるわけじゃない。嫌かどうかだけ教えてくれ。それだけでいいんだ」

「……こわい……」

消え入りそうな声で嗚咽《おえつ》の合間からそう伝えられた。

それだけでいい。その答えだけで十分だ。

「わかった。それなら逃げよう」

俺はラビを抱いたまま、壁際にかけられていたふたりのコートを取りにいった。

一度ラビを下ろしてコートを着せる。自分も急いで羽織《はお》る。

旅の荷物は娼館に通う間も持ち歩いていたので助かった。

部屋の隅《すみ》に置かれていた自分の背負い袋と、ラビのオレンジ色の鞄《かばん》を手に取り、両方とも肩にかけた。それからもう一度、ラビを抱き上げた。

そのままベッドサイドのテーブルで一筆《いっぴつ》したためる。

迷惑をかけることへの謝罪を。

そして、もし庇《かば》ったと疑われたらこの手紙を差し出してほしいとも書いておいた。

カーテンの隙間《すきま》から窓の外を窺《うかが》う。外はすっかり暗い。

マダムの話だと、憲兵隊は数人の見張りを残しているはずだ。

しかし闇《やみ》に乗じて上手《うま》く逃げ切ってみせる。

世話になった皆にお礼を言えないのは申し訳がない。

だが憲兵隊を避けて出ていくと知られたら、娼館の人々にも迷惑がかかってしまう。

……よし、行くか。

不義理をしてすまないと思いながら、部屋の扉を開ける。

薄暗い静かな廊下を歩き出し、エントランスへ辿《たど》り着いた時。

暗がりの中で仁王《におう》立ちをする人影を見た。

「だから水臭いことするなって言っただろ！」

腰に両手を当てて、ふんぞり返る姿が月明かりに照らされた。

ヴェロニカのむっつりした顔を見て、俺は戸惑《とまど》った。

まさか逃げ出すつもりだと気づかれていたとは。

「だいたい憲兵隊が外にいるのに、どうやって巻くつもりだったのさ。ほら、早くついてきて」

「おっと」

なんだかわけがわからないまま、ヴェロニカに手を引かれてる。

「ちゃんとアタシらが逃がしてあげるから」

驚いていると中庭の隅にある幌《ほろ》馬車の前まで連れていかれた。

そこには娼館の人々が集まっていた。

「信じられないという顔だが、よくあれでアタシらを騙《だま》せると思ったもんだ。アンタ、嘘をつくのが下手《へた》だってことを肝《きも》に銘《めい》じておいたほうがいいよ」

「う、うむ」

「この幌馬車は毎晩、うちの娼館に酒や食材を運んでくるんだ。御者《ぎょしゃ》にはもう話を通してある。街のはずれまで乗せていってくれるからね」

「だがそれでは巻き込んでしまうことになる」

「そのぐらいはさせとくれ。じゃないとアタシらの気がすまないんだよ。アンタならきっと上手いこと逃げおおせるだろう。でも子連れなんだ。できるだけ安全な方法を取ったほうがいいだろう?」

「そうだな」

俺はもう遠慮《えんりょ》することはやめて、代わりに深々と頭を下げた。

「最初の日、助けてくれてありがとう。優しくしてくれたこと、オレ忘れない。ラビちゃんも元気で」

「ダグラスさん、いろいろ世話になったね。アンタのおかげでうちの娘たちは今までよりずっと安全に仕事ができるようになった。本当に感謝してもしきれないぐらいだ。あんたとラビが作ってくれた造花は大事に使わせてもらうよ」

「ふふ。あんたみたいなイイ男、初めて出会ったよ。今度、この街に来た時はたっぷりお礼をさせとくれ。もちろんおチビちゃんも一緒にね」

テッド、マダム、バラ姫に続いて、娼婦たちも次々別れの言葉を伝えてくれた。

そして最後にヴェロニカが俯きながら前に出てきた。

「アタシはまだどうやって生きていったらいいかわからない。でも、ちゃんと考えることにした。自分の過去を恨むことはもうしない。前を向いてやりたいことを探すんだ。いつかアンタたちに再会した時、胸を張って「久しぶり」って言えるように」

がんばれという意味を込めて頷き返したら、ヴェロニカが笑った。

初めて見せる彼女の笑顔は花のように輝いていた。

「さあ、そろそろ出発だよ」

マダムがうっすら目を濡らしながら声を上げる。

俺は頷き返して、隠れるために用意された木箱の中にまずラビを入れた。

「ラビ、大丈夫か？　少しの辛抱《しんぼう》だからな」

「うん……」

ラビは木箱から顔を覗かせると、皆に向かって控えめに手を振った。

俺はそんなラビの頭を撫《な》でてから、木箱のふたをした。

次は俺の番だ。ラビの隣の巨大な箱に身を潜《ひそ》めると、テッドが上からふたをしてくれた。

もう皆の顔は見えない。でもそこにいてくれる気配は感じた。

「大きな声で騒いだら見つかっちまうからね。小さい声で言うんだよ」

マダムがそう注意したあと。

「ありがとう、ダグラスさん……！」

「また会おうね、ラビちゃん……！」

「ふたりと過ごした五日間とっても楽しかったよ……！」

「どうか元気で……！」

再会を願う別れの言葉。

小さな声だけれど心の奥に強く響く。

すべてをわかり合うには短い時間だった。

それでも俺はこの街でいろんなことを学ばせてもらえた。

林檎《りんご》の匂《にお》いのする狭《せま》い木箱の中でそんなことを思う。

そうして明るくたくましい娼婦たちが支える歓楽の都市ミルトンから、俺たちは旅立った。

三十話 おっさんと少女、洗濯日和と親子のしあわせ

ある晴れた日。旅の途中の俺たちは、小川に辿《たど》り着いた。

川の流れは穏《おだ》やかで、水は澄《す》んでいる。

「ラビ、天気もいいし洗濯《せんたく》をしていこうか」

隣を歩いているラビに声をかけると、彼女の表情がパアッと輝《かがや》いた。

「お洗濯する……！」

うれしそうなラビを見て、俺の気持ちもほっこりする。

ラビは手伝いをするのが好きなのだという。

旅をはじめた頃の俺は、もちろんそんなことを知らなくて、洗濯も野宿の準備も一人でやっていた。隣で黙ったまま、俺の行動を目で追っているラビが、どことなく寂《さび》しそうだと気づいたのは最近の話だ。

『一緒にやるか？』

試しにそう声をかけた瞬間、ラビが見せてくれた満面《まんめん》の笑み。

俺はそれを今でもはっきりと思い出せる。

「さて、まずは汚れ物を集めてしまおう」

「うん……！」

それぞれの鞄《かばん》の中から、旅の汚れがついた服を取り出す。

太陽は明るく降りそそぎ、風もからりと乾《かわ》いている。

これならそう時間はかからずに、すっかり乾ききるだろう。

ということで着ているものたちも、下着とズボン以外、洗ってしまうことにした。

ラビは俺が買ってやったワンピースを大切そうに脱いで、ノースリーブの肌着とパンツ姿になった。

「よし。それじゃあいつものように、できるだけ大きい岩を集めるぞ。ラビは囲いができたら、そこに洗濯物を運んでくれ」

「はーい……！」

元気のいい返事がラビから返ってくる。大人しくて引っ込み思案《じあん》のラビも、俺とふたりきりのときには、少しずつこんな表情を見せてくれるようになった。

さて、探すのは水かさより大きい岩でなくてはいけない。

それを小川の中に、円を描くようにして並べていく。ようするに洗濯桶《おけ》の代わりにするのだ。

水かさより大きい岩でぐるりと囲めば、洗濯物が流されるのを防止できた。

「よっと」

ラビの顔より大きい岩を持ち上げる。

ラビは俺の隣で、大きく口を開け目を丸くしている。

「お父さん、すごい……！　力持ち……！」

「はは、ありがとう」

このぐらいの岩ならば、マッスルパワーを使わずとも持ち上げることは容易《たやす》い。

しかし小さなラビからしたら、とんでもない行動に映るらしく「すごい……！　すごい……！」

と感動の声を何度も上げている。

俺は心臓《しんぞう》の辺りがくすぐったくなるのを感じつつ、岩をせっせと運んだ。

囲いができたら、あとはひたすら洗う。

俺はズボンの裾《すそ》をまくり上げ、小川の水で足を洗ってから洗濯物を踏《ふ》みはじめた。

ラビはこの踏み洗いがお気に入りだ。

小さな足をよいしょよいしょと、楽しそうに持ち上げている。

「お父さん、いつもの言って……！」

「ああ、掛け声だな。じゃあいくぞ。いっちに、いっちに」

「いっちに！　いっちに！」

ふたりで声を合わせて掛け声を上げ、洗濯物を踏んでいく。

水しぶきが跳《は》ねるたび、ラビが笑う。

俺はそのたび穏やかなしあわせで、心が満たされていく喜びを感じるのだった。

「なあ、ラビはどうして手伝いをするのが好きなんだ？」

ふとそんな疑問が湧《わ》いてきたので、ラビに尋《たず》ねてみた。

足を下ろしたラビは、きょとんとした顔で顔を上げた。

それから少しだけ首を傾《かし》げた。これはラビが考えているときによく見せる仕草《しぐさ》だ。

「……えっとね、お手伝い好きなのは……お父さんといろんなことできるから……。お父さんといっしょ、すごくうれしい……」

そう言って照れくさそうに、ふにゃりと笑う。

「ら、ラビ……！」

思わず感極《かんきわ》まった声を出してしまった。

俺の中で忘れられない言葉がまた一つ増えた。

『お父さんといっしょ、すごくうれしい……』

こんなことを言われて、うれしくない父親なんていないだろう。

多分、俺は今、気持ち悪いぐらいデレデレした顔をしているはずだ。

おっさんなんだから自重《じちょう》しろという感じだが、どうにもならなかった。

ラビと出会ってから俺の表情は、ものすごく豊かになってしまったから。

でも仕方がない。目の前にいるラビがかわいすぎるのだ。

こんなにいい子で、こんなにかわいい娘、世界中のどこを探しても絶対、見つからないぞ。

俺は親バカぶりをどんどん加速させながら、そんなことを思ったのだった。

あとがき

こんにちは、斧名田《おのなた》マニマニです。

このたびは『冒険者《ぼうけんしゃ》ライセンスを剥奪《はくだつ》されたおっさんだけど、愛娘《まなむすめ》ができたのでのんびり人生《じんせい》を謳歌《おうか》する』をお手にとっていただき、ありがとうございます。

本作はもともとウェブサイト『小説家《しょうせつか》になろう』様にて公開していまして、色々すったもんだがあった後、ＧＡノベル様から出版していただくことに決まりました。

ウェブ初の小説が書籍化するまでの流れについて、もしかしたら興味がある方がいらっしゃるかもしれないので、ざっくり書いてみます。

小説を掲載していると、いくつかのレーベル様から「本にしませんか？」という打診《だしん》が来ます。

「冒険者ライセンス」の場合は、ありがたいことに十五のレーベル様からお声がけをいただきました。

私はそこから連絡してくださった方々とひたすら会っていきました。

小説のお話や出版条件について説明を受けながら、ケーキ食べたり、ケーキ食べたり、お肉食べたりしました。

ちゃっかり食べまくっていますが、そんな私でも初対面の方と会うのはかなり緊張しました。

面談がすべて終わるまで二ヶ月かかり、その頃には心になにかどす黒いものを患《わずら》っている状態に

Enjoy new life
With my daughter

なっていたぐらいです。

お会いした皆様、とてもいい方々ばかりだったので、そこからひとつのレーベルを選ぶというのがまた胃《い》をキリキリさせました。

ところで今作を担当していただいているMさんと約束をした日、関東《かんとう》地方では大雪警報が発令されました。

Mさんが私の住んでいる鎌倉《かまくら》まで会いに来て下さるという話になっていたのですが、「これは延期かな？」と思いながらメールで確認をしました。

すると「全然問題ありません！　行きます！（要約）」という返事が来ました。

（すごいなこのひと。大雪をものともしないのか）と驚いたことを覚えています。

いつまでもその出来事の衝撃は私の中に残っていて、Mさんにお願いしよう！　という結論に至りました。

あ。ページの終わりが迫っている……！　駆《か》け足になってしまいますが、最後にお礼を言わせてください。イラストを担当して下さった藤《ふじ》ちょこさま、お引き受けいただきありがとうございました！　かわいらしいラビと包容力溢《ほうようりょくあふ》れるダグラス、毎日眺《なが》めています。担当のMさん、色々ご迷惑をおかけしてすみません。お礼言うつもりが謝罪になってしまった。やる気はあります。行動が伴わなくてすみません……。そして本作をお手にとっていただいた皆様に心からの感謝を！

二〇一八年七月二日　冬が恋しい斧名田マニマニ

GAノベル

冒険者ライセンスを剥奪されたおっさんだけど、
愛娘ができたのでのんびり人生を謳歌する

2018年8月31日　初版第一刷発行

著者　斧名田マニマニ
発行人　小川 淳
発行所　SBクリエイティブ株式会社
〒106-0032　東京都港区六本木2-4-5
03-5549-1201　03-5549-1167（編集）

装丁　AFTERGLOW
印刷・製本　中央精版印刷株式会社

ISBN978-4-7973-9722-2
Printed in Japan

ファンレター、作品のご感想をお待ちしております。
〒106-0032　東京都港区六本木 2-4-5
SBクリエイティブ株式会社
GA文庫編集部 気付

「斧名田マニマニ先生」係
「藤ちょこ先生」係

本書に関するご意見・ご感想は
下のQRコードよりお寄せください。
※アクセスの際に発生する通信費等はご負担ください。

http://ga.sbcr.jp/

虐げられた救世主の俺は異世界を見捨てて元の世界で気ままに生きることにした

著：三木なずな　画：Sakiyamama

GAノベル

「この世界はもう見限った、俺は俺の好きなようにやる」

　風間シンジは異世界に召喚され、女神の頼みで世界を救ったが、その世界はシンジを利用するだけして虐げていた。彼は最低限の責務を果たし、現実世界へと帰還する。そして、身につけたチートスキルと築き上げた資産を使い、自由気ままに生きていこうとするが……。

「ちょっとお灸を据える必要があるな……」

　腐敗した権力者たちの横暴を、世間の不条理を、シンジは見逃せなかった。悪事を正すため、独り動き出すのだが――

「やっぱりお前が絡んでいたか……」

ただ幸せな異世界家族生活2
〜転生して今度こそ幸せに暮らします〜

著：舞　画：えいひ

　領主の子ティーダが、転生前の記憶を持って生まれてから２年が経った。家族と仲間を大切に生きたいと願うティーダは、現代日本の知識を使って村の発展に邁進する。

　茄子や魚の干物などの食べ方を伝授し、砂金を見つけ、機織り機を実用化するなど、村は豊かになりつつあった。

　そこに、王族のワガママ娘、ヴェーチィーが視察に現れる。鰻の白焼きに感動した彼女は、村から遠く離れた王都で国王に鰻を振る舞うように要求するのだった……。

「心配しなくて大丈夫。私達がティーダを守るもの」